Gallmeister

ROSS MACDONALD, de son vrai nom Kenneth Millar, est né en 1915 en Californie et a d'abord grandi au Canada avant de revenir s'installer aux États-Unis. Pendant la Seconde Guerre mondiale, il est officier de marine dans le Pacifique. À son retour, il publie quatre romans avant la parution de *Cible mouvante* en 1949, le premier livre où apparaît le détective privé Lew Archer. Deux films content les aventures de Lew Archer, incarné à l'écran par Paul Newman. Ross Macdonald meurt en 1983. Il est considéré comme l'un des plus grands écrivains de romans noirs. James Crumley disait avoir relu dix fois son œuvre et James Ellroy lui a dédicacé le premier volume de sa trilogie de Lloyd Hopkins.

Le Sourire d'ivoire

Derrière son privé Lew Archer, Ross Macdonald décortique l'Amérique des nantis d'une plume cinglante. [...] Une écriture moderne, tendue à l'extrême, et un goût pour le réalisme social.

TÉLÉRAMA

Du grand art noir.

LIRE

Le détective privé américain, immortalisé par Hammett, peaufiné par Chandler, amené à son zénith par Macdonald.

THE NEW YORK TIMES BOOK REVIEW

Le dernier grand du roman policier américain.

PAUL AUSTER

Ross Macdonald est tout simplement l'un des meilleurs.

MICHAEL CONNELLY

le sourire d'ivoire

DU MÊME AUTEUR

Cible mouvante, Gallmeister, totem, 2012.
Noyade en eau douce, Gallmeister, totem, 2012.
À chacun sa mort, Gallmeister, totem, 2013.
Le Sourire d'ivoire, Gallmeister, totem, 2013.

totem

ross macdonald

le sourire d'ivoire

Traduit de l'américain
par Jacques Mailhos

Gallmeister

Titre original : *The Ivory Grin* (aka *Marked for Murder*)

ISBN 978-2-35178-531-7
ISSN 2105-4681

totem n°31

Conception graphique de la couverture © Valérie Renaud
Illustration de couverture © rmshk/Shutterstock.com

À toutes les petites mains

Chapitre 1

Elle était là, à attendre, devant la porte de mon bureau. C'était une femme trapue, plus petite que la moyenne, vêtue d'un pull à col roulé bleu sous une veste de tailleur bleue informe, et d'une étole de vison bleue qui tentait d'adoucir la silhouette mais n'y parvenait pas. Son visage carré et bronzé en profondeur lui donnait une allure garçonne que confirmaient ses cheveux brun sombre coupés court sur la nuque. Ce n'était pas le genre de femme que l'on s'attendait à voir fraîche et dispose à 8 heures et demie du matin, sauf si elle venait de passer une nuit blanche.

Elle s'écarta pour me laisser ouvrir la porte et me regarda en levant les yeux avec un air de lève-tôt occasionnel surpris par l'apparente coriacité du monde.

— Bonjour, dis-je.

— Monsieur Archer ?

Sans attendre la réponse, elle me tendit une main mate et courtaude. Sa poigne armée de bagues était aussi puissante que celle d'un homme. Lorsqu'elle lâcha prise, ce fut pour appuyer sa main derrière mon coude et me pousser dans mon propre bureau. Elle referma la porte derrière moi.

— Je suis très heureuse de vous voir, monsieur Archer.

Elle m'agaçait déjà.

— Pourquoi donc ?

— Pourquoi quoi ?

— Pourquoi êtes-vous heureuse de me voir ?

— Parce que. Asseyons-nous et mettons-nous à l'aise pour discuter.

Sa détermination était dénuée de charme, mais déconcertante chez une femme si menue.

— Vous pensez à un sujet en particulier ?

Elle s'assit dans un fauteuil près de la porte et posa un regard circulaire sur la salle d'attente. Elle n'était ni vaste ni luxueusement meublée, et ma visiteuse sembla prendre acte de cet état des choses. Son seul commentaire fut de faire cliqueter ses poings bagués l'un contre l'autre. Elle avait trois bagues à chaque main, toutes serties de diamants de bonne taille et d'allure authentique.

— J'ai un travail pour vous, dit-elle à l'adresse du canapé vert défraîchi en imitation cuir qui se trouvait contre le mur d'en face. (Elle avait troqué sa pétulance de fillette pour une gravité de petit garçon.) Ce n'est pas ce que l'on pourrait appeler un gros travail, mais je vous paierai bien. Cinquante par jour ?

— Plus les frais. Qui vous envoie ?

— Mais enfin, personne. S'il vous plaît, asseyez-vous. Ça fait des lustres que je vous connais de nom. Des lustres.

— J'aimerais pouvoir en dire autant.

Son regard vague se reposa sur moi, comme fatigué et vieilli après son petit périple à la rude dans ma modeste antichambre. Elle avait des cernes verdâtres. Peut-être qu'elle ne s'était pas couchée de la nuit, après tout. Quoi qu'il en soit, vivacité de fillette ou gravité de petit garçon nonobstant, elle avait l'air d'avoir une cinquantaine d'années. Les Américains ne vieillissent jamais : ils meurent – elle le savait, et ses yeux portaient la trace de cette connaissance coupable.

— Appelez-moi Una, dit-elle.

— Vous vivez à Los Angeles ?

— Pas exactement. Le lieu où je vis n'a aucune importance. Je vais vous dire ce qui en a, si vous voulez que je sois directe.

— Le contraire me chagrinerait.

Ses yeux secs et durs parcoururent ma personne de manière presque tangible et se fixèrent sur ma bouche.

— Vous avez l'air correct. Mais je trouve que vous avez un côté Hollywood quand vous parlez.

Je n'étais pas d'humeur à échanger des compliments. Sa voix au tranchant brisé et la manière qu'elle avait d'alterner bonnes et mauvaises manières m'ennuyaient. C'était comme parler simultanément à plusieurs personnes dont aucune n'eût été tout à fait finie.

— Simple carapace. (J'accrochai son regard et le soutins.) Je rencontre des tas de gens différents.

Elle ne rougit pas. Son visage parut juste un peu congestionné l'espace d'un instant, puis cela passa et le petit garçon mal fini qu'elle abritait en elle en vint aux faits :

— Dites-moi, est-ce qu'il vous arrive souvent de trancher la gorge de vos clients ? J'ai eu quelques expériences décourageantes.

— Avec des détectives ?

— Avec des êtres humains. Les détectives sont des êtres humains.

— Vous débordez de compliments ce matin, madame…

— Je vous l'ai déjà dit : contentez-vous de m'appeler Una. Je ne suis pas hautaine. Puis-je vous faire confiance pour vous occuper de mon problème et ensuite m'oublier ? Prendre votre argent et vous occuper de vos affaires ?

— Mon argent ?

— Tenez.

Elle sortit un billet froissé d'un sac à main en cuir bleu et me le lança comme si c'était un vieux Kleenex, et moi une corbeille à papier. Je l'attrapai. C'était un billet de 100 dollars, mais je ne l'empochai pas.

— Les acomptes, c'est toujours bon pour établir des liens de loyauté, dis-je. Je vous trancherai quand même la gorge, évidemment, mais je vous ferai d'abord une injection de pentothal.

— Pourquoi, dit-elle d'une voix sombre à l'adresse du plafond, pourquoi les gens d'ici se donnent-ils tant de mal pour essayer d'être drôles ? Vous n'avez pas répondu à ma question.

— Je ferai ce que vous voudrez tant que ce n'est ni illégal ni totalement absurde.

— Ma proposition n'a rien d'illégal, dit-elle d'un ton sec. Et je vous promets qu'elle est sensée.

— Tant mieux.

Je rangeai le billet dans le compartiment à billets de mon portefeuille, où il se retrouva tout esseulé, puis j'ouvris la porte qui donnait sur mon antre.

À l'intérieur, il y avait trois chaises et pas de place pour une quatrième. J'ouvris le store vénitien et pris place sur ma chaise pivotante, derrière le bureau. La chaise à accoudoirs où je lui fis signe de s'asseoir se trouvait face à moi, de l'autre côté du bureau. Elle choisit de s'asseoir sur la chaise droite posée contre la cloison, loin de la fenêtre et de la lumière.

Croisant ses jambes pantalonnées, elle cala une cigarette dans un petit fume-cigarette en or et l'alluma avec un petit briquet en or.

— Venons-en à ce travail. Je veux que vous retrouviez quelqu'un, une jeune femme de couleur qui travaillait pour moi. Elle est partie de chez moi il y a deux semaines. Le 1er septembre, pour être exacte. Bon débarras, en ce qui me concerne. Sauf qu'elle est partie avec deux ou trois petites choses qui m'appartiennent. Une paire de boucles d'oreilles en rubis, un collier en or.

— Couverts par l'assurance ?

— Non. En réalité, ils n'ont pas grande valeur. C'est purement sentimental, vous comprenez ? J'y suis très attachée, sentimentalement parlant.

Elle tenta d'avoir l'air sentimental et loupa son coup.

— C'est plutôt le genre d'affaire que l'on confie à la police.

— Je ne crois pas. (Son visage se ferma, dur comme un bloc de bois brun.) Vous gagnez votre vie en retrouvant des gens, pas vrai ? Et vous cherchez à me convaincre de ne pas vous employer ?

Je sortis le billet de cent de mon portefeuille et le laissai tomber devant moi sur le bureau.

— On dirait bien.

— Ne soyez pas si susceptible. (Elle força sa petite bouche sinistre à s'étirer pour former un sourire.) La vérité, monsieur Archer, c'est que je suis bonne pâte avec les gens. Je m'y attache bêtement. Tous les gens qui ont jamais travaillé pour moi, même ceux qui m'ont grugée… eh bien que voulez-vous, je m'en sens responsable. J'avais vraiment de l'affection pour Lucy, et il faut croire que j'en ai encore. Je ne voudrais pas lui causer d'ennuis, non. Jamais je n'irais lui coller la police sur le dos. Tout ce que je veux, c'est lui parler et récupérer mes bijoux. Je pensais que vous pourriez m'aider…

Elle ferma ses paupières à petits cils énergiques sur ses yeux noirs et durs. Peut-être entendait-elle une bande-son de violons fort lointains. Tout ce que moi j'entendais, c'était les bruits de moteurs et les klaxons des embouteillages sur le boulevard, un étage plus bas.

— Je crois que vous avez dit qu'il s'agissait d'une Noire.

— Je ne suis pas quelqu'un de raciste…

— Ce n'est pas ce que je veux dire. Personne ne peut retrouver une fille noire dans cette ville. J'ai déjà essayé.

— Lucy n'est pas à Los Angeles. Je sais où elle est.

— Pourquoi n'allez-vous pas tout simplement lui parler ?

— C'est mon intention. Mais je préfère me renseigner d'abord sur ce qu'elle fabrique. Avant de la rencontrer, je veux savoir qui elle voit. Et aussi qui elle verra après.

— C'est plutôt sophistiqué comme approche, pour retrouver de la verroterie. Vous cherchez quoi au juste ?

— Ça ne vous regarde pas.

Elle essaya de dire cela avec un entrain et une gaieté de petite fille, mais son agressivité filtra à travers le masque.

— Je crois que vous avez raison. (Je poussai le billet vers elle et me levai.) En fait, votre affaire m'a tout l'air d'être une chasse aux chimères. Vous devriez consulter les petites annonces du *Times*. Vous y trouverez des tas de détectives qui se nourrissent exclusivement de ce genre de gibier.

— Bon Dieu, on dirait bien que c'est un honnête homme, dit-elle en aparté comme si son alter ego se fût trouvé juste à côté d'elle. C'est entendu, monsieur Archer, me voilà tout à vous.

L'image ne m'excitait pas : je ressentis l'accès d'apathie adéquat.

— En fait, je suis pressée. Je n'ai pas le temps de faire les vitrines. Je suis même prête à reconnaître que je suis dans de sales draps.

— Voilà qui nous éloigne beaucoup du menu larcin et de la bimbeloterie de boulevard. Vous auriez pu trouver une meilleure histoire. Mais je vous en prie, ne cherchez pas.

— Je ne cherche pas. C'est la vérité. En travaillant chez moi, Lucy a naturellement découvert mes affaires de famille. Et disons qu'elle est partie dans une atmosphère de rancœur.

Pas de mon côté, du sien. Il y a une ou deux choses qui pourraient me mettre dans l'embarras si jamais elle décidait de les diffuser. C'est pour cela que je veux savoir qui elle voit. Ça me permettra de tirer mes propres conclusions.

— Si vous m'en disiez plus au sujet de ces choses embarrassantes…

— Non, n'y comptez pas. Si je suis venue vous voir c'est justement pour empêcher qu'elles filtrent. Ça vous va, question franchise ?

Son histoire ne me plaisait toujours pas, mais sa seconde version était tout de même meilleure. Je me rassis.

— Quel genre de travail faisait-elle pour vous ?

Elle hésita un instant.

— Ménage, cuisine. Bonne à tout faire. Son nom complet est Lucy Champion.

— Et où travaillait-elle pour vous ?

— Chez moi, évidemment. Vous n'avez pas besoin de savoir où ça se trouve.

Je ravalai mon irritation.

— Et où est-elle, maintenant ? À moins que ce soit encore un secret ?

— Je sais que j'ai l'air déraisonnable et suspicieuse, dit-elle. Croyez-moi, je me suis déjà brûlé les doigts. Mais vous ferez ce travail pour moi, n'est-ce pas ?

— Au point où on en est…

— Elle est à Bella City, au nord, dans la Vallée. Vous allez devoir faire vite pour y être avant midi. C'est à deux bonnes heures de route d'ici.

— Je sais où c'est.

— Parfait. Une de mes amies l'a vue là-bas hier, dans un restaurant de Main Street, près du carrefour d'Hidalgo. Mon amie a parlé avec le serveur, et il lui a dit que Lucy déjeunait là tous les jours, entre midi et une heure. C'est un café qui fait aussi vente d'alcool et qui s'appelle le Tom's. Vous ne pouvez pas le manquer.

— Une photo de Lucy serait un plus.

— Je suis désolée. (Elle ouvrit grand ses mains et les écarta en un geste réflexe qui situait ses racines ancestrales sur la rive nord de la Méditerranée.) Tout ce que je peux faire, c'est vous la décrire. C'est une jeune et jolie Noire, mais d'un teint si clair qu'elle pourrait passer pour une Sud-Américaine, ou une Hispanique californienne. Elle a de beaux et grands yeux marron, et une bouche pas trop épaisse, comme certains peuvent avoir. Elle a aussi une jolie petite silhouette, si elle n'était pas si maigrichonne.

— Quel âge ?

— Pas vieille. Moins… Enfin, plus jeune que moi. (Je remarquai la correction, ainsi que la flatterie personnelle sous-jacente.) Je dirais une petite vingtaine d'années.

— Cheveux ?

— Noirs. Coiffés en carré raide. Elle se les lisse à l'huile.

— Taille ?

— Cinq ou six centimètres de plus que moi. Je fais 1,58 m.

— Signes particuliers ?

— Ses jambes sont son plus bel atout, et elle le sait très bien. (Una était incapable d'adresser un compliment à une autre femme sans le ternir immédiatement.) Elle a le nez un peu en trompette. Ce serait mignon si ça ne vous donnait pas l'impression que ses narines vous fixent continuellement.

— Qu'est-ce qu'elle portait quand votre amie l'a vue ?

— Un tailleur pied-de-poule noir et blanc en peau d'ange. C'est comme ça que j'ai su qu'il s'agissait bien d'elle. Je le lui ai offert il y a deux mois. Elle se l'est ajusté à sa taille.

— Ce n'est donc pas lui que vous cherchez à récupérer.

Ma remarque sembla toucher un point sensible. Elle ôta le mégot qui s'était éteint dans son fume-cigarette et l'écrasa nerveusement dans le cendrier à côté de sa chaise.

— J'en ai déjà beaucoup supporté de votre part, monsieur.

— Nous sommes à peu près à égalité, dis-je. Je tiens les scores. Je ne voudrais surtout pas vous laisser croire que vous me pousserez très loin avec votre billet de cent. C'est une chose à laquelle je dois faire attention, dans ce quartier. Vous êtes suspicieuse. Je suis susceptible.

— Vous parlez comme si vous vous étiez fait mordre par un ours. Seriez-vous par hasard malheureux en ménage ?

— J'allais justement vous poser la même question.

— Ne vous en faites pas pour mon ménage. Tout d'abord… Je ne veux pas que vous parliez à Lucy. (Elle changea, ou feignit de changer subitement d'humeur.) Oh et puis zut, c'est ma vie, et je la vis. Nous perdons du temps. Acceptez-vous oui ou non de faire ce que je vous demande ? Ni plus, ni moins ?

— Certainement pas plus. Elle ne déjeunera peut-être pas dans ce restaurant aujourd'hui. Si elle s'y montre, je la suis, je note les lieux où elle se rend, les gens qu'elle voit. Et puis je vous en informe ?

— Oui. Cet après-midi, si possible. Je serai au Mission Hotel, à Bella City. Demandez Mme Larkin. (Elle jeta un coup d'œil à la montre en or carrée qu'elle portait au poignet droit.) Vous feriez mieux d'y aller. Si elle quitte la ville, prévenez-moi immédiatement et suivez-la.

Elle gagna la porte du couloir d'un pas vif et décidé, comme pour tracer le plus court chemin entre les différentes choses qu'elle recherchait. Sous sa coupe au carré, sa nuque paraissait lourde, gonflée de muscles, comme si elle s'en était souvent servie lors de luttes entre mâles dominants, ou bien pour faire l'autruche. En passant la porte, elle se retourna et sa main droite jaillit de son vison en signe d'au revoir. Sa main gauche remonta son étole sur son cou, et je me demandai si elle ne se servait pas de cet accessoire pour masquer cette grossièreté révélatrice.

Je retournai à mon bureau et composai le numéro de mon service de messagerie. Debout à la fenêtre, je regardai le trottoir d'en bas à travers les lattes du store. Il grouillait d'une jeune foule pétillante de gars et de filles bourdonnant, frétillant dans leur quête de bonheur et de dollars.

Una émergea au milieu de cette masse, sombre et ratatinée par la hauteur depuis laquelle je l'observais. Elle tourna vers le haut de la rue, tête tendue en avant au bout de sa nuque puissante, comme un bélier massif poussé vers une porte indestructible. À la cinquième sonnerie, le standard me répondit d'un guilleret gazouillis féminin. Je l'informai que je quittais la ville pour le week-end.

Chapitre 2

Du haut de la côte j'apercevais les montagnes formant l'autre versant de la vallée, qui remontaient comme des dalles de granite posées de biais contre le ciel de faïence bleue. En dessous de moi, la route sinuait dans les collines brunes de septembre parsemées des points d'encre noire que jetaient les ombres des grands chênes. Entre ces collines et les montagnes lointaines, le fond de la vallée était tapissé des festons vert vif des vergers, des pièces de gros velours marron des champs labourés, de l'industrieux patchwork des jardins maraîchers. Bella City se trouvait là, petite ville tentaculaire poussiéreuse, nanisée et nettoyée par la clarté de l'espace. J'y descendis.

Les abattoirs des coopératives d'éleveurs se dressaient comme des hangars d'aviation le long des prairies vertes.

Des pépinières et petites fermes suburbaines desséchées proposaient à la vente leurs plants de tomates, leurs œufs, leurs haricots de Lima. Les abords de la route étaient embouteillés de stations-service, de drive-in, de motels somnolant tristement sous des enseignes optimistes. Sur la route, les gros camions filaient dans les deux sens en tractant des panaches de fumée noire ainsi qu'un long et bruyant soupir de mépris à l'égard de Bella City.

La grand-route traçait un fruste équateur social séparant la communauté en un hémisphère clair et un hémisphère sombre. Au-delà de cette ligne, dans l'hémisphère nord, vivaient les Blancs, qui possédaient et géraient les banques et les églises, les magasins de vêtements, les boutiques d'alcool et les épiceries. En deçà, à la fois comprimés et séparés les uns des autres par les usines à glace, les entrepôts, les blanchisseries, vivaient les Mexicains et les Noirs qui accomplissaient l'essentiel du travail manuel dans Bella City et son hinterland. Je me souvenais qu'Hidalgo Street filait parallèlement à la grand-route, à deux blocs plus au sud.

Il faisait assez chaud et l'air était très sec. La sécheresse me faisait mal aux sinus. Main Street était bruyante et brillante de circulation méridienne coincée pare-chocs contre pare-chocs. Je pris à gauche dans East Hidalgo Street et trouvai une place de stationnement le long du premier bloc. Des femmes au foyer noires, mates et olivâtres chargées de paquets, poussant des chariots de courses, occupaient le trottoir. Au-dessus d'elles un bâtiment délabré, doté de deux vitrines symétriques comme une paire d'yeux rendus fous par les souvenirs d'un tremblement de terre, proposait d'un côté des Chambres à la Semaine, de l'autre L'Avenir dans les Lignes de vos Mains. Deux petits Mexicains, un garçon et une fille, passèrent en flânant main dans la main sous l'éternel midi, en chemin vers des noces trop précoces.

Deux soldats se matérialisèrent en provenance de nulle part, pâles sous leurs uniformes, comme des jeunes fantômes piégés par le réel. Je descendis de voiture et les suivis. Ils remontèrent jusqu'à Main Street, la traversèrent et entrèrent dans une boutique de magazines située près du carrefour. Le néon éteint du Tom's se trouvait presque juste en face, de l'autre côté de la rue. *Bière pression. Steam beer. Essayez nos spaghettis.*

Les soldats inspectaient un rayon de bandes dessinées avec des airs de connaisseurs. Ils en choisirent une demi-douzaine chacun, les payèrent et s'en allèrent.

— Des bébés, dit le vendeur (un homme aux cheveux gris et aux lunettes crasseuses). On les enrôle alors qu'ils portent encore des couches, de nos jours. Du berceau au tombeau, en un seul bond. Quand j'étais dans l'AEF*...

Je lâchai un petit grognement et me postai derrière la vitrine pour observer la rue. Le Tom's avait une clientèle variée. Costumes-cravates et bleus de travail, chemises sport, T-shirts et pull-overs entraient et sortaient continuellement. Les femmes portaient des robes en vichy, des bains de soleil à bretelles fines, des pantalons amples et des chemisiers légers, des vestes claires sur de la soie aux fleurs fanées. Il y avait des Blancs, mais la plupart des chalands étaient noirs ou mexicains. Je ne vis aucun tailleur pied-de-poule en peau d'ange.

— Quand j'étais dans l'AEF, susurra le vendeur d'une voix pleine de nostalgie.

Je pris un magazine et feignis de le feuilleter en observant la foule mouvante de l'autre côté de la rue. La lumière dansait en ondes immobiles au-dessus des capots.

* *American Expeditionary Force*, nom du corps expéditionnaire américain placé sous les ordres du général Pershing pendant la Première Guerre mondiale. (Toutes les notes sont du traducteur.)

— Il faut payer pour lire, dit le vendeur en changeant de disque.

Je lui jetai 25 cents, et il s'adoucit.

— Faut me comprendre, hein. Les affaires sont les affaires.

— Absolument, répondis-je d'un ton bourru pour couper court à l'AEF.

Derrière la vitrine poussiéreuse, les passants ressemblaient à des figurants dans une scène de rue d'un des tout premiers films en couleurs. Les façades des immeubles n'avaient aucun relief et étaient trop laides pour que je puisse en imaginer l'intérieur. Le Tom's était flanqué d'un côté par une boutique de prêteur sur gages dont la vitrine exposait des violons et des armes à feu, de l'autre par un cinéma couvert d'affiches racoleuses pour *La Liga de Muchachos*. La foule sembla se mettre à se mouvoir plus vite, puis la caméra zooma sur la porte à doubles battants du Tom's. Une jeune femme noire au teint clair, cheveux noirs coupés court et tailleur pied-de-poule, en sortit, s'arrêta sur le trottoir, puis partit vers le sud.

— Vous oubliez votre magazine, cria le vendeur dans mon dos.

J'étais au milieu de la rue lorsqu'elle atteignit le carrefour de Main et Hidalgo. Elle prit à gauche, marchant à petits pas rapides. Le soleil luisait sur ses cheveux huilés. Elle passa à moins d'un mètre de ma décapotable. Je me glissai au volant et mis le contact.

Lucy marchait avec allure. Ses hanches ondulaient comme des poires sous la tige fine de sa taille, et ses jambes nues et mates se mouvaient plaisamment sous l'ourlet de la jupe. Je la laissai marcher jusqu'au bout du bloc puis la suivis par à-coups, de place de parking en place de parking. Au deuxième bloc, je m'arrêtai devant un temple bouddhiste en bois. Au troisième, devant une salle de billards où des Noirs, des Mexicains et des Asiatiques donnaient de la queue sur de grandes tables vertes. Au quatrième, ce fut une école en petites briques rouges devant une cour de récréation jaune déserte. Lucy continuait à marcher vers l'est.

La route dégénéra du bitume défoncé à la terre battue et c'en fut fini du trottoir. La jeune femme traçait attentivement son chemin entre les enfants qui couraient, se roulaient dans la poussière ou se tenaient accroupis, et elle longea des logements aux vitres brisées rafistolées avec des bouts de carton et aux portes d'entrée pelées et scarifiées. Pour ceux qui avaient une porte. Dans la lumière photogénique, la misère de ces maisons prenait une sorte de beauté ou de clarté austère, comme des visages de vieillards sous le soleil. Leurs toits s'affaissaient et leurs murs s'inclinaient avec une résignation toute humaine – et elles avaient des voix : des voix de querelles, des voix de ragots, des voix qui chantaient. Les enfants jouaient dans la poussière à des jeux de combat.

Lucy quitta Hidalgo Street à la douzième intersection pour prendre vers le nord le long de la palissade verte d'un terrain de base-ball. À un bloc de la grand-route, elle tourna de nouveau vers l'est, dans une rue d'un genre différent. Goudronnée, dotée de trottoirs, cette rue desservait une enfilade de petits carrés de pelouse bien verts qui s'étiraient devant autant de petites maisons de bois proprettes avec terrasse couverte et ornements de stuc. Je me garai au croisement, à moitié caché par la haie d'eugénia bien taillée de la maison qui faisait l'angle. Le nom de la rue était peint au pochoir sur le bord du trottoir. Mason Street.

Vers le milieu du bloc, un coupé Ford vert délavé était garé dans une allée, à l'ombre d'un faux poivrier, devant une maisonnette blanche. Un jeune Noir en short de bain jaune était en train de le passer au jet. Il était très grand et semblait très costaud. À un demi-bloc de distance, je pouvais voir luire les muscles de ses bras noirs mouillés. La fille traversa la rue pour se diriger vers lui d'un pas plus lent et plus gracieux que celui qui l'avait menée jusqu'ici.

Lorsqu'il la vit, il sourit et braqua le jet d'eau dans sa direction. Elle se pencha pour l'éviter et se rua vers lui en oubliant toute dignité. Il rit et balança son jet vers le sommet de l'arbre, comme un geyser de rire visible qui m'atteignit sous forme sonore une demi-seconde plus tard. Lucy se débarrassa de ses chaussures en deux petits coups de pied et se mit à courir autour de la voiture avec un pas d'avance sur l'averse miniature du jeune homme. Il lâcha le tuyau pour la poursuivre.

Elle réapparut de mon côté et attrapa l'embout. Lorsque le jeune homme déboula de derrière la voiture, elle l'arrosa en plein visage. Trempé, hilare, il continua d'avancer vers elle et lui arracha l'embout des mains. Leurs rires se joignirent.

Face à face sur l'herbe verte, ils se serrèrent dans les bras l'un de l'autre. Leurs rires se turent subitement. Le faux poivrier les nimbait de son ombre de silence vert. L'eau du jet gargouillait comme une source sur la pelouse.

Une porte claqua. Je perçus son heurt retardé comme un grand coup de hache dans le lointain. Les amants se séparèrent en sursaut. Une forte femme noire venait de sortir sur la terrasse de la maisonnette blanche. Elle se tenait debout, poings serrés sur le tablier qui protégeait ses larges hanches, et les fixait sans rien dire. Ses lèvres, du moins, ne bougeaient pas de manière visible.

Le jeune homme attrapa une peau de chamois et commença à frotter le capot de la voiture comme s'il avait voulu laver le monde de ses péchés. La jeune femme se baissa pour récupérer ses chaussures d'un air profondément concentré, comme si elle les avait cherchées partout depuis une éternité. Elle passa à côté du garçon sans détourner la tête, puis disparut par le côté de la maisonnette. La forte femme noire rentra chez elle en refermant sans un bruit la porte à moustiquaire derrière elle.

Chapitre 3

Je contournai le pâté de maisonnettes sur trois de ses côtés, garai ma voiture près du carrefour et pris Mason Street par l'autre bout, à pied. Le jeune Noir polissait toujours la Ford sous le faux poivrier. Il jeta un coup d'œil dans ma direction lorsque je traversai la rue, puis cessa de faire attention à ma personne.

Sa maison était la cinquième du côté nord de la rue. J'ouvris le portillon blanc de la troisième, une construction en stuc qui arborait une antenne de télévision comme une grande plume métallique dressée sur sa crête. Je frappai au cadre de la porte à moustiquaire et sortis un carnet noir et un crayon de ma poche intérieure.

La porte principale s'entrouvrit sur quelques centimètres, dans lesquels s'inséra le visage fin et jaune d'un Noir entre deux âges.

— C'est pour quoi ?

Puis il ferma la bouche et ses lèvres rentrèrent entre ses dents.

J'ouvris le carnet et montrai le crayon.

— Mon entreprise fait un sondage national.

— Nous n'avons besoin de rien.

La bouche introvertie se referma deux secondes avant la porte.

Celle de la maison suivante était grande ouverte. Elle donnait directement sur un salon encombré de vieux meubles en bois massif. Je frappai et la porte claqua doucement contre le mur.

Le jeune à l'ombre du faux poivrier leva les yeux du pare-chocs qu'il astiquait.

— Entrez donc. Elle sera contente de vous voir. Tatie est toujours contente de voir des gens.

Puis il ajouta, avec un retard étudié :

— Monsieur.

Et il se remit à la tâche, dos en V tourné vers moi.

La voix de la maison me parla depuis un point situé quelque part vers le fond. Elle était vieille et flétrie mais possédait en même temps quelque chose de pénétrant, comme une mélopée rituelle.

— C'est toi, Holly ? Non, ce ne peut pas être déjà toi. Mais ce n'est pas grave, entrez, entrez, qui que vous soyez. Vous devez être un de mes amis, et c'est dans ma chambre qu'il faut venir me voir maintenant. Maintenant que je ne peux plus sortir. Alors venez, entrez.

La voix parlait sans interruption, liant les mots les uns aux autres en son plaisant marmonnement typique du Sud profond. M'y accrochant comme à un fil, je traversai le salon, puis un petit couloir, puis la cuisine, et entrai dans une chambre qui donnait directement sur cette dernière.

— Avant, il n'y a pas si longtemps que ça, j'accueillais mes visiteurs dans le salon. Mais tout récemment, le docteur m'a dit : il faut rester au lit maintenant, mon chou, il ne faut plus essayer de faire à manger, il faut laisser Holly faire ça pour vous. Et voilà où j'en suis.

La chambre était petite et sobre, éclairée et ventilée par une unique fenêtre, ouverte, contre laquelle était posé le lit d'où provenait la voix. Adossée sur plusieurs oreillers contre la tête en érable, une femme noire souriait du fond d'un visage gris, sous une paire d'yeux immenses qui luisaient comme deux lanternes sombres. Le fil de parole continuait à se dérouler entre ses lèvres bleues souriantes :

— C'est une bénédiction pour moi, qu'il m'a dit, d'avoir les articulations soudées comme ça par l'arthrite, parce que si j'avais continué à courir dans tous les sens comme je le faisais avant, mon cœur m'aurait lâchée, c'est sûr. Je lui ai dit merci beaucoup, jolie consolation. À quoi ça me sert d'avoir un cœur qui marche comme une horloge fatiguée si je ne peux pas me lever pour faire à manger. Il m'a dit que j'étais pas de la génération des têtes de mules pour sûr, et j'ai éclaté de rire, j'ai pas pu m'empêcher. Ce jeune docteur est un bon ami à moi, je me fiche bien de ce qu'il peut dire. Et vous, vous êtes docteur, mon petit ?

Les grands yeux brillaient droit dans les miens, et les lèvres bleues souriaient. J'ai horreur que le facteur humain vienne me mettre des bâtons dans les roues quand je m'apprête à mentir.

Je mentis :

— Nous faisons un sondage sur les habitudes d'écoute des auditeurs de radio du sud de la Californie. Je vois que vous avez une radio.

— Oui, j'ai une radio.

Elle avait l'air déçu. Sa lèvre supérieure grise et légèrement duvetée se fronça en de nombreuses ridules verticales.

— Est-ce qu'elle fonctionne ?

— Oui, elle fonctionne. (Ma question revigora son humeur en lui offrant un sujet de conversation.) Je ne laisserais pas une radio qui ne marche pas occuper comme ça de l'espace dans ma chambre. Je l'écoute matin, midi et soir. Quand vous avez frappé à la porte, je venais juste de l'éteindre. Je la rallumerai dès que vous serez parti. Mais il n'y a pas le feu. Entrez, asseyez-vous. J'aime me faire de nouveaux amis.

Je m'assis dans l'unique fauteuil de la chambre, un rocking-chair près du pied du lit. De là, j'avais vue sur le côté de la maisonnette blanche des voisins. Sur l'arrière, la fenêtre de leur cuisine était ouverte.

— Alors, comment vous appelez-vous, mon petit ?

— Lew Archer.

— Lew Archer, répéta-t-elle lentement, comme s'il s'était agi d'un poème court mais d'une grande profondeur. C'est un bien joli nom, un bien bien joli nom. Moi, je m'appelle Jones, comme mon dernier mari. Mais tout le monde m'appelle Tatie. J'ai trois filles mariées et quatre fils à Philadelphie et Chicago. Douze petits-enfants, six arrière-petits-enfants, et d'autres pour bientôt. Vous voyez mes photos ? (Un nuage d'instantanés punaisés tapissait le mur juste au-dessus de la radio.) Ça doit vous faire du bien de vous reposer un peu les jambes. Ce travail d'enquêteur, ça paye correctement, mon petit ?

— Pas très.

— Vous êtes bien habillé pourtant, c'est déjà ça. Ça doit vous réconforter.

— C'est juste temporaire. Je voulais vous demander, est-ce que vos voisins ont des radios ? Le monsieur d'à côté n'a pas voulu me répondre.

— Le vieux Toby, là ? C'est un revêche. Ils ont la radio *et* la télévision. (Elle lâcha un soupir de jalousie et de résignation.) Il est propriétaire d'un demi-bloc sur Hidalgo Street. Ça lui en fait, des rentes.

Je fis quelques petits gribouillages dans mon carnet.

— Et de l'autre côté ?

— Pas chez Annie Norris. Quand j'avais encore l'usage de mes membres, j'étais aussi bigote qu'Annie Norris, mais je n'ai jamais été aussi coincée qu'Annie Norris. Je n'ai jamais vu le mal qu'il pouvait y avoir à écouter un peu de musique. Annie dit que c'est un instrument du diable. Moi, je lui ai dit qu'il fallait vivre avec son temps. Elle interdit même à son grand fils d'aller au cinéma, et je lui ai dit qu'il y avait des choses bien pires à craindre pour son fils qu'un petit moment de divertissement innocent. Des choses bien pires pourraient arriver, et il en est arrivé des bien pires. (Elle se tut. Une de ses mains noueuses s'éleva péniblement au-dessus de l'oreiller sur lequel elle reposait.) En parlant du diable, vous entendez ça ?

D'une brusque et raide tension de tout son corps, elle détourna la tête pour regarder la fenêtre. Derrière les murs de la maison d'à côté, deux voix de femmes se querellaient.

— Elle remet ça avec sa locatrice. Écoutez.

Une des voix était un contralto puissant, aisément attribuable à la grosse femme noire. J'en saisis quelques bribes :

— Écoutez-moi bien… hors de chez moi… faire les yeux doux à mon fils… allez-vous-en… mon fils.

L'autre voix était un soprano. Elle stridulait de peur et de colère :

— C'est faux. Vous mentez. Vous m'avez loué la chambre pour un mois…

La grosse voix déferla comme un rouleau :

— Sortez. Faites vos bagages et fichez le camp. Je vous rendrai ce que je vous dois pour le restant du mois. Il vous faudra bien ça pour vous acheter de l'alcool, mademoiselle Champion.

La porte à moustiquaire claqua de nouveau, et la voix du garçon se fit entendre à l'intérieur de la maison :

— Qu'est-ce qui se passe ici ? Mama, tu laisses Lucy tranquille !

— Ne te mêle pas de ça. Ce ne sont pas tes affaires. Mademoiselle Champion nous quitte.

— Tu ne peux pas la mettre dehors comme ça. (La voix du garçon monta de quelques tons et prit des accents blessés.) Elle a payé son loyer jusqu'à la fin du mois.

— Ça m'est égal, elle s'en va. File dans ta chambre, Alex. Qu'est-ce que tu crois que ton père dirait, s'il t'entendait parler à ta mère comme tu viens de le faire ?

— Fais ce que ta mère te demande, dit la jeune femme. Il est de toute façon hors de question que je reste, après de telles insinuations.

— Des insinuations ! (La femme plus âgée vrilla ce mot d'un ton sauvagement sarcastique.) Je vous parle de faits, mademoiselle Champion, et je pourrais en citer d'autres. Mais je ne voudrais pas me salir la bouche en vous en parlant devant mon Alex…

— Quels autres ?

— Vous savez bien quels autres. Je n'ai pas loué ma jolie chambre toute propre pour le genre d'usage que vous en avez fait hier soir. Vous avez reçu un homme dans votre chambre hier soir, n'essayez pas de mentir, ça ne servira à rien.

Si Lucy répondit, ce fut à voix trop basse pour que je l'entende. Mme Norris apparut soudain à la fenêtre de la cuisine. Je n'eus pas le temps de reculer pour sortir de son champ de vision, mais elle ne leva pas les yeux. Elle avait un visage de pierre. Elle referma la fenêtre en faisant claquer la guillotine puis laissa tomber le store d'un coup sec.

Haletante, un grand sourire aux lèvres, la vieille femme se laissa de nouveau aller contre ses oreillers.

— Eh bien, on dirait qu'Annie a perdu sa locatrice. J'étais sûre qu'elle s'attirerait des ennuis, à louer comme ça sa chambre à cette jeune poupée de Lucy avec son grand fiston chez elle.

Puis, avec la franchise des personnes très âgées qui n'ont plus que la vie à perdre, elle ajouta :

— Mince alors, si elle s'en va vraiment, je n'aurai plus de disputes à écouter.

Je me levai et posai une main sur la fine flanelle qui couvrait son épaule.

— Ce fut un plaisir de vous rencontrer, Tatie.

— Plaisir partagé, mon petit. J'espère que vous arriverez à vous trouver un meilleur emploi que ce travail de piéton que vous avez là. Je sais ce que ça fait aux jambes. J'ai passé ma vie à faire la cuisine dans des maisons immenses. Prenez bien soin de vos jambes…

La voix s'étira dans mon dos comme un fil d'araignée lancée dans le vide infini.

Je regagnai ma voiture et avançai de quelques mètres de manière à avoir une vue dégagée sur la maison des Norris. Mon travail était un travail de piéton et un travail de conducteur. Mais c'était surtout un travail d'homme assis. Un travail d'attente. Il faisait chaud sous le toit de ma voiture, mais j'en avais besoin pour assurer ma discrétion. J'enlevai ma veste et attendis, assis. Les secondes s'entassèrent les unes sur les autres pour former des piles de minutes comme des rangées de pennies tout beaux tout chauds.

L'horloge du tableau de bord (en bon état de fonctionnement) indiquait 2 heures de l'après-midi quand un taxi jaune arriva par l'autre bout de Mason Street. Il ralentit et klaxonna devant la maison des Norris, puis tourna dans l'allée derrière le coupé Ford et recula pour se garer à cheval sur le trottoir. Lucy Champion descendit l'allée avec un carton à tailleur sous le bras et un chapeau sur la tête. Derrière elle, Alex Norris, désormais entièrement vêtu, portait une paire de valises grises assorties. Le chauffeur les chargea dans son coffre et Lucy prit place sur la banquette arrière avec gaucherie et réticence. Alex Norris regarda le taxi s'en aller. Sur la terrasse, sa mère le regardait lui.

Je passai devant eux en tournant la tête de l'autre côté pour cacher mon visage, et je suivis le taxi jusqu'à Hidalgo

Street, puis jusqu'à Main Street, qu'il prit en direction du sud. C'était la direction de la gare, et je m'attendais à moitié à voir Lucy s'y rendre pour prendre un train. Son taxi tourna dans la contre-allée circulaire prévue à cet effet et déposa la jeune femme sur le parvis de la gare. Elle entra dans le hall des départs. Je me garai derrière le taxi et allai vers la porte latérale qui donnait sur la salle d'attente. Au même moment, Lucy réapparut. Elle avait le visage lourdement poudré et les cheveux soigneusement ramassés en chignon sous son chapeau. Elle ne me remarqua pas, marcha droit vers la file de taxis qui attendaient de l'autre côté de la gare, et monta à bord d'une voiture noire et blanche. Le temps que le chauffeur s'occupe de ses valises, j'avais repris le volant et manœuvré, prêt à le suivre.

Le taxi noir et blanc remonta Main Street vers le nord jusqu'à la grand-route, qu'il prit vers l'ouest sur deux blocs. Là, il ralentit et tourna à gauche toute, passant sous une banderole tendue entre deux poteaux qui disait MOUNTVIEW MOTEL ET MOBILE HOMES. Je le dépassai, fis demi-tour au carrefour suivant, puis revins juste à temps pour voir le taxi noir et blanc repartir à vide.

Je me garai quelques mètres en deçà de la frontière marquée par la banderole et me glissai sur le siège passager. Le Mountview Motel et Mobile Homes s'étirait sur une zone de terrains vagues déshérités coincée entre la grand-route et les voies de chemin de fer. Il offrait effectivement une vue sur les montagnes – comme tous les autres bâtiments de Bella City. Les interstices d'une clôture en grillage vaguement couverte d'une vigne vierge qui s'y accrochait sans aucune conviction m'offrirent une vue sur une vingtaine ou une trentaine de mobile homes gisant comme des baleines échouées sur la terre poussiéreuse. Autour d'eux, sous eux, des chiens et des enfants jouaient. Le terrain, de mon côté, était à demi clos par un bâtiment en L en parpaings nus percé de douze fenêtres et de douze portes. Sur la première porte était écrit ACCUEIL. Les valises de Lucy se tenaient sur son petit seuil en béton.

Lucy en sortit, suivie d'un homme ventripotent vêtu d'un T-shirt. Il prit ses valises et l'escorta jusqu'à la septième porte, au coin du L. Même de loin, Lucy paraissait raide de fatigue. Le ventripotent déverrouilla la porte et ils entrèrent.

Je repris ma voiture et allai me garer devant l'accueil. C'était un box sordide, coupé en deux par un comptoir en bois brut. Un canapé de toile aux fils à vif se trouvait près de la porte. De l'autre côté du comptoir, il y avait un bureau à cylindre bourré de paperasserie, un lit escamotable défait, une cafetière électrique pleine de vieux marc, et le tout baignait dans une odeur de café aigre. Un bristol imprimé crasseux collé sur le comptoir annonçait: La Direction se Réserve le Droit de Trier sa Clientèle.

Chapitre 4

LE ventripotent revint vers son bureau en ballotant de la bedaine. Ses avant-bras arboraient des tatouages qui ressemblaient aux tampons apposés sur les couennes d'entrecôtes. Celui de droite disait: JE T'AIME ÉTHEL. Ses petits yeux disaient: je n'aime personne.

— Vous avez des chambres libres?

— Vous rigolez? C'est ce qu'on a le plus, ici. (Il examina la pièce autour de lui comme s'il avait remarqué que quelque chose clochait sans parvenir à savoir de quoi il s'agissait.) Vous voulez une chambre?

— Est-ce que la 6 est libre?

— Nan.

— La 8, alors ?

— Allons-y pour la 8. (Il farfouilla dans le secrétaire en quête d'un formulaire d'inscription vierge, qu'il posa sur le comptoir.) Vous voyagez ?

— Hmm hmm. (J'apposai un paraphe illisible et m'abstins de renseigner les cases dédiées au numéro d'immatriculation et à l'adresse du domicile.) Fait chaud, aujourd'hui.

— Et là, c'est rien. (Un sifflement de poumons asthmatiques accentuait son ton méfiant.) Il fait à peine 37. Z'auriez dû voir ce que c'était vers le premier du mois. On a frôlé les 45. C'est à cause de ça qu'on voit jamais de touristes. Pour la chambre, c'est deux dollars cinquante.

Je lui tendis l'argent et lui demandai si je pouvais utiliser son téléphone.

— Pour un appel longue distance ? sibila-t-il suspicieusement.

— Local. Et privé, si ça ne vous dérange pas.

Il sortit un combiné de sous le comptoir et s'en alla d'un pas lent en faisant claquer la porte à moustiquaire derrière lui. Je composai le numéro du Mission Hotel. La voix d'Una répondit immédiatement lorsque le standard me passa sa chambre.

— Qui est à l'appareil ?

— Archer. Je vous appelle du Mountview Motel. Lucy Champion vient d'y poser ses bagages. Elle s'est fait mettre à la porte par sa propriétaire, une femme de couleur du nom de Norris, sur Mason Street.

— Il est où, ce motel ?

— En bord de la grand-route, à deux blocs à l'ouest de Main Street. Elle a la chambre 7.

— Entendu, parfait, dit-elle d'une voix chantante. Gardez bien l'œil sur elle. Je vais lui rendre une petite visite. Je veux savoir qui elle ira voir après que je lui aurai parlé.

Elle raccrocha. Je pris possession de la chambre 8 en posant mon baise-en-ville sur la moquette élimée et en suspendant ma veste à l'unique cintre en fil de fer qu'abritait la penderie en carton. Au centre de la pièce, un couvre-lit vert miteux ne parvenait pas à camoufler la dépression économique que le lit subissait en son centre. Je m'en méfiai. Je m'assis sur une chaise droite que je plaçai face à la fenêtre, et m'allumai une cigarette.

La fenêtre donnait sur la porte et la fenêtre de la chambre de Lucy, en diagonale du L. La porte était fermée ; le store roulant vert était baissé. La fumée de ma cigarette montait jusqu'au faux plafond jaune en une colonne parfaite dans l'atmosphère stagnante. Dans la chambre 9, de l'autre côté de la cloison, une femme grogna.

— Y a quelque chose qui va pas ? dit une voix d'homme.

— Tais-toi.

— J'ai cru qu'y avait quelque chose qu'allait pas.

— La ferme. Tout va bien.

— J'ai cru que je te faisais mal.

— La ferme. La ferme. La ferme.

Ma cigarette avait un goût de paille brûlée. Je l'écrasai dans le couvercle d'une boîte à café abandonné là pour faire office de cendrier, et songeai aux gens qui s'étaient allongés sur ce lit de fer, seuls ou en couple, et avaient contemplé le plafond jaune. Ses coins portaient encore la marque de leur crasse, et leurs odeurs suintaient des quatre murs. Ils étaient venus de partout pour regarder ce plafond jaune, se tortiller dans ce lit de fer, tripoter les murs et laisser leurs traces indélébiles.

Je traversai la chambre pour approcher mon oreille de la cloison qui me séparait de celle de Lucy. Elle sanglotait. Au bout d'un moment, elle dit pour elle-même une phrase où je saisis quelque chose qui ressemblait à "pas question".

Puis, au bout d'un autre moment : “Mais qu'est-ce que je vais faire ?”

Les gens passaient leur temps à sangloter sur eux-mêmes en se demandant ce qu'ils allaient faire. Cela ne rendait pas la chose plus facile à entendre. Je retournai m'asseoir sur ma chaise devant la fenêtre et surveillai la porte en essayant de faire comme si je ne savais rien de ce qui se passait derrière.

Una se matérialisa soudain sur son seuil, comme dans une scène de rêve. Un rêve sous marijuana. Elle portait un pantalon léopard et un chemisier de soie jaune. Penchée en avant vers la porte comme un boxeur pressé d'en découdre, elle y frappa deux coups du dos de son poing droit.

Lucy ouvrit. Ses mains mates crispées montèrent vers son visage et s'agrippèrent à sa lèvre inférieure. Una força le passage comme un petit bélier en rut, et Lucy disparut de mon champ de vision. J'entendis ses talons trébucher sur le sol. Je me rapprochai de la cloison.

— Asseyez-vous, dit Una d'une voix brusque. Non, non, sur le lit. Moi je prends la chaise. Eh bien, Lucy. Qu'avez-vous fait de vous ?

— Je n'ai pas envie de vous parler.

La voix de Lucy aurait pu être douce et plaisante si la peur ne s'y était instillée pour lui jouer des tours.

— Il n'y a pas de quoi s'énerver.

— Je ne m'énerve pas. Ce que je fais ne regarde que moi. Ce sont mes affaires, pas les vôtres.

— Je n'en suis pas si sûre. Elles couvrent quoi exactement, vos petites affaires ?

— Je cherche un travail. Un travail *décent*. Dès que j'aurai un peu d'argent de côté, je rentrerai chez moi. Ça n'est pas vos affaires, mais je vous le dis quand même.

— Vous faites bien, Lucy. Parce que vous ne rentrerez pas à Detroit. Ni aujourd'hui, ni jamais.

— Vous ne pouvez pas m'en empêcher !

Il y eut un moment de silence.

— Non, je ne peux pas vous en empêcher. Mais je peux vous dire ceci : quand vous descendrez du train, il y aura un comité d'accueil prévu pour vous. Je passe des appels longue distance vers Detroit tous les après-midi.

Nouveau moment de silence, plus long.

— Donc vous voyez, Lucy. Vous oubliez Detroit. Vous savez ce que je crois que vous devriez faire, Lucy ? Je crois que vous avez fait une erreur en nous quittant. Je crois que vous devriez revenir chez nous.

Lucy lâcha un long soupir.

— Non. C'est impossible.

— Mais si. Revenez. Ce sera plus sûr pour vous et plus sûr pour nous. Ce sera plus sûr pour tout le monde. (Le ton de pétillante pétulance d'Una s'adoucit d'une couche d'onctuosité feinte.) Je vais vous dire dans quelle situation vous êtes, très chère. Nous ne pouvons pas nous permettre de vous laisser courir comme ça à droite à gauche. Vous finirez par vous attirer des ennuis, ou par boire un petit verre de trop en mauvaise compagnie, et vous vous mettrez à bavasser. Je les connais, les gens comme vous. Des bavasseurs, tous autant que vous êtes.

— Pas moi, protesta la jeune femme. Je ne bavasserai jamais, je vous le promets. S'il vous plaît, laissez-moi continuer à m'occuper de mes affaires sans déranger personne. *S'il vous plaît.*

— J'ai des devoirs envers mon frère. J'aimerais pouvoir vous lâcher la bride, Lucy. Si seulement vous acceptiez de coopérer.

— J'avais toujours coopéré, avant. Avant que ça se produise.

— C'est vrai. Dites-moi où elle est, Lucy. Ensuite, je vous ficherai la paix, ou bien vous pourrez revenir travailler chez nous. Je doublerai votre salaire. Nous avons confiance en vous. C'est en elle que nous n'avons pas confiance, et vous le savez. Est-ce qu'elle est ici, en ville ?

— Je n'en sais rien, dit Lucy.

— Vous savez qu'elle est en ville. Alors dites-moi où elle se trouve. Je vous offre 1 000 dollars là, tout de suite, si vous me dites où elle est. Allez, Lucy, dites-le-moi.

— Je n'en sais rien, dit Lucy.

— Mille dollars, tout de suite, répéta Una. Je les ai sur moi.

— Je ne veux pas de votre argent, dit Lucy. Je ne sais pas où elle est.

— Est-ce qu'elle est à Bella City ?

— Je n'en sais rien, madame. Elle m'a emmenée ici et puis elle est partie. Comment voulez-vous que je sache où elle a pu aller ? Elle ne m'a jamais rien dit.

— C'est bizarre, je croyais que vous étiez sa petite confidente préférée. (Puis, d'un ton âpre, avec une brusque accélération du débit :) Est-ce que sa blessure à lui était très sérieuse ?

— Oui. Enfin, je n'en sais rien.

— Où est-il ? À Bella City ?

— Je n'en sais rien, madame.

La voix de Lucy n'était plus qu'une psalmodie lasse.

— Il est mort ?

— Je ne sais pas de qui vous parlez, madame.

— Espèce de sale petite menteuse ! dit Una.

J'entendis un coup. Une chaise que l'on traîne sur le sol. Et un hoquet, un seul, bruyant.

— Laissez-moi tranquille, madame Una. (La pression de la situation avait renvoyé Lucy à son abandon renfrogné et amolli les articulations de sa voix.) Je n'ai pas à supporter ça de vous. Je vais appeler la police.

— Pardonnez-moi, ma petite chérie. Je ne voulais pas vous frapper. Mais vous connaissez mon sale caractère, Lucy, dit Una d'un ton voilé de fausse sollicitude. Je vous ai fait mal ?

— Vous ne m'avez pas fait mal. Vous ne pouvez pas me faire mal. Fichez-moi la paix, c'est tout. Allez-vous-en et fichez-moi la paix.

— Et pourquoi je ferais ça ?

— Parce que vous n'obtiendrez rien de moi.

— Vous croyez valoir combien, ma petite chérie ?

— Ne m'appelez pas *ma petite chérie*. Je ne suis pas votre chérie.

— Cinq mille dollars ?

— Je ne veux pas de votre argent.

— Vous êtes bien difficile pour une petite négresse qui n'était pas fichue de se trouver un travail avant que je lui en donne un.

— Je vous interdis de me parler comme ça. Et vous savez ce que vous pouvez en faire, de votre travail. Je ne reviendrais pas même si je crevais de faim.

— Ça vous arrivera peut-être, dit Una d'une voix rieuse. J'espère que vous crèverez de faim.

Ses pas se dirigèrent vers la porte, puis la porte claqua. Dans le silence creux qui envahit ensuite la pièce, une série de lents mouvements de traction s'acheva sur les grincements du sommier à ressorts et un nouveau long soupir. Je regagnai ma fenêtre. Le ciel m'aveugla de son bleu. Dans la cour, Una montait dans un taxi. Le taxi s'en alla.

Deux cigarettes plus tard, Lucy sortit et verrouilla. Elle vacilla un instant sur le seuil de béton, puis se ressaisit comme un plongeur inexpérimenté s'apprêtant à tenter le saut de l'ange dans un grand vide cruel. Une épaisse couche de poudre lui collait au visage comme un nappage de sucre glace, masquant imparfaitement sa noirceur et son désespoir. Bien qu'elle portât toujours les mêmes vêtements, son corps avait l'air adouci, plus féminin.

Elle quitta le motel et prit à droite le long du bas-côté de la grand-route. Je la suivis à pied. Elle marchait d'un pas à la fois vif et mal assuré, et j'avais peur qu'elle se fasse écraser en s'écroulant devant une voiture. Petit à petit, sa démarche adopta un tempo qui commençait à évoquer un but. Aux premiers feux, elle traversa la grand-route.

Je la doublai puis m'arrêtai en me glissant dans la première boutique venue, qui se trouvait être une boutique de fruits et légumes à devanture ouverte. Penché sur un étal d'oranges, dos à la rue, j'entendis le bruit de ses talons sur le trottoir et sentis son ombre me frôler comme une plume froide.

Chapitre 5

C'ÉTAIT une rue parallèle à Main Street, un bloc plus à l'ouest. Son bitume défoncé était bordé des rebuts de cette dernière : réparateurs de radios, réparateurs de chaussures, réparateurs de fauteuils, exterminateurs d'insectes, restaurants attrape-mouches. Quelques vieilles bâtisses survivaient parmi eux, toutes divisées en meublés ou pensions.

Lucy s'arrêta devant une maison du troisième bloc et tourna la tête des deux côtés pour observer la rue. Je me trouvais à une centaine de mètres d'elle, assis à un arrêt de bus au coin de la rue. Puis, dans une soudaine effervescence de mouvements, elle traversa la petite cour de la maison en courant et les marches menant à sa véranda. Je me remis en marche.

La maison dans laquelle elle venait d'entrer appuyait tant bien que mal son archaïsme contre un atelier de nettoyage de matelas d'un côté et une échoppe de barbier dotée d'un seul fauteuil de l'autre. À deux étages, ornée d'étranges pignons, elle datait d'avant l'invention de l'architecture californienne. Ses murs latéraux en bois gris étaient striés par des traces d'humidité brunes et ondulées. Aux fenêtres du rez-de-chaussée, les premières rangées de carreaux étaient peintes en blanc et affrontaient le soleil comme des lunettes d'aveugle en verre dépoli. À côté de la porte d'entrée à doubles battants, il y avait une plaque avec un nom imprimé en grosses lettres noires : DR SAMUEL BENNING. Un bristol fixé au-dessus de la sonnette disait, en anglais et en espagnol : SONNEZ ET ENTREZ. Ce que je fis.

Dans le hall, l'air était un bouillon d'hôpital clair fait d'odeurs de cuisine, d'antiseptiques et de grande dilution. Un visage le fendit en nageant pour s'approcher de moi. C'était un grand visage d'homme, trop tranchant, trop agressif. Mes pieds eurent un mouvement réflexe, et je me rendis compte qu'il s'agissait de mon propre visage renvoyé par la surface trouble d'un miroir mural au cadre lourd d'enjolivures patinées.

De la lumière entra par une porte située au bout du hall. Une femme brune apparut. Elle portait l'uniforme gris à rayures des aides-soignantes et dégageait une sorte de beauté pleine et violente. Ses yeux noirs me regardaient comme si elle l'avait su.

— Vous voulez voir le docteur, monsieur ?

— S'il est là.

— Installez-vous dans la salle d'attente, monsieur. Il va s'occuper de vous tout de suite. La porte est sur votre gauche.

Elle disparut en roulant sur ses hanches bien huilées.

La salle d'attente était déserte. Vaste, dotée de nombreuses fenêtres, c'était à l'évidence l'ancien salon de réception de la maison. Du tapis élimé aux plafonds hauts et ternes, son état actuel trahissait son pénible combat contre la perte de respectabilité. Le long des murs, les fauteuils en rotin avaient été récemment réanimés au chintz. Les murs et le sol étaient propres. Malgré cela, c'était une pièce où la pauvreté avait laissé une multitude d'indices après avoir commis son crime.

Je m'assis dans un des fauteuils, dos à la lumière, et pris un magazine sur une petite table bancale. Il avait deux ans d'âge, mais il ferait l'affaire pour masquer mon visage. En face de moi, à l'autre bout de la pièce, il y avait une porte close. Au bout d'un moment, une grande femme aux cheveux noirs vêtue d'un uniforme blanc trop ajusté d'une taille ouvrit cette porte, et j'entendis une voix semblable à celle de Lucy tenir un discours agité et inintelligible à plusieurs pièces de là. La femme qui avait ouvert la porte la referma sèchement derrière elle et s'approcha de moi.

— Vous souhaitez voir le docteur ?

Elle avait les yeux bleu émail. Sa beauté dissolvait toute la pièce.

J'étais en train de me demander comment cette salle d'attente s'y était prise pour mériter cette femme lorsqu'elle m'interrompit :

— Vous souhaitiez voir le docteur ?

— Oui.

— Il est occupé.

— Il en a pour longtemps ? Je suis pressé.

— Je n'en ai aucune idée.

— Je vais attendre un peu.

— Comme vous voudrez, monsieur.

Elle soutint la pression de mes deux yeux sur elle avec un calme parfait, comme si mon regard fixe eût été son biotope naturel. Sa beauté n'était pas du genre qui dépend du mouvement ou de l'émotion. Elle était plastique et extérieure, comme celle d'une statue. Même ses yeux bleus étaient plats et superficiels. Son visage tout entier avait l'air d'avoir été figé à la novocaïne.

— Vous êtes un patient du Dr Benning ?

— Pas encore.

— Puis-je avoir votre nom, s'il vous plaît ?

— Larkin, dis-je au hasard. Horace Larkin.

Le visage figé resta figé. Elle retourna à son bureau et écrivit quelque chose sur une carte. Son uniforme tendu, rempli, me faisait perdre mes esprits. Tout en elle me mettait mal à l'aise.

Un chauve en blouse de médecin ouvrit la porte du fond. Je levai mon magazine devant mon visage et l'étudiai pardessus. Grandes oreilles, crâne presque entièrement glabre, sa tête avait l'air nue, comme si quelqu'un venait juste de la plumer. Des yeux pâles et inquiets éclairaient faiblement un long visage tout en hauteur. De profondes rides de tristesse descendaient des ailes de son grand nez vulnérable.

— Allez-y, dit-il à la réceptionniste. S'il vous plaît, pour l'amour de Dieu, allez essayer de lui parler. Je ne comprends rien de rien à son histoire.

Il avait la voix vive et haut perchée, embrasée de colère ou d'angoisse.

La femme le toisa froidement, jeta un coup d'œil vers moi et ne répondit rien.

— Je vous en prie, dit-il d'un ton apaisant en lui tendant une main rouge noueuse implorante. Je ne sais plus quoi faire d'elle, moi.

Elle haussa les épaules et s'en alla en le frôlant sous l'embrasure de la porte. Le corps filiforme du docteur eut un mouvement de recul, comme si elle eût irradié de chaleur brûlante. Je m'éclipsai.

Lucy sortit dix minutes après moi. J'étais assis chez le barbier juste à côté de la maison du Dr Benning. Il y avait deux hommes avant moi, un dans le fauteuil, en train de se faire raser la barbe, l'autre près de la vitrine, en train de lire un journal. Le lecteur de journal était un trapu sans style vêtu d'une veste en poil de chameau brun clair. Il avait les joues et le nez striés de veines violettes. Lorsque Lucy passa devant la vitrine en direction du sud, il se leva précipitamment, s'enfonça un panama sale sur le chef et quitta l'échoppe.

J'attendis quelques instants, puis m'en allai à sa suite.

— Mais ça y est, c'est à vous maintenant, monsieur, cria le barbier dans mon dos.

Je me retournai depuis l'autre côté de la rue ; il était encore devant sa vitrine, à faire des grands gestes avec un rasoir à la main.

L'homme au panama et au nez veinulé était à un demi-bloc du prochain carrefour, presque à hauteur de Lucy. Elle nous ramenait à la gare. Lorsqu'elle l'atteignit, un train de voyageurs s'en allait vers le nord. Elle demeura parfaitement immobile sur le quai jusqu'à ce que sa fumée ne soit plus qu'un vague nuage de brume au-dessus des contreforts des montagnes. L'homme à la veste en poil de chameau la regardait, avachi comme un bloc d'ennui mou, à peine vivant, derrière une pile de colis sous le porche de la salle des consignes.

Lucy tourna les talons et entra dans la gare. Une étroite fenêtre en bas du porche m'offrait une vue partielle sur la salle d'attente. Sans me soucier de l'homme avachi, mais en m'efforçant de le resituer mentalement, j'allai me poster à une autre fenêtre. Lucy se tenait au guichet des billets avec de l'argent vert dans la main.

L'homme se rapprocha de moi ; son corps trapu se tortilla le long du mur comme si la lumière tranchée par les lattes des stores eût opposé une résistance physique à sa progression. Il posa deux doigts blancs mous sur mon avant-bras.

— Lew Archer, *n'est-ce pas ?*

Cet emploi du français, rehaussé d'un petit sourire suffisant, était délibérément clownesque.

— Je ne suis aucune des deux personnes dont vous parlez, dis-je en agitant le bras pour faire tomber ses doigts.

— Vous ne pouvez pas vous souvenir de moi, mon petit. Moi, en revanche, je me souviens de vous comme si c'était hier. Vous avez comparu comme témoin à charge lors du procès Saddler, et vous étiez formidable. Moi, j'avais passé le jury au crible pour le compte de la défense. Max Heiss ?

Il ôta son panama, et une crinière de cheveux brun-roux lui tomba sur le front. En dessous, ses yeux sales et intelligents luisaient de brillances liquides comme des lichettes de xérès brun. Son petit sourire dégageait un charme penaud, comme s'il eût pris acte du fait qu'il avait certes fait un grand bond vers l'âge adulte, mais que malgré ses quarante ou quarante-cinq printemps il n'avait toujours pas vraiment réussi à y atterrir. Pour autant qu'un tel âge existât, précisait le sourire en poursuivant sa réflexion.

— Heiss ? répéta-t-il d'un ton enjôleur. Maxfield Heiss ?

Je me souvenais de lui et de l'affaire Saddler. Je me souvenais aussi qu'il avait perdu sa licence pour avoir fait pression sur des jurés potentiels dans une autre affaire de meurtre.

— Je vous connais, Max. Qu'est-ce que ça change ?

— Ça change qu'on peut tituber bras dessus bras dessous jusqu'au bar d'en face. Que je vous paye un verre, qu'on parlera du bon vieux temps et tout et tout.

Ses mots étaient mous et pleins de sous-entendus ; ils éclataient sans bruit, comme des bulles de savon, sitôt sortis de ses lèvres roses. Son haleine était suffisamment puissante pour soutenir un homme.

Je jetai un coup d'œil vers Lucy. Elle était dans une cabine téléphonique à l'autre bout de la salle d'attente. Elle tenait le combiné tout près de sa bouche et ses lèvres bougeaient.

— Merci, une autre fois. J'ai un train à prendre.

— Ne me faites pas rigoler. Le prochain train au départ est annoncé dans plus de deux heures. Ce qui veut dire que vous n'avez pas à craindre que la fille disparaisse, *n'est-ce pas ?* Elle n'a absolument aucun moyen d'utiliser le billet qu'elle vient d'acheter d'ici plus de deux heures.

Son visage s'illumina. Il avait l'air ravi du farceur qui vient de vous jouer un tour, comme s'il m'avait refilé un cigare explosif.

C'était aussi l'impression que j'avais.

— L'un de nous deux est un petit rigolo. Moi, je n'ai pas la tête à ça.

— Allons, ne soyez pas comme ça. Inutile de vous vexer.

— Foutez le camp, Max.

— Comment voulez-vous qu'on travaille ensemble si on ne peut même pas papoter un peu ?

— Allez-vous-en. Vous me faites de l'ombre.

Il fit quelques pas de valse sur place et me présenta de nouveau son petit sourire plein de suffisance.

— *Aviii atquiii valiii*, mon petit. Ça veut dire bonjour et au revoir. Je suis dans un lieu public, vous ne pouvez pas m'en faire partir. Et vous n'avez aucun monopole sur cette affaire. Pour dire les choses franchement, je parie que vous ne savez même pas sur quelle affaire vous êtes. Là, j'ai quelques coups d'avance sur vous.

Je ne pouvais pas m'empêcher d'éprouver de la curiosité pour ce qu'il avait à me dire, et il le savait bien. Ses doigts revinrent se faufiler jusqu'à mon avant-bras comme un quatuor de limaces savantes.

— Lucy m'appartient. Je l'ai gagnée dans une tombola par la seule grâce d'un acte de bravoure personnelle. Je l'ai signée sur un contrat de sept ans, et alors que je m'apprête à convertir mon investissement en liquidités, surprise surprise, devinez sur qui je trébuche ? Sur vous. Comme l'alcoolique que je suis.

— Sacré laïus, Max. Quelle proportion de vérité contenait-il ?

— La-vérité-rien-que-la-vérité-Dieu-me-vienne-en-aide. (Il leva la main pour parachever sa parodie de serment.) Pas *toute* la vérité, évidemment. Je ne connais pas toute la vérité, et vous non plus. Nous devrions partager nos savoirs.

Lucy sortit de la cabine téléphonique. À chaque fois qu'elle quittait un lieu clos, son corps se recroquevillait en lui-même de manière défensive. Elle s'assit sur un banc et croisa les jambes en se penchant en avant comme si elle souffrait de crampes d'estomac.

Heiss me donna un petit coup de coude. Ses yeux humides brillaient. On aurait dit qu'il s'apprêtait à me confier le petit nom de son grand amour.

— Ce que je sais, c'est qu'il y a un beau paquet d'argent en jeu.

— Combien ?

— Cinq mille billets. Je suis prêt à faire fifty-fifty avec vous.

— Pourquoi ?

— La panique, mon vieux, la panique. (Contrairement à la plupart des menteurs invétérés, il savait utiliser la vérité de manière efficace.) Frappez-moi, je tombe dans les pommes. Tirez-moi dessus, je saigne. Faites-moi peur, je perds les pédales. Je ne suis pas un courageux. J'ai donc besoin d'un partenaire qui le soit, et en qui j'aie confiance.

— Ou d'un bouc émissaire ?

— Dieu nous garde, non. Tout ça est parfaitement légal, vous pouvez me croire. Et c'est pas tous les jours qu'on peut se faire deux mille cinq cents billets en toute légalité.

— Je vous écoute.

— J'y viens. Mais j'ai parlé d'un *partage* de savoirs. Vous ne m'avez encore rien dit. Quelle fable cette dame vous a-t-elle racontée, par exemple ?

— Cette dame ?

— Cette femme, cette matrone, comme vous voudrez. Celle au carré à la garçonne et aux doigts pleins de diamants. C'est pas elle qui vous a engagé ?

— Vous savez tout, Max. Comment voulez-vous que je vous apprenne quelque chose ?

— Essayez toujours. C'est quoi, l'histoire qu'elle vous a servie ?

— Un truc à propos de bijoux disparus. Même sur le moment, ce n'était pas très crédible.

— C'est mieux que le bobard qu'elle m'a fourgué. Vous savez ce qu'elle m'a raconté ? Que la fille était la servante de son défunt de mari, que son mari lui avait légué une part d'héritage, et qu'elle, notre dame, en était l'exécutrice testamentaire. Et vous comprenez n'est-ce pas, je dois à la mémoire de mon pauvre et regretté époux de retrouver Lucy pour lui verser son dû. (Il imita les accents de fausse compassion d'Una avec autant d'esprit que de mauvaiseté.) Elle devait penser avoir affaire à un débile léger ou quelque chose dans le genre.

— C'était quand ?

— La semaine dernière. Depuis, j'ai consacré toutes mes journées à retrouver cette petite Noire. (Il darda un regard vicieux vers le dos impassible de Lucy, à travers la fenêtre.) Je l'ai retrouvée, et que croyez-vous qu'il s'est passé ? J'ai appelé la bienveillante exécutrice pour lui demander quelles étaient ses nouvelles instructions, et elle m'a renvoyé.

— Qu'est-ce qu'elle cherche à couvrir, Max ?

— Est-ce qu'on est partenaires ?

— Ça dépend.

— Ben merde alors. Je vous propose la moitié d'une grosse affaire, et vous me dites ça dépend. *Ça dépend*. Je me mets à poil pour vous, et vous, vous vous contentez de faire l'huître. Ce n'est pas éthique.

— Et les cinq mille billets, ils sont éthiques ?

— Je vous ai déjà juré que oui. Je me suis brûlé les doigts, vous savez. On m'a retiré ma licence…

— Pas d'histoire de chantage ?

— Absolument aucune. Pour tout vous dire, ce truc est tellement légal qu'il me fait peur.

— OK, alors voilà ce que je pense. Je pense que ce n'est pas du tout Lucy qu'elle cherche. Lucy n'est qu'un appât pour mettre la main sur quelqu'un d'autre.

— Vous comprenez vite. Mais savez-vous qui est ce quelqu'un d'autre ?

— Non, je n'ai pas encore trouvé qui l'autre fille pouvait être.

— Tss tss. Il ne s'agit pas d'une fille. (Il me sourit d'un air supérieur.) Il s'agit d'un homme. J'ai son nom, sa description physique et tout le reste. Et cette petite poupée noire va nous mener à lui, vous verrez.

Heiss débordait d'émotion. Ses yeux de xérès brun se renversèrent dans leurs orbites et ses deux mains se félicitèrent l'une l'autre. Son histoire me paraissait trop belle pour être vraie. Et je n'avais pas tort.

Soudain, Lucy se redressa sur son banc, puis elle se leva d'un bond et se dirigea vers la porte de derrière de la salle d'attente. Je laissai Heiss planté là. Lorsque je débouchai au coin de la gare, Lucy était en train de monter dans un coupé Ford de couleur verte. Alex Norris se trouvait au volant. La voiture démarra avant que la portière ne claque.

La file de taxis devant la gare ne comptait qu'un seul véhicule. Son chauffeur dormait étendu sur le siège conducteur, casquette à visière baissée sur le haut du visage, bouche ouverte, ronflant. Du coin de l'œil, je vis la Ford partir vers le nord en direction de la grand-route.

Je réveillai le chauffeur en le secouant. Il était petit, grisonnant, mais il avait envie de se battre.

— Holà, doucement, nom de Dieu. Qu'est-ce qui se passe ?

Je lui montrai mon argent.

— Suivez ce coupé Ford.

— Ça va, calmez-vous.

Max Heiss tenta de prendre place à côté de moi. Je lui claquai la portière au nez et le taxi partit. Nous atteignîmes la rue à temps pour voir la Ford tourner à gauche sur la grand-route, direction Los Angeles. Le feu rouge nous immobilisa au carrefour. Il mit une éternité avant de passer au vert. Nous quittâmes la ville en roulant à grande vitesse et en doublant tout le monde. Sans voir la moindre Ford verte.

Au bout de huit kilomètres, je dis au chauffeur de faire demi-tour.

— Désolé, dit-il. Je ne pouvais pas griller le feu avec toute cette circulation. Vous avez des ennuis avec ces gens ?

— Non.

À mon retour à la gare, Max Heiss avait disparu. Ça me convenait fort bien. Je m'installai au buffet et commandai un petit déjeuner – c'est toujours le repas le plus sûr – et je me rendis compte, en commençant à manger, que j'étais affamé.

Il était un tout petit peu plus de 5 heures quand j'eus fini mon bacon et mes œufs. Je regagnai le Mountview Motel à pied.

Chapitre 6

La clé de Lucy, avec son porte-clés en cuivre frappé d'un 7 qui pendouillait dessous, était dans la serrure de sa porte.

Mon instinct me poussa à aller y toquer ; je le laissai faire. Pas de réponse. Autour de moi, la cour avait sombré dans sa brûlante torpeur de fin d'après-midi. Tout au fond, des enfants cymbalisaient comme des cigales. Je toquai de nouveau, écoutai le silence me répondre, tournai le bouton et entrai. Lucy gisait presque à mes pieds. Je refermai la porte et consultai ma montre : 5 h 17.

Le store de la fenêtre était baissé. Les rais de lumière oblique qui passaient par ses trous soutenaient une nuée de particules de poussière en pleine danse de Saint-Guy. Il y avait un interrupteur près de la porte, et je l'actionnai avec mon coude. Les murs jaunes jaillirent autour de moi et le plafond cerclé d'ombres concentriques descendit comme un pressoir au-dessus de ma tête. La lumière radiait d'une applique fixée juste au-dessus de Lucy. Derrière l'abat-jour en papier, l'ampoule nue éclairait directement son visage, gris comme un masque mortuaire d'argile dans une mare de sang noir. Sa gorge tranchée béait telle une bouche hurlant un chagrin indicible.

Je m'appuyai contre la porte en regrettant de ne plus être de l'autre côté, loin de Lucy. Mais la mort m'avait uni à elle plus vite qu'aucune cérémonie.

Elle avait un bras étendu sur le côté. Un objet métallique brillait près de sa paume ouverte. Je me baissai pour regarder : c'était un couteau artisanal, lame courbe de vingt centimètres, manche en bois noir orné de feuilles gravées. La lame était maculée de sang.

J'enjambai Lucy pour aller voir le lit. C'était le même que celui de ma chambre. Le couvre-lit en synthétique vert était froissé à l'endroit où elle s'était allongée. À son pied se trouvaient les valises, fermées. Je pris un mouchoir propre pour masquer mes empreintes et j'en ouvris une. Elle contenait des uniformes d'infirmière soigneusement amidonnés, repassés et pliés. Tel le compartiment intime d'une vie clivée, l'autre valise abritait quant à elle un fouillis sans nom. On y avait jeté à la va-vite un enchevêtrement de bas, robes bouchonnées, chemisiers et sous-vêtements sales, ainsi qu'un numéro d'*Ebony*, une liasse d'historiettes à l'eau de rose et un disque de Duke Ellington emballé dans un pyjama de soie rouge. J'y trouvai une enveloppe coincée entre les poudres et les crèmes dans une poche latérale.

Elle était adressée à Mlle Lucy Champion, c/o Norris, 14 Mason Street, Bella City. Le cachet de la poste disait Detroit, Mich., 9 Sept. La lettre qu'elle contenait n'était pas datée et n'avait pas d'adresse d'expéditeur.

> Chère Lucy
>
> Je suis vraiment désolée que tu as perdu le travail que nous pensions tous que tu t'étais trouvé pour la Vie mais qui sait ce que l'avenir te resserve, évidemment qu'on veu que tu revienne ma chérie mais il faudra te débrouyer pour payer ton billet nous nous ne pourrons pas. Ton père est à nouveau au chomage et je suis le seul sous-tient de la famille, c'est dur de joindre les debouts. Je pourrai toujours t'offrir un lit pour dormir ma chérie et de quoi manger, rentre à la maison tout sa va s'arranger. Ton frère va toujours à l'école et il se débrouye vraiment bien c'est lui qui écrit sa pour moi (salut seurette). J'espère que tu pourra payer ton billet de train car l'auto-stop c'est trop dangereux.
>
> Maman.
>
> P.S.: Comment sa va seurette moi sa va, signé tu sais bien qui.

Je remis la lettre là où je l'avais trouvée. Les fermoirs de la valise cliquèrent comme un ultime tic-tac du temps.

Le sac à main de Lucy était par terre dans un nid de poussière à quelques mètres de sa tête. Il contenait un mouchoir taché de rouge à lèvres, un bâton de rouge à lèvres assorti à ces taches, quelques billets de dix, cinq et un dollars, un peu de monnaie, un aller simple pour Detroit, une carte de sécurité sociale et une coupure de journal. L'article découpé était imprimé en caractères anciens et s'étirait sur une unique colonne :

UNE MÈRE OFFRE UNE RÉCOMPENSE POUR SON FILS DISPARU

Arroyo Beach, le 8 sept. (Par l'envoyé spécial du BELLA CITY PRESS.)

Mme Charles A. Singleton, notable de cette petite ville, a annoncé ce jour qu'elle offrait une récompense de 5 000 dollars pour toute information susceptible de l'aider à retrouver son fils. Ce dernier, le dénommé Charles A. Singleton, a été vu pour la dernière fois dans un hôtel local il y a une semaine de cela, le soir du 1er septembre pour être précis. Ses amis et parents n'ont eu aucune nouvelle de lui depuis cette date.

Diplômé de Harvard et lieutenant dans l'Air Force pendant la guerre, Singleton est un homme de taille moyenne et de constitution athlétique, aux cheveux bruns bouclés, yeux noisette et teint rose. La dernière fois qu'il a été vu, il portait un costume gris en laine peignée, une chemise blanche, une cravate rouge sombre et des souliers noirs. Pas de chapeau ni de manteau. Fils de feu le major Charles A. Singleton, le disparu est l'héritier des entreprises agricoles Singleton. Son grand-père maternel était le colonel Isaac Carlyle, qui épousa Maria Valdes, la fille du fondateur du célèbre empire du métayage Valdès.

La police locale semble pour le moment rejeter l'hypothèse d'un acte malveillant, bien que Mme Singleton n'ait de son côté jamais caché les inquiétudes qu'elle nourrit pour la sécurité de son fils. Selon Oscar Lanson, le shérif du comté, "la thèse de l'enlèvement paraît exclue. Tout d'abord,

> nous n'avons reçu aucune demande de rançon. Quant à un acte malveillant, les faits indiquent que M. Singleton a quitté Arroyo Beach de son plein gré, pour des raisons qui lui appartenaient. Enfin, n'oublions pas qu'il s'agit d'un jeune célibataire, qui plus est amateur de voyages. Nous faisons cependant tout ce qui est en notre pouvoir pour le retrouver, et serons heureux de recevoir toute information susceptible de nous aider dans notre tâche".

Les personnes se trouvant en possession d'informations permettant de localiser Singleton étaient priées de contacter de toute urgence le capitaine Kennedy au bureau du shérif d'Arroyo Beach.

Je lus l'article deux fois pour bien mémoriser les noms, les dates et les lieux, puis je replaçai la coupure dans le sac à main et le sac à main dans le nid de poussière. En un sens, j'en savais maintenant moins que quelques minutes auparavant, un peu comme un texte écrit dans une langue étrangère accroît l'étendue de votre ignorance. Je regardai ma montre : 5 h 24. Il s'était passé sept minutes depuis que j'avais trouvé Lucy.

Je dus de nouveau l'enjamber pour regagner la porte. Avant d'éteindre la lumière, je plongeai mes yeux dans son visage gris. Déjà étranger à lui-même et profondément immergé de l'autre côté du temps, ce visage ne me dit rien. Puis l'obscurité l'avala.

Dans la cour, le soleil jaune semblait ténu et fané, comme si la fin d'après-midi se fût étirée de manière insupportable. Une vieille voiture arriva par la grand-route et roula jusqu'aux mobile homes en soulevant une fine nuée de poussière dans l'air stagnant. J'attendis que la poussière retombe pour traverser la cour et aller à l'accueil. Avant de l'atteindre, je vis qu'Alex Norris m'observait depuis l'entrée du motel.

Il se rua vers moi, engoncé dans un costume bleu raide trop petit pour lui. J'allai à sa rencontre en me baissant pour recevoir l'assaut. Le jeune homme était lourd et puissant, et il savait se servir son poids. Son épaule me cueillit à l'abdomen et m'étala à plat dos sur le gravier. Je me relevai. Il ne savait pas se servir de ses poings. Je me rapprochai de lui en plongeant sous un swing cafouilleux et le pliai en deux d'un direct en plein ventre. Sa tête se trouvait en position parfaite pour que je l'achève d'un uppercut. Pour préserver mes mains et son visage, je choisis plutôt de lui attraper le bras droit et de le bloquer d'une clé dans le dos.

— Lâchez-moi, dit-il. Battons-nous à la régulière, que je vous donne une leçon.

— Vous venez de me la donner. Je suis trop vieux pour me battre. Tout comme Joe.

— Joe vous éclaterait la tête, s'écria le jeune homme d'une voix pleine de défi. Lâchez-moi, que je m'en occupe moi-même. Qu'est-ce que vous fabriquiez dans la chambre de Lucy, hein ?

— Il lui est arrivé quelque chose.

Courbé en avant et bloqué par ma clé, il devait étirer le cou et tourner la tête de côté pour me regarder. Son front noir était perlé de sueur, et ses grands yeux luisaient de crainte du pire.

— Vous mentez. Lâchez-moi.

— Vous vous tiendrez tranquille pour qu'on puisse parler comme deux hommes raisonnables ?

— Non.

Mais son mot manquait de force. La brillance de ses yeux était en train de se liquéfier : elle allait se changer en larmes d'un instant à l'autre. C'était un enfant dans un corps d'adulte. Je le relâchai.

Il se redressa lentement en se massant le bras droit. Derrière lui, à l'autre bout de la cour, une ligne brisée de spectateurs s'approchait lentement de nous, appâtée par la violence.

— Entrons dans le bureau, Alex.

Il se raidit.

— Et qui va me faire la peau ?

— Personne ne va te faire la peau. Allez, viens.

— Rien ne m'y oblige.

— Quel âge as-tu, Alex ?

— Dix-neuf ans. Bientôt vingt.

— T'as déjà eu des ennuis ?

— Jamais. Demandez à ma mère.

— Lucy est ta petite amie ?

— Ce n'est pas ma petite amie. On va se marier.

Et il ajouta, pathétiquement à côté de la plaque :

— Je suis capable d'entretenir une femme.

— Personne n'en doute.

Ses yeux brillants fixés sur mon visage me faisaient mal.

— Il y a un problème ? Pourquoi êtes-vous entré dans sa chambre ?

Je tentai de retrouver puis de m'expliquer l'instinct qui m'avait poussé à frapper à la porte de Lucy.

— Pour lui parler. Pour lui dire de quitter la ville. La prévenir qu'elle était en danger.

— Nous partons ce soir. C'est pour ça que je suis là. Elle est juste repassée prendre ses bagages.

Comme si quelqu'un l'eût dévissée avec une clé à long manche, sa tête tourna contre son gré sur ses épaules et ses yeux se fixèrent sur la porte 7 :

— Pourquoi elle ne sort pas ? Elle est malade ?

— Elle ne sortira pas, dis-je.

La ribambelle de curieux sortis des mobile homes continuait à se rapprocher de nous d'un pas traînant, lâchant des petits grognements de menace et d'excitation. J'ouvris la porte de l'accueil et la tins pour Alex. Il entra. Seules ses deux jambes bougeaient.

L'homme qui aimait Ethel et personne d'autre était assis sur le lit escamotable, dos à la porte, une bouteille de Coca à moitié vide dans la main. Il se leva et se traîna jusqu'au comptoir. Avant de l'atteindre, il tourna la tête pour jeter un coup d'œil vers le lit. Une femme aux seins nus criait, appelait silencieusement à l'aide depuis la double page d'un magazine ouvert sur l'oreiller.

Négligeant ses appels, l'homme aux cheveux roses dit :

— Que puis-je pour vous ? (Puis son système nerveux lent enregistra la présence du jeune Noir.) Et lui, qu'est-ce qu'il veut ?

— Le téléphone, dis-je.

— Pour un appel local ?

— La police. Vous connaissez le numéro ?

Il le connaissait.

— Des ennuis ?

— Chambre 7. Vous pouvez aller voir. Mais je vous déconseille d'entrer. Et ne laissez pas non plus les autres y entrer.

Il se pencha sur le comptoir ; son ventre s'y étala comme une poche de plastique remplie de fromage frais.

— Qu'est-ce qui s'est passé ?

— Allez voir par vous-même. Mais passez-moi d'abord votre téléphone.

Il me donna son téléphone, se dandina vivement jusqu'à la porte et sortit. Je laissai ma main droite fermement posée sur le bras du jeune homme et composai le numéro de la gauche. Lorsqu'il entendit ce que j'avais à dire au sergent de garde, il s'effondra de tout son poids, les coudes sur le comptoir. La moitié supérieure de son corps était secouée d'inaudibles sanglots. Le sergent de garde dit qu'il envoyait une voiture immédiatement.

Je posai ma main sur le dos du jeune homme. Il s'écarta comme si j'allais le poignarder.

— Qu'est-ce que tu faisais là, Alex ?

— Je m'occupais de mes oignons.

— Tu attendais Lucy ?

— Si vous le savez, pourquoi vous me demandez ?

— Tu étais là depuis combien de temps ?

— Presque une demi-heure. J'ai fait deux ou trois fois le tour du bloc en voiture, et puis je suis revenu.

Je consultai ma montre : 5 h 31.

— Elle est arrivée vers 5 heures, c'est ça ?

— Oui.

— Elle était seule, quand elle est entrée dans sa chambre ?

— Oui. Seule.

— Est-ce que quelqu'un est entré après elle ?

— Je n'ai vu personne.

— Est-ce que quelqu'un est sorti ?

— Vous. Je vous ai vu sortir.

— À part moi. Avant moi.

— Je n'ai vu personne. Je faisais le tour du bloc.

— Tu es entré dans sa chambre ?

— Non, monsieur. Je n'y suis pas entré.

— Pourquoi pas ?

— Elle m'a dit qu'elle en avait pour cinq minutes. Elle n'avait qu'à prendre ses valises, elles n'étaient pas encore défaites.

— Tu aurais pu entrer.

— Je ne voulais pas. Elle ne voulait pas.

— Lucy se faisait passer pour une Blanche, n'est-ce pas ?

— Qu'est-ce que ça changerait, si c'était le cas ? Il n'y a aucune loi contre ça dans cet État.

— Tu es bien informé, dis-je. Tu vas au lycée ?

— Je suis en première année d'université. Mais je vais laisser tomber.

— Pour te marier ?

— Je ne me marierai jamais. Je n'épouserai plus jamais personne, maintenant. Je vais partir et me perdre quelque part.

Tête abattue courbée sous ses épaules, il parlait au plateau balafré du comptoir.

— Tu vas devoir rester dans le coin et répondre à tout un tas de questions. Ressaisis-toi, Alex.

Je l'attrapai par les épaules et le secouai vigoureusement. Il ne se retourna pas, ne bougea pas d'un pouce jusqu'à ce que la sirène se fasse entendre sur la grand-route. Alors il releva la tête comme une bête aux abois.

Chapitre 7

Une voiture de police noire s'arrêta devant l'accueil en crissant sur le gravier. Un homme en civil en sortit, gravit le petit perron et emplit l'embrasure de la porte. Malgré son feutre gris et ses habits gris trop lâches, il avait l'air d'avoir toujours été policier : cet homme avait sorti ses premières dents en rongeant des menottes, appris à lire dans le code pénal puis tracé sa carrière en traînant ses savates sur le bitume des ruelles sombres. Buriné, balafré par cinquante ans de soleil et autres avanies, son visage était une carte en relief de la vie dans la vallée.

— Lieutenant Brake. C'est vous qui nous avez appelés ?

Je confirmai.

— Elle est dans la chambre 7, au bout de la cour.

— Morte ?

— Extrêmement.

Alex lâcha un sanglot étouffé. Brake fit un pas vers lui et l'examina attentivement.

— Et toi, qu'est-ce que tu fais ici ?

— J'attends Lucy.

— C'est la victime ?

— Oui, monsieur.

— Tu risques d'attendre longtemps. C'est toi qui l'as butée ?

Alex regarda le lieutenant comme si c'était un arbre trop gros pour qu'on y grimpe.

— Non, monsieur.

— Tu es le fils d'Annie Norris, c'est ça ?

— Oui, monsieur.

— Qu'est-ce que tu crois que ta mère va penser de tout ça ?

Avant qu'Alex n'ait le temps de répondre, Brake se tourna vers moi :

— C'est lui qui l'a butée ?

— J'en doute. Il est resté dans le coin après que ça s'est produit. Ils allaient se marier, à ce qu'il m'a dit.

— À ce qu'il vous a dit…

— C'est pas moi qui l'ai tuée, dit Alex. Jamais je ne lui aurais fait de mal.

Il avait encore les coudes sur le comptoir, mais son corps était mou, comme s'il n'en avait plus l'usage.

Le concierge ventripotent entra et laissa la porte se refermer doucement derrière lui. Il contourna le comptoir en rasant les murs pour aller rejoindre son monde de poitrines de papier, draps sales et muets appels au secours. La vue de la mort avait fait remonter les bouts de culpabilité ensevelis dans le cimetière de son esprit, et il sursauta lorsque Brake lança à l'adresse de son dos :

— C'est vous le concierge ?

— Oui, monsieur.

— Il me faut une clé de la chambre 7. Non, en fait, il me les faut toutes.

— Il n'y en a que deux, et elles sont sorties, monsieur Brake. (Il s'avança d'un air contrit, offrant en sacrifice son corps tremblant comme de la gélatine.) Je lui en ai donné une quand elle a pris la chambre, et puis à son retour elle m'a demandé l'autre. Elle m'a dit qu'elle avait perdu la première. Je lui ai dit qu'elle allait devoir payer…

Je le coupai :

— La clé est dans la serrure, lieutenant.

— Vous auriez pu le dire plus tôt.

Brake sortit et ordonna à son chauffeur de surveiller Alex. Un deuxième véhicule de police vint se garer derrière le premier. Le cercle de spectateurs se brisa puis se reforma derrière lui. Un sergent en uniforme se fraya un passage pour rejoindre Brake. Il portait un appareil photo avec trépied sous un bras, un kit à empreintes digitales dans l'autre main.

— Où est le cadavre, lieutenant ?

— Là-bas. Vous avez appelé le légiste adjoint ?

— Il est en route.

— Elle va pourrir avant qu'on s'occupe d'elle, à ce rythme. S'il vous plaît, messieurs-dames, du calme. Laissez-nous passer.

L'attroupement se scinda pour ouvrir un passage puis se referma dans le sillage des deux hommes.

Dans le bureau, assis sur le canapé, Alex et son gardien partageaient une morose promiscuité. Le gardien était un jeune flic imposant en uniforme bleu de préposé à la circulation. À côté de sa carrure trapue, Alex paraissait plus petit et plus mince. Il avait le regard tourné vers l'intérieur et semblait se voir pour la première fois tel qu'il était : un jeune

Noir pris dans les mailles de la loi blanche, si vulnérable qu'il n'osait pas bouger le moindre muscle.

Derrière son comptoir, le concierge se réconfortait avec le reste de son Coca. Je m'assis sur le lit, à côté de lui.

— J'aimerais qu'on éclaircisse cette histoire de clés.

— Un interrogatoire ! éructa-t-il pathétiquement (et un filet de liquide brun dévala le coin de sa bouche jusqu'à la plaque de rougeurs qui venait d'apparaître sous son menton). Z'allez sans doute pas me croire, j'ai l'air d'être un costaud comme ça, mais j'ai les nerfs fragiles. La preuve, je touche encore une petite pension d'invalidité de l'armée. Je supporte pas les interrogatoires, les questions en rafale et tous les trucs du genre. Le lieutenant m'a regardé comme si c'était moi qu'avais buté la fille.

Puis il bouda comme un petit garçon enflé et décrépit.

— Quand l'avez-vous vue pour la dernière fois ?

— Devait être dans les 5 heures, j'ai pas regardé.

— Elle avait besoin d'une autre clé ?

— C'est ça. Je lui ai demandé où était passée celle que je lui avais donnée à son arrivée. Elle m'a dit qu'elle avait dû la perdre. Je lui ai dit que ça lui ferait un supplément de 50 cents et elle m'a payé de suite. Elle m'a dit qu'elle s'en allait. J'étais bien loin de soupçonner qu'elle avait un rendez-vous galant avec la mort.

— Est-ce qu'elle vous a semblé nerveuse ?

— Je ne sais pas. Je n'ai rien remarqué de particulier. C'est moi qui aurais dû être nerveux. Qu'est-ce qui lui a pris de venir se faire égorger ici ? Ils auraient pu faire ça n'importe quand dans n'importe quel coin d'Hidalgo Street.

— C'est vraiment dur pour vous, dis-je, et très grossier de sa part.

— Ah merde, vous pouvez le dire. (L'auto-apitoiement gargouillait dans sa bouche comme une hémorragie que ni l'ironie ni le cautère ne pourrait juguler.) Comment je pouvais savoir qu'elle se faisait passer pour blanche ? Qu'elle allait se vider de son sang partout sur mon sol ? Il va falloir que je nettoie, moi, maintenant.

De l'autre côté du comptoir, Alex était assis à quelques centimètres de son gardien. Je ne voyais de lui que le sommet de son crâne, mais j'entendais sa respiration.

— Est-ce que quelqu'un est entré dans sa chambre après elle ? demandai-je.

— J'ai vu personne. La moitié du temps, je fais pas attention. Ils prennent une chambre, et puis ils entrent et sortent, ils entrent et sortent. (Il trouva l'expression très subtile et il la répéta.) Ils entrent et sortent, ils entrent et sortent.

— Vous n'avez vraiment vu personne ?

— Nan. J'étais ici, assis, à tuer le temps. Ils entrent et sortent, ils entrent et sortent. (Un soudain accès de colère vint le galvaniser mollement.) Mais là, bon Dieu, j'aurais bien aimé l'voir. Si j'mets la main sur l'type qu'a salopé mon sol comme ça…

— Vous pensez que c'est un homme ?

— Qu'est-ce qui vous fait dire ça ?

— Vous avez dit "type".

— Façon de parler, c'est tout. Et puis pourquoi vous voudriez qu'une fille égorge une autre fille ?

Il se pencha vers moi et me glissa, en aparté puissant :

— Si vous voulez mon avis, je crois que c'est le jeune étalon qu'a fait le coup, là. Ils font que ça, égorger leurs bonnes femmes, eux, vous l'savez bien.

Il y eut des bruits de mouvement. Alex Norris bondit tête en avant par-dessus le comptoir et se réceptionna à quatre pattes devant nous. Puis il se releva et décocha un bon revers sur la tempe du concierge. Qui lâcha un couinement et s'évanouit sur mes genoux.

Alex se rua vers la fenêtre ouverte. Incapable de me lever, je criai :

— Arrête, Alex ! Reviens !

Il ouvrit la porte à moustiquaire d'un coup de pied et enjamba l'appui. La veste de son costume bleu avait le bas du dos fendu.

Son gardien fit le tour du comptoir en quelques enjambées tout en tâtant son holster de service noir, qui s'ouvrit d'un petit clic. Un revolver lui jaillit dans la main comme un diablotin mortel. Un second clic fit sauter le cran de sûreté. Alex était toujours à cheval sur l'appui de la fenêtre, en train de gigoter pour faire passer sa deuxième jambe par l'étroite ouverture. C'était une cible inratable, et le policier se tenait presque à bout portant.

Je me levai en laissant le concierge rouler par terre et allai me placer dans la ligne de feu. L'impulsif du revolver m'injuria et m'ordonna de dégager.

Alex était de l'autre côté. Je le poursuivis. Il galopait lourdement dans un champ de hautes herbes sèches en direction de la clôture bordant la grand-route. C'était une clôture en grillage de deux mètres de haut. Il l'escalada et la franchit d'une pirouette sans jamais sembler cesser de courir, dans un seul mouvement fluide. Son coupé Ford était garé sur le bas-côté.

Je passai moi aussi la clôture et m'étalai par terre. Un coup de feu claqua dans mon dos. Alex était au volant, il enclenchait le starter. Une balle frappa le capot de la Ford en faisant un *plop* de très lourde goutte d'eau, et y laissa un trou. La Ford s'ébroua, comme piquée, puis fila en broyant du gravier sous ses deux pneus arrière. Je courus et parvins à m'y agripper en passant le coude par la fenêtre ouverte.

Alex ne tourna pas la tête ; il freina brutalement, tourna, accéléra d'un coup. Je lâchai prise, et me laissai rouler sur le sol. Le monde en couleurs virevolta en un monochrome gris puis fut tout noir l'espace d'une petite seconde. Le jeune préposé à la circulation m'aida à me relever de sa main libre d'arme. La Ford avait disparu.

— Espèce de sale… (Il m'agonit de quelques noms d'oiseaux dépourvus de toute créativité.) J'aurais pu le cueillir si vous ne vous étiez pas interposé. Qu'est-ce que vous essayiez de faire ?

Le revolver qu'il tenait dans sa main droite semblait me menacer, mais sa main gauche brossait mécaniquement le dos de ma veste pour en ôter la poussière.

— Il vous le fallait vivant. Si vous l'aviez abattu, vous seriez dans de sales draps. Il n'était pas en état d'arrestation.

Son visage vira au livide sous son bronzage, comme si j'avais fermé sa vanne d'irrigation sanguine. Il rangea son revolver d'un geste presque penaud.

Brake arriva en courant par le portail du motel, rapide et gauche comme un ours sprintant sur ses deux pattes arrière. Il avait saisi la situation avant même de nous rejoindre :

— Vous perdez du temps, Trencher. Poursuivez-le. Prenez l'autre voiture. Je vais passer le message. C'est quoi, son numéro ?

— Je n'ai pas eu le temps de le voir, lieutenant.

— Beau travail, Trencher, beau travail, dit Brake en lui faisant signe de filer.

Je lui donnai le numéro. Il rejoignit son véhicule d'un pas impatient et zélé, et s'y enferma pour appeler son central. Je l'attendis à côté de sa portière.

— Alors, lieutenant ?

— Alerte générale. Barrages partout.

Il s'en alla vers la chambre de Lucy.

La foule d'hommes des baraques, de tout sexe et de tout âge, lui bloquait le chemin. Un des hommes cria :

— Alors, capitaine, il vous a filé entre les doigts, le petit jeune ?

— On le retrouvera. Et tant que j'y suis, je veux que vous restiez tous chez vous ce soir. On vous interrogera plus tard.

— C'est un meurtre ?

La question rencontra une onde de murmures graves, bientôt brisée par les pépiements de moineau des femmes et des enfants.

— Ce qui est sûr, dit Brake, c'est qu'elle ne s'est pas coupée en se rasant. Maintenant circulez. Rentrez chez vous.

La foule se retira en marmonnant. Obéissant au clin d'œil qu'il me lança, je suivis Brake jusqu'à la porte de la chambre 7. À l'intérieur, l'officier de l'identité judiciaire prenait des mesures et des photos. Lucy se pliait à ses caprices avec l'air fatigué d'une maîtresse de maison qui voit sa réception dégénérer en pugilat.

— Entrez, dit Brake. Fermez la porte.

Une des valises était ouverte sur le lit ; il en reprit l'examen. Je restai près de la porte, à regarder ses grandes mains entraînées passer en revue les uniformes blancs.

— Elle était infirmière, apparemment.

Puis il ajouta d'un ton très détaché :

— Et vous, comment vous avez fait pour vous retrouver là ?

— J'ai frappé à sa porte, elle n'a pas répondu. C'était ouvert. Je suis entré.

— Pourquoi ?

— J'ai la chambre d'à côté.

Son petit regard gris se resserra sur mon visage.

— Vous la connaissiez ?

— Non.

— Vous avez entendu quelque chose ? Vu quelqu'un ?

— Non. (Je fis un choix brutal.) Je suis détective privé, à Los Angeles. Je la suivais depuis ce midi.

— Bien. (Le regard gris s'assombrit.) Voilà qui est intéressant. Vous la suiviez pour quelle raison ?

Occupé à relever des empreintes sur la deuxième valise, l'officier de l'identité judiciaire leva la tête vers moi et me regarda d'un air sévère.

— On m'a demandé de le faire.

Brake se redressa et planta ses yeux dans les miens.

— Ça alors, moi qui croyais que vous la suiviez comme ça, pour rigoler. Montrez-moi vos papiers.

Je lui tendis une copie de ma licence.

— Qui vous a engagé ?

— Je n'ai pas à répondre à cette question.

— Ce n'était pas pour la tuer, à tout hasard ?

— Faudra faire plus d'efforts si vous voulez que je coopère.

— Qui a dit que j'avais besoin de votre coopération ? Qui vous a engagé ?

— Vous vous braquez très vite, lieutenant. J'aurais pu filer après l'avoir trouvée, au lieu de traîner dans le coin pour vous faire profiter de mon expérience.

— Épargnez-moi votre comédie. (Il n'aimait pas qu'on l'asticote.) Qui vous a engagé ? Et pour l'amour du ciel ne me sortez pas l'histoire du privé qui est tenu de protéger les intérêts de son client. Moi, je suis tenu de protéger les intérêts de toute une ville.

Nous étions face à face à l'aplomb des douves de sang qui finissaient de sécher. C'était un rude flic de petite ville, ni mielleux ni persuasif, à l'ego enkysté dans les cicatrices de ses blessures. Je fus tenté de l'asticoter une nouvelle fois, pour montrer à mes bouseux de cousins comment un gars de la grande ville s'y prenait pour jouer les durs avec urbanité.

Mais le cœur n'y était pas. Je me sentais moins tenu vis-à-vis de ma cliente que vis-à-vis de la jeune femme étendue à mes pieds. Je passai un compromis avec moi-même.

— Une femme se faisant appeler Una Larkin est venue me voir à mon bureau ce matin. Elle m'a engagé pour que je suive cette fille et elle m'a dit où je pourrais la trouver à l'heure du déjeuner. Au Tom's, sur Main Street. Je l'ai trouvée, je l'ai suivie jusqu'à chez elle, elle louait une chambre dans la maison d'Alex Norris…

— Gardez les détails pour votre déposition, dit Brake. Qu'est-ce que vous venez de dire à propos du nom de votre cliente ? Vous pensez qu'il s'agit d'un faux nom ?

— Oui. Je vais devoir faire une déposition ?

— On passera au poste dès qu'on aura fini le boulot ici. Pour le moment, je veux savoir pour quelle raison elle vous a engagé.

— Elle m'a dit que Lucy travaillait pour elle et qu'elle avait filé il y a deux semaines de ça en emportant un peu de ses bijoux. Des boucles d'oreilles en rubis, un collier en or.

Brake jeta un coup d'œil en direction de l'officier de l'identité, qui lui fit non de la tête, puis se tourna vers moi :

— Faudra voir ça avec l'administrateur du comté. À moins qu'il ne s'agisse aussi d'une fausse histoire ?

— C'est ce que je crois.

— Elle habite quelque part en ville, cette femme ?

— Ça m'étonnerait. Elle s'est montrée très cachotière sur qui elle était et d'où elle venait.

— Vous êtes réglo, là, ou vous me cachez quelque chose ?

— Je suis réglo.

Una s'était tout de même payé un peu de loyauté avec le billet de cent qui se languissait tout seul au fond de mon portefeuille.

— Y a intérêt. Vous nous avez appelés dès que vous l'avez trouvée ?

— Pas tout à fait. J'ai été retardé de quelques minutes. Le jeune Norris m'est tombé dessus quelque part entre la chambre et le téléphone de l'accueil.

— Il arrivait ou il partait ?

— Ni l'un ni l'autre. Il attendait.

— Comment vous le savez ?

— Je l'ai maîtrisé et je lui ai posé quelques questions. Il m'a dit qu'ils étaient arrivés à 5 heures, et que depuis il attendait que Lucy ressorte avec ses bagages. Ils s'apprêtaient à s'en aller pour se marier. Il ignorait qu'elle était morte jusqu'à ce que je le lui dise.

— Ça alors, vous êtes télépathe, aussi ? (Le visage de Brake s'inclina sur le côté, menton en avant, tendu vers moi, peau pourpre et craquelée comme la terre de Bella Valley au-dessus de la ligne d'irrigation.) Vous avez quoi encore, comme talents étonnants, monsieur Expérience ?

— Lorsque je fais une déposition, je m'efforce de dire clairement ce que je pense. Les faits matériels paraissent jouer contre Norris. S'enfuir comme ça, en courant, ça peut vraiment passer pour un aveu…

— Sans blague, me coupa Brake d'un ton lourd. Je n'aurais jamais deviné ça tout seul.

Son assistant ricana.

— Il s'est enfui parce qu'il était terrorisé. Il a cru qu'il allait se faire lyncher, et il n'avait peut-être pas tort. J'ai vu des Noirs mourir comme ça. Des Blancs aussi.

— Je vois, monsieur a bourlingué. Monsieur a beaucoup d'expérience. Mais j'en veux pas, de votre expérience. Ce que je veux, ce sont vos faits.

— Et je vous les donne. Mais peut-être vais-je trop vite pour vos capacités d'assimilation.

Les yeux de Brake louchèrent d'un rien. Son vaste visage se gonfla de sang noir, mais le processus fut interrompu par un homme qui fit irruption dans mon dos pour lancer d'une voix chantante :

— Hop hop hop, tout doux les gars. J'ai rendez-vous avec une dame. Où est-elle ?

C'était le légiste adjoint, un jeune médecin dodu bouillonnant de l'excès d'allégresse qu'ont les hommes qui doivent se coltiner la mort quotidiennement. Il était accompagné par un ambulancier en blouse blanche et un croque-mort en blouse noire qui s'échinait à le surpasser en drôlerie. Brake cessa de s'intéresser à moi et à mon choix de faits.

On prit des échantillons de sang par terre. On rangea le coutelas et les petits objets de Lucy dans les boîtes prévues à cet effet. On traça à la craie la silhouette du cadavre, puis on le hissa sur un brancard et on le couvrit d'un drap. Le croque-mort et l'ambulancier sortirent avec. Et Brake scella la porte.

La nuit tombait ; la cour était presque déserte, hormis un groupe de femmes debout, au centre, sous le halo de lumière de l'unique lampadaire. Leurs voix puissantes aux accents noués d'indignation échangeaient les histoires de meurtres qu'elles avaient vues, ou lues, ou inventées. Elles s'atténuèrent en un murmure de protestation gênée lorsque le cortège de Lucy passa à côté d'elles. Dans les visages éclaboussés de blanc par la lampe à arc du lampadaire, les yeux sombres et brillants suivirent le brancard à linceul jusqu'aux battants arrière du corbillard. Le ciel était un plafond jaune crasseux.

Chapitre 8

Le Mission Hotel était le bâtiment le plus imposant de Main Street. C'était un cube de béton percé de quatre rangées de fenêtres et surmonté par un mât d'émetteur qui clignotait en rouge à l'adresse des étoiles. Une enseigne au néon verticale maculait de rouge sa façade blanche et lisse.

Meublé de fauteuils en cuir sombre froissé, le hall était une salle profonde et lugubre. Les fauteuils qui se trouvaient près des fenêtres aux rideaux à moitié tirés étaient occupés par de vieux hommes raides saisis dans des positions impromptues, comme si le flot d'une crue les avait posés là des années auparavant puis s'était retiré à jamais. Au mur, au-dessus de leurs têtes, une fresque obscure représentait des soldats de cavalerie juchés sur d'étranges chevaux aux genoux humains engagés à la poursuite d'Indiens encore bien plus étranges.

L'employé de l'accueil était un petit homme couleur souris qui bataillait en un combat perdu d'avance pour conférer un minimum de style à sa propre personne ainsi qu'à son établissement. Cheveux et fine moustache soigneusement brossés, bleuet à la boutonnière assorti aux délicates petites rayures d'une chemise en flanelle, coude indolemment posé à quelques centimètres d'un bouquet de bleuets visant à souligner l'effet recherché, il eût pu inspirer un poème symphonique à Debussy. Il répondit à mes questions d'une voix à l'élégance travaillée, comme pour montrer qu'il n'avait pas toujours tenu ce genre d'avant-poste dans les contrées sauvages.

— Je crois que Mme Larkin est dans sa suite. Je ne l'ai pas vue sortir, monsieur. Qui dois-je annoncer, s'il vous plaît ?

— Archer. Mais ne vous fatiguez pas à m'annoncer. Donnez-moi juste son numéro de chambre.

— Chambre 102, monsieur Archer. Je crois qu'elle vous attend.

La 102 se trouvait juste en face de l'ascenseur, au premier étage. Au bout du couloir, une porte-fenêtre à double battant drapée de rideaux arborait au-dessus d'elle une petite lumière rouge disant SORTIE DE SECOURS. Je toquai à la porte. L'ascenseur crissa et tonna derrière moi comme un cœur en bout de course.

Une voix de femme traversa la porte :

— C'est qui, là ?

— Archer.

— Entrez.

La porte était fermée à clé ; je le lui dis.

— Ça va, ça va, j'arrive.

La porte s'ouvrit.

Una avait l'air malade. Ses cernes verdâtres avaient gagné en noirceur autant qu'en extension. Dans son pyjama japonais rouge, elle ressemblait moins à une femme qu'à un lutin asexué qui aurait vieilli en enfer.

Elle recula pour me laisser entrer, puis referma doucement la porte derrière moi. Nous étions dans le salon de la suite nuptiale ou présidentielle, pour autant que des jeunes mariés ou des politiciens fussent jamais venus séjourner en ces lieux. Les deux hautes fenêtres qui donnaient sur la rue étaient tendues de velours grenat. Elles étaient éclairées de l'extérieur par un halo de néon rouge qui disputait le terrain à une lampe sur pied en fer forgé noir torsadé coiffée d'un abat-jour en parchemin. Les deux chaises espagnoles à haut dossier avaient l'air inoccupé et inoccupable. Le seul signe indiquant qu'Una séjournait là était un manteau léopard posé sur un des dossiers.

— Qu'est-ce qui ne va pas ? dis-je à l'adresse de son dos.

Elle semblait ne tenir debout que grâce au soutien du bouton de porte.

— Rien. C'est cette foutue chaleur, et cette attente, et cette incertitude. (Elle sentit qu'elle se laissait entraîner sur la pente glissante de la franchise et fit passer l'interrupteur de ses gémissements puérils en position éteinte.) J'ai une migraine. Dieu la bénisse. Je suis une migraineuse.

— Désolé.

Puis j'ajoutai, avec une absence de tact parfaitement délibérée :

— J'ai moi aussi mal à la tête.

Elle se tourna vers moi avec un sourire féroce d'hypocondriaque en plein concours de maux.

— Mais ce n'est pas une migraine, j'imagine. Les gens qui n'ont jamais eu de migraine ne savent pas ce que c'est. J'ai des envies d'amputation. Qu'on me coupe la tête. Ça aurait de l'allure, non, un torse sans tête paradant dans cette chambre ? (Elle se donnait du mal pour maîtriser son afflux d'auto-apitoiement et le faire passer pour de la plaisanterie.) Les hommes ne verraient même pas la différence.

Una recommençait à se flatter. Même sous son pyjama de soie, son torse n'était pas plus intéressant et pas plus curviligne qu'une brique. Je m'assis sur une des chaises inoccupables et dis :

— Vous êtes une grande admiratrice des mâles.

— C'est une race admirable. Eh bien ?

Elle se tenait debout à côté de moi, et son changement de ton indiquait que le temps de la comédie était passé.

— Je viens faire mon rapport. Vous ne voulez pas vous asseoir ?

— Si vous insistez. (La chaise était trop grande pour elle, et ses pieds pendouillaient bien au-dessus du sol.) Je vous écoute.

— Il y a d'abord deux ou trois points que j'aimerais éclaircir.

— Comment ça ?

La douleur qui l'accablait quelque part derrière sa langue y imprima un tour vicieux.

— Vous m'avez menti une fois ce matin, au sujet du vol de bijoux. Il est possible que vous m'ayez menti deux fois.

— Vous me traitez de menteuse ?
— Je vous pose la question.
— Vous lui avez parlé.
— Pas exactement. Vous pensez que c'est ce que j'aurais appris si je lui avais parlé ? Que vous êtes une menteuse ?
— Ne me faites pas dire ce que je n'ai pas dit, je n'aime pas ça. Je vous ai expliqué pourquoi je voulais faire suivre Lucy.
— Pas du premier coup.
— Pas du premier coup, c'est vrai.
— Et vous ne m'en avez pas dit lourd.
— Pourquoi aurais-je dû le faire ? J'ai le droit de protéger ma vie privée.
— Vous l'aviez ce matin. Plus maintenant.
— Pardon ? demanda-t-elle à la chambre entière d'une voix perplexe. (Ses doigts se crispèrent ; leurs diamants accrochèrent et renvoyèrent la lumière rouge de la rue.) Je paie un homme 100 dollars pour une mission précise, et il voudrait que je lui donne le deuxième prénom de mon grand-père. C'était Maria, aussi bizarre que ça puisse paraître.
— Vous êtes très franche pour tout ce qui ne compte pas. Mais vous ne m'avez toujours pas donné votre vrai nom. Et je ne sais même pas où vous habitez.
— Si vous aviez besoin de le savoir, je vous le dirais. Vous vous prenez pour qui ?
— Juste un ancien flic qui trime pour gagner sa croûte. Je propose mes services à tout le monde. Ça ne veut pas dire que je suis prêt à les vendre à n'importe qui.
— Ce sont de bien grands mots pour un vulgaire fouineur. J'ai de quoi vous acheter et vous vendre vingt fois…
— Vous vous trompez de personne. Vous auriez dû suivre mon conseil et trouver quelqu'un par les petites annonces. Il y a des loqueteux qui feraient n'importe quoi pour 15 dollars

par jour, à part assassiner quelqu'un. L'assassinat, ça coûte plus cher.

— Qu'est-ce qui vous prend de me parler comme ça d'assassinat ? Qui vous a parlé d'assassinat ?

Sa voix s'était soudain effilochée en un murmure sans chair qui bruissait et se brisait comme le vol d'un moustique.

— Moi. Pour dire que ça coûtait cher, et pas juste en dollars.

— Mais pourquoi en parler ? Où voulez-vous en venir ? Vous avez bavardé avec des gens ? Avec un de ces loqueteux que vous venez d'évoquer ?

Elle pensait à Maxfield Heiss. Je lui répondis que non.

— Même pas avec Lucy ?

— Non.

— Mais vous l'avez suivie de près, n'est-ce pas ?

— D'aussi près que possible.

— Où est-ce qu'elle est ? Où est-ce qu'elle a filé ?

— Je l'ignore.

— Vous l'ignorez ! Je vous ai payé grassement pour que vous la suiviez. C'était votre seule mission.

Elle se laissa glisser de sa chaise et vint se camper devant moi les poings serrés. J'étais prêt à les attraper si elle s'avisait de se jeter sur moi. Mais non : elle s'en servit contre elle-même et se mit à battre ses flancs ossus en staccato.

— Est-ce que tout le monde aurait perdu la tête ? dit-elle en jappant à l'adresse du plafond.

— Calmez-vous. Là, c'est vous qui avez l'air de l'avoir perdue. C'est vous qui avez l'air d'être une psychopathe meurtrière…

— Une psychopathe meurtrière ! (Sa voix grimpa jusqu'à l'ultime limite de sa tessiture, et s'y brisa.) Comment ça, psychopathe meurtrière ? Vous *avez* parlé avec Lucy.

— Non. En revanche vous, je vous ai entendue parler avec elle cet après-midi. Et je n'ai pas beaucoup aimé ce que j'entendais. Il y a de la violence dans mon métier, mais j'ai horreur de la voir exercée de sang-froid, ou des gens qui menacent d'autres gens de ce type de violence.

— Ah. Ça. (Elle parut soulagée.) Je lui ai donné une gifle. Une petite gifle. Elle l'avait méritée.

— Dites-m'en plus.

— Allez au diable.

— Plus tard, peut-être. Mais je ne vous ferai pas votre bise d'au revoir sans avoir obtenu les informations qu'il me faut. Qui vous êtes, d'où vous venez, pourquoi vous en voulez à Lucy. Et aussi : que faisiez-vous à 5 heures cet après-midi ? Commençons donc par là.

— À 5 heures ? J'étais ici même, dans cette chambre. C'est important ?

Contrairement à la plupart de ses autres questions, celle-ci n'était ni une pique ni purement rhétorique. Elle savait, ou pressentait, ce qui allait venir.

— C'est égal. Vous pouvez le prouver ?

— S'il le faut. J'ai passé un appel vers 5 heures. (Ses mains ne cessaient de se frotter l'une au-dessus de l'autre, alternativement, dans l'espoir de se réchauffer au feu froid des diamants.) Je préférerais ne pas avoir à m'en servir si je peux l'éviter. Vous ne m'avez même pas dit ce que cet alibi serait censé couvrir.

— Qui avez-vous appelé ?

— C'est une question sans intérêt pour vous. J'ai dit que je pouvais le prouver si nécessaire. C'était un appel longue distance. Ils tiennent un registre.

Elle battit en retraite vers un pouf en cuir et s'accroupit gauchement contre son bord.

— Tout ce qui vous touche présente un intérêt pour moi, Una. Je viens de faire une déposition à la police, et je n'ai pas pu éviter de vous mentionner.

— Vous êtes allé voir la police ? me demanda-t-elle d'une voix incrédule comme si je m'étais vendu aux puissances du démon.

— C'est elle qui est venue me voir. J'ai trouvé Lucy égorgée un peu après 5 heures.

— Égorgée ?

— Égorgée. Dans sa chambre de motel. Il a fallu que j'explique ce que je faisais là. Votre nom a naturellement fait surface. Enfin, votre nom d'usage.

— Pourquoi ne sont-ils pas déjà ici ?

— Je ne leur ai pas dit que vous étiez en ville. J'ai pensé que je pouvais vous offrir une chance de mettre les choses à plat avant de vous livrer à eux. Je suis aussi un peu curieux de savoir pour qui je me mouille, et dans quel but.

— Espèce de gros nigaud ! Ils auraient pu vous suivre.

— Je n'aurais pas dit mieux. (Je me levai.) Je n'ai pas encore trouvé d'expression aussi juste pour vous, mais j'y travaille.

— Où allez-vous ?

— Au poste, compléter ma déposition. Plus je tarde, plus j'aurai des ennuis.

— Mais non, vous ne pouvez pas faire ça. (Elle se releva d'un bond et se rua vers la porte en un sprint brouillon, y colla son dos et étendit les bras tel un pantin crucifié.) Vous travaillez pour moi. Vous ne pouvez pas me donner à la police.

Je sortis le billet de cent de mon portefeuille et le jetai à ses pieds. Elle se baissa pour le ramasser, sans me quitter des yeux de crainte que je m'enfuie.

— Non. S'il vous plaît, reprenez-le. Je vous en donnerai plus.

— Vous n'en avez pas assez. J'ai mis le meurtre très haut sur ma fiche de tarifs.

— Ce n'est pas moi qui l'ai tuée. Vous… Monsieur Archer. Je vous ai dit mon alibi.

— Les alibis téléphoniques, ça s'arrange facilement.

— Je n'ai rien arrangé. Comment aurais-je pu arranger quoi que ce soit ? J'étais ici, dans cette chambre. Demandez au standard. Je ne suis pas sortie depuis le début de l'après-midi.

— Et c'est pour ça que vous réagissez si calmement, n'est-ce pas ? dis-je en tendant la main vers le bouton de la porte.

— Qu'allez-vous faire ?

Sa main froide se referma sur la mienne. Le billet retomba comme une feuille verte froissée. Serrée, crispée contre la porte, respirant avec une vivacité de fox-terrier, elle ne le remarqua pas.

— Je vais parler à la fille du standard, si elle est encore à son poste.

— C'est le réceptionniste qui m'a passé la communication. J'ai reconnu sa voix.

— Très bien, je vais parler au réceptionniste. Ensuite, vous et moi allons passer toute cette affaire au crible.

— Pas avec la police.

— Ça dépend de vous. Et de la véracité de ce que vous me raconterez.

— Non. Ne partez pas. Vous ne pouvez pas me faire ça, dit-elle d'une voix hachée et hors d'haleine.

Je tournai le bouton et tirai dessus pour ouvrir. Elle s'assit le dos contre la porte et se mit à hurler. En s'ouvrant, la porte la fit glisser sur le côté. Jambes écartées, bouche grande ouverte, elle me fixait la tête levée dans la lumière rougeâtre meurtrière. Je la fixai la tête baissée. Elle produisait un bruit continuel insupportable, comme la stridence d'un métal qu'on déchire. J'y mis fin en refermant la lourde porte derrière moi.

Le réceptionniste rayonna de sourire à ma vue. J'étais l'heureux voyageur dont l'amie de la suite hors de prix portait de l'authentique fourrure de léopard et du probable diamant.

— Je m'occupe des affaires de Mme Larkin, dis-je. Puis-je consulter son compte s'il vous plaît ?

— Mais certainement, monsieur. (Il sortit un grand bristol d'un tiroir à classeur et le posa devant moi en se penchant sur le comptoir d'un air de confidence.) J'espère sincèrement que Mme Larkin ne s'apprête pas à nous quitter. Elle a le pourboire fort généreux. C'est bon pour le moral du personnel. (Sa voix baissa en un murmure pudique.) Dites, c'est une star d'Hollywood, c'est ça ?

— Je suis surpris qu'elle vous l'ait dit.

— Oh, elle ne m'a rien dit du tout. Je l'ai deviné. Je sais reconnaître la vraie classe. Mais il faut dire que j'avais un bon indice.

Son ongle ovale manucuré pointa le haut du bristol. Una avait donné le Hollywood-Roosevelt comme adresse personnelle. En dessous, le compte n'affichait que trois lignes : 12 dollars pour la suite, payés d'avance ; 3,35 dollars de téléphone ; et 2,25 dollars de service en chambre.

— Cela ne fait même pas un jour entier qu'elle est là, dis-je d'un air radin. Trois dollars trente-cinq de téléphone, ça fait vraiment beaucoup, vous ne trouvez pas ?

Sa petite moustache remonta vers ses narines comme si elle allait bientôt y disparaître, aspirée.

— Oh non, tout cela est très normal. Il s'agit d'un seul et même appel, longue distance, de personne à personne. Je m'en suis chargé moi-même.

— N'est-ce pas inhabituel ?

— Malheureusement non. La standardiste de jour quitte son travail à 5 heures, et la standardiste de nuit était un peu en retard. C'est moi qui étais au standard quand Mme Larkin a appelé.

— À 5 heures ?

— Peut-être une ou deux minutes après 5 heures. Je venais juste de m'y asseoir. J'ai toujours eu une fascination pour les standards téléphoniques.

— Vous êtes certain qu'il s'agissait bien de Mme Larkin ?

— Oh, absolument, monsieur. Elle a une voix tout à fait reconnaissable. Elle est actrice, peut-être ? Actrice de genre ?

— Vous êtes très perspicace, dis-je. Elle est surtout un genre à elle toute seule. J'ai du mal à croire qu'elle puisse dépenser une telle somme pour un seul coup de téléphone.

— Demandez-lui donc ! (Il était piqué au vif, et il avait le vif plutôt épidermique.) Allez, demandez-lui.

— Mme Larkin n'apprécie pas qu'on l'ennuie avec ce genre de choses triviales. C'est justement pour s'en préserver qu'elle m'emploie. Maintenant, s'il s'agissait d'un appel pour Detroit, c'est vrai que je comprendrais.

— Ypsilanti, répondit-il diligemment. C'était un appel pour la Tecumseh Tavern, à Ypsilanti. C'est dans la banlieue de Detroit, n'est-ce pas ?

Je pris un air de profonde réflexion.

— Voyons voir... Qui Mme Larkin connaît-elle à Ypsilanti, déjà ?

— Un certain Garbold. Elle a demandé à parler à un certain Garbold, de personne à personne.

Mais son zèle commençait à se flétrir sur les bords. Il baissa les yeux vers son vase de bleuets comme s'il l'avait soupçonné d'abriter des insectes nuisibles.

— Garbold, bien sûr ! Que ne l'avez-vous dit plus tôt. Aucun problème dans ce cas, Mme Larkin vous réglera rubis sur l'ongle.

Je gribouillai mes initiales en bas du bristol et m'éclipsai sans m'attarder.

Una avait été plus rapide. Je frappai une fois à sa porte et n'obtins aucune réponse. Ce que j'obtins, en revanche, ce fut cette sensation qu'on a quand on s'est donné beaucoup de mal pour s'envoyer soi-même un furieux coup de matraque en caoutchouc juste à la base du crâne.

La porte n'était pas fermée à clé. Le manteau léopard n'était plus sur le dossier de la chaise. La chambre et la salle de bains étaient propres comme des sous neufs. Je sortis de l'hôtel de la même manière qu'Una : en empruntant les escaliers de secours.

Dans la ruelle derrière l'hôtel, une femme à châle et jupe traînante était penchée sur une benne à ordures. Elle leva la tête vers moi et me regarda depuis les entrelacs d'un réseau de rides sans fin.

— Vous avez vu passer une femme ? En manteau léopard ?

L'antique clocharde retira quelque chose du cratère érodé de sa bouche. C'était un os d'entrecôte rouge qu'elle mâchouillait.

— *Si*, dit-elle.

— Elle est partie par où ?

Elle leva l'os sans dire un mot et le pointa vers un bout de la ruelle. Je lâchai dans sa main momifiée les quelques pièces qui traînaient dans ma poche.

— *Muchas gracias, señor.*

Son regard noir d'Indienne me parvenait depuis l'autre côté de l'Histoire, comme la lumière d'une étoile à mille années de distance.

La ruelle menait au parking de l'hôtel. Mme Larkin avait pris sa voiture moins de cinq minutes auparavant. C'était un break Plymouth d'un modèle très récent. Non, ils ne prenaient pas les numéros d'immatriculation de leurs clients. Mais elle avait sûrement laissé une adresse où faire suivre le courrier. Voyez plutôt auprès de la réception.

Chapitre 9

JE gravis la rampe du garage noircie de taches d'huile et me tins un moment au bord du trottoir sans trop savoir quoi faire. Je n'avais plus de cliente, aucune bonne piste et pas beaucoup d'argent. Le fait d'avoir rendu le billet de cent commençait déjà à me ronger comme un vilain petit ulcère de remords à l'estomac. La foule passait comme dans un kaléidoscope constamment secoué, mais je n'y discernai aucun motif.

C'était une foule de début de samedi soir. Ouvriers agricoles en jeans et chemises à carreaux, soldats en uniforme, élèves en coupe-vent frappés de l'écusson de leur école, ils erraient seuls, en couple, en meute, parmi des femmes de tous âges et de toutes teintes. Des dames au visage dur coiffées de chapeaux tractaient des hommes en costume de travail. Des ranchers juchés sur leurs bottes à talons claudiquaient en prenant appui sur leurs épouses à la peau délavée de soleil. Sous le feu orange clignotant du carrefour, de longues voitures luisantes se battaient avec des gros pick-up, des petits bolides, des vieux tacots d'immigrés pour des miettes d'espace-temps. Ma voiture était toujours dans la cour du Mountview Motel. Je me glissai dans le flot de la foule et me laissai porter plein sud, vers la grand-route.

Un peu avant le carrefour se trouvait une boutique de cigares avec enseigne de taxiphone. Au-dessous de l'enseigne, un quartet de jeunes Mexicains regardait le monde passer. Ils se tenaient sur une jambe comme des échassiers, dos appuyé contre la vitrine, talon coincé sur le muret, faisant étal de chaussettes fluorescentes dépareillées sous leurs bas de jeans roulés. LE MUR N'EST PAS UN APPUI-PIED clamait en vain un panonceau fixé à côté d'eux.

Je me détachai de la foule pour entrer dans la boutique et gagnai directement la cabine située au fond. Trois chauffeurs de taxi jouaient au craps sur le comptoir de l'arrière-salle. Je trouvai le numéro du docteur Samuel Benning dans l'annuaire de la ville et le composai. À l'autre bout de la ligne, le téléphone sonna vingt fois, puis ma pièce de cinq cents tinta comme un jackpot dans le réceptacle de retour de monnaie.

Je n'avais pas encore atteint la porte lorsque je vis une jeune femme seule passer devant la vitrine, en direction du sud. Les quatre gars s'animèrent de concert pour exécuter une pantomime burlesque. Celui du bout poussa son voisin immédiat, qui manqua de bousculer la jeune femme. Il se rétablit et ébouriffa la banane gominée du troisième, qui décocha un direct dans le ventre du quatrième.

Ils titubaient tous devant l'entrée, le souffle coupé à force de rire faux. Je me frayai un passage. La jeune femme se retourna d'un air méprisant. Elle avait changé son uniforme gris rayé pour un chemisier en lin blanc et une jupe blanche, mais je reconnus son visage. C'était la femme aux yeux noirs et à la beauté ample qui m'avait fait entrer dans la salle d'attente du Dr Benning. Ma nuque se mit à me démanger à l'endroit où la déesse vicieuse de la coïncidence m'avait déjà piqué.

La femme marchait, balançant sa queue-de-cheval à ruban rouge au-dessus de sa ronde et douce ondulation de hanches. Je la suivis avec circonspection. Elle était plutôt large et basse sur pattes, mais, pour une raison étrange, elle me rappelait Lucy, svelte et élancée. Elle marchait avec le même air de savoir où elle allait, et elle se dirigeait vers le quartier où j'avais vu Lucy pour la toute première fois.

Lorsqu'elle traversa la rue et poussa la porte du Tom's, ma circonspection s'aiguisa.

Elle s'arrêta un instant dans l'entrée pour prendre ses repères. Puis elle mit cap sur un des boxes du fond. Un homme y était assis, dos à la porte. Son panama dépassait au-dessus de la petite cloison en contreplaqué. Il se leva et reboutonna sa veste en poil de chameau pour l'accueillir, puis il resta debout pour la regarder d'un air réjoui glisser sa chute de reins entre la banquette et la table. En un dernier geste de dévotion, il ôta son chapeau et lissa sa tignasse brune de ses gros doigts avant de reprendre place face à elle. Max Heiss faisait du charme.

J'allai me poster au bar, qui courait sur tout le côté gauche du café. Les boxes collés le long du mur opposé étaient pleins, et la salle elle-même était bondée de buveurs du samedi soir : soldats à filles mates et stridulantes d'allure trop jeune pour être là, femmes d'âge mûr à visage dur et tête permanentée, vieux grisonnants venus retrouver leur jeunesse pour la millième fois, putains aux yeux d'asphalte gagnant leur croûte à la sueur d'ouvriers ivres, plus quelques fugitifs des beaux quartiers occupés à noyer leur moi pour en faire naître un autre. Derrière le bar, un Grec fort comme un Turc alimentait la clientèle en alcool, aphrodisiaques et opiacés avec un immuable sourire triste.

Je commandai un bourbon sec et le bus sans m'asseoir en gardant un œil sur Heiss dans le miroir. Il se tenait penché très en avant sur la table, vers la femme aux yeux noirs dont le visage exprimait un mélange d'outrage et de satisfaction.

Le box derrière eux se libéra. J'allai m'y installer sans attendre que l'on vienne débarrasser la table. La salle était bruyante. Un juke-box beuglait au-dessus de la Babel de dialectes du bar. À côté du comptoir aux alcools, côté entrée, une table de jeu de palet électrique lâchait des rafales de claquements secs à intervalles réguliers. Je me calai au fond de la banquette et collai l'oreille contre la cloison. À un mètre de moi, Heiss disait :

— J'ai pensé à toi toute la journée. Je n'ai pas arrêté de rêver à tes splendides grands yeux. Je n'ai pas arrêté non plus de rêver à tes splendides gros etcetera. Assis là, à t'attendre, je rêvais encore à eux. Tu sais ce que c'est, un etcetera, Flossie ?

— Je devine. (Elle partit d'un petit éclat de rire qui sonna comme un gargarisme au sirop.) Vous êtes un sacré plaisantin. Et moi, je ne m'appelle pas Flossie.

— Florie alors, qu'est-ce que ça peut faire ? Qu'est-ce que ça peut bien faire si tu es la seule et unique fille dans les pensées de quelqu'un, comme tu l'es pour ainsi dire dans les miennes ? Tu es la fille de mes rêves. Mais je parie que tu dois sûrement avoir des tas de petits amis.

Apparemment, Max avait passé l'intégralité de sa journée à boire et en était au point où tout ce qu'il disait ressemblait à de la poésie mise en musique.

— Moi je parie que c'est faux. De toute façon, ce ne sont pas vos affaires, monsieur Desmond. Je vous connais à peine.

Mais elle connaissait bien les ficelles de ce jeu.

— Viens t'asseoir à côté de moi, petite, t'apprendras à me connaître. Florie. Un joli nom pour une jolie poupée. Est-ce qu'on t'a déjà dit que ta bouche était belle comme une fleur, Florie ?

— Sacrée réplique, monsieur Desmond.

— Allons, appelle-moi donc Julian. Et viens un peu par là. Mais j'te préviens, c'est dangereux. Quand chuis tout près de magnifiques etcetera, j'ai du mal à me retenir d'y croquer. J't'aurai prévenue.

— Vous avez faim, c'est ça ? (Des bruissements et grincements m'indiquèrent que la fille changeait de place pour s'asseoir sur la banquette de Max.) Ça me fait penser que moi, j'ai un petit creux. Je mangerais bien quelque chose.

— Et *moi* je vais te manger *toi*. (La voix de Max était comme étouffée.) Mais je ferais peut-être mieux de t'engraisser d'abord, hein ? Tu veux un steak, et quelque chose à boire ? Et après ça, qui sait ? *Quien sabe*, c'est pas comme ça que vous dites ?

— Je ne parle que l'américain, répondit-elle d'un ton cassant. (Une fois ce point bien établi, elle se radoucit.) Un steak ce serait sensass, Julian. Tu es vraiment un type marrant.

Heiss héla la serveuse. Elle traversa la salle, tête à cheveux raides teints au henné se mouvant avec grâce au-dessus de jambes délicates.

— Qu'est-ce que je peux vous servir ?

— Un steak pour la demoiselle. Moi, j'ai déjà dîné.

— Et vous êtes au sherry, à ce que je vois.

— Au sherry très sec, dit Desmond-Heiss.

— Très sec, c'est ça. (Elle tourna la tête de côté et lança sa réplique.) Vous le prenez sans doute en poudre.

— Pour moi ce sera un Alexander, dit la fille.

— Excellent choix, poulette, on est là pour en profiter. (Mais sa voix masquait mal une petite ligne de basse lancée sur le blues du radin.) Rien n'est trop beau pour Florie.

Une femme entra dans le bar et longea l'enfilade de boxes d'un pas vif. Son manteau noir à larges épaulettes se balançait rythmiquement dans son dos avec toute l'énergie de sa détermination, laissant paraître l'uniforme blanc sur lequel elle l'avait enfilé. Elle ne me vit pas, mais moi je la vis fort bien, et je me redressai sur ma banquette. Elle s'arrêta à la table de Heiss et Florie ; ses yeux bleus luisaient d'un éclat métallique dans son visage d'émail froid.

— Bonsoir madame Benning. Vous avez besoin de moi ? dit Florie d'une petite voix blanche.

— Vous n'avez pas fini votre travail. Rentrez le finir immédiatement.

— C'est faux, madame Benning. C'est absolument faux.

— Êtes-vous en train de me contredire ?

— Non, mais nous sommes samedi soir. J'ai le droit de prendre mes samedis soir. Quand est-ce que je pourrais m'amuser un peu, sinon ?

— S'amuser, c'est une chose. Mais là, vous êtes en train de vendre des ragots sur mes affaires privées à un sale fouineur.

— Pardon ? s'écria Heiss. Qu'avez-vous dit, madame ?

— Oh, vous, épargnez-moi vos "madame". Je vous attends, Florie.

Elle ne parlait pas fort, mais sa voix vrombissait comme un circuit électrique en surtension.

— Un problème, madame ? intervint la serveuse d'un ton sec.

Mme Benning se retourna pour la considérer. Je ne vis pas son regard, car je me trouvais alors côté nuque noire. Mais la serveuse eut un mouvement de recul et leva sa carte comme un écu devant son torse.

Heiss se leva et se trouva un peu plus petit que Mme Benning.

— J'ignore qui vous êtes, madame. Mais sachez bien que je ne laisserai personne agresser mon amie en public.

Son visage tâtonnait à la recherche d'une attitude. Puis ses yeux liquides croisèrent ceux de la femme et s'en détournèrent aussitôt comme une bave.

Elle se pencha vers lui et lui parla d'une voix basse sur un ton à la fois sec et monocorde :

— Je sais qui vous êtes. Je vous ai vu surveiller la maison. Je vous ai vu parler avec Florie dans la véranda du bureau. Maintenant écoutez-moi bien : laissez-la tranquille, et surtout, laissez-*moi* tranquille.

— Florie a le droit de voir ses amis. (Heiss avait trouvé une attitude – celle d'un homme du monde – mais elle eut l'air bidon d'entrée de jeu.) Quant à vous, madame Benning, si tel est votre nom, jamais je ne vous toucherais. Je ne voudrais même pas de vous comme viande pour chats…

Elle lui éclata de rire au nez.

— Comme si vous pouviez espérer en avoir un jour l'occasion, espèce de nabot. Maintenant rentrez dans votre terrier. Si jamais je vous revois, je vous assomme à coups de bâton comme le vilain rat que vous êtes. Venez, Florie.

Florie restait immobile, tête basse, bras sur la table, terrifiée et têtue. Mme Benning l'attrapa par le poignet et la força à se lever. Florie n'opposa pas de résistance et suivit Mme Benning vers la sortie en traînant les pieds. Un taxi les attendait sur la ligne jaune, le long du trottoir. Le temps que je gagne la rue, il avait démarré et s'était évanoui dans la circulation.

J'avais la pénible impression de voir clairement l'histoire se répéter. Cette impression s'aggrava lorsque Heiss arriva dans mon dos et me toucha le bras. Il touchait les gens à chaque fois qu'il pouvait, pour se rassurer sur son appartenance à notre race humaine.

— Va te finir à la mort-aux-rats, dis-je.

Son nez veineux luisait dans son visage livide.

— Ouais, je t'avais bien vu. Je croyais que tu m'avais laissé tomber, petit. Je noyais mon chagrin avec un joli sucre d'orge au cactus mexicain bien frais.

— T'essayais de lui soutirer des informations, plutôt.

— Tu me sous-estimes. Ça fait un bail que je l'ai soutirée en bonne et due forme ! Elles me résistent pas, petit. Je dois avoir un truc vraiment irrésistible, mais quoi ?

Sa bouche labile faisait des heures supplémentaires pour le rappeler à la bonne opinion qu'il se faisait de lui-même.

— Qu'est-ce qui se passe, Max ?

— Trop tard, Archer. Je t'ai donné ta chance c't'après-midi. T'as pas voulu t'emmerder avec moi, alors viens pas m'emmerder à mon tour.

— Tu veux que je te flatte, c'est ça ?

— Tu te goures. Suffit de me menacer avec un rat tout rose et je me mets à hurler comme un damné.

Il regarda passer le flot des piétons d'un air satisfait, comme s'il avait compté sur eux pour assurer sa protection.

— Tu ne me connais pas bien, dis-je. Je n'utilise pas ce genre de méthodes.

— Je te connais autant qu'il me plaît de te connaître, dit-il. Tu m'as laissé en plan, c't'après-midi.

— Oublie ça. C'est quoi le lien avec le disparu d'Arroyo Beach ?

— Arrête ton char, petit. (Il s'appuya contre le pilier d'angle de la vitrine.) Tu voudrais que je te balance un truc en échange de nada ? Moi, personne m'a jamais rien donné pour rien. J'ai dû me battre pour arriver là où j'en suis.

Il s'essuya le visage avec un mouchoir taché de rouge à lèvres.

— Je ne cherche pas à te prendre quoi que ce soit, Max.

— Alors tout va bien, parce que t'auras rien. Bonne nuit. Ce fut un plaisir.

Il tourna les talons.

— Lucy est morte, dis-je.

Ça l'arrêta.

— Qu'est-ce que tu dis ?

— Lucy s'est fait égorger cet après-midi.

— Tu me charries, là.

— Tu peux aller la voir à la morgue. Et si tu ne veux pas me dire ce que tu sais, va au moins le dire aux flics.

— Le pire, c'est que c'est peut-être bien ce que je vais faire. (Ses yeux brillaient comme deux agates marron éclairées de l'intérieur.) Sur ce, je te redonne le *bonsoir**.

* En français dans le texte.

Il s'en alla en jetant deux ou trois coups d'œil furtifs par-dessus son épaule, et se glissa dans le flot des passants qui marchaient vers le nord. J'eus envie de lui courir après, de l'attraper et de le secouer jusqu'à ce qu'il parle. Mais je venais de dire que je n'utilisais pas ce genre de méthodes, et je m'y tins.

Chapitre 10

Je récupérai ma voiture au Mountview Motel et me garai devant la maison du Dr Benning. Il n'y avait pas de lumière derrière les fenêtres peintes en blanc. Avec son petit jardin envahi de végétation, elle avait tout d'une maison abandonnée depuis longtemps. Sa haute façade grise se découpait frêlement sur le ciel rouge sombre comme un décor de cinéma étayé sur l'arrière par des gros madriers.

Je sonnai à la porte, et la bâtisse recouvra sa profondeur. Loin à l'intérieur, par-delà plusieurs murs, la sonnette retentit comme un insecte pris au piège. Je sonnai une nouvelle fois et personne ne répondit. La porte à double battant était sertie de petits carreaux géométriques à l'ancienne. Je posai le front contre l'un d'eux, regardai à l'intérieur et ne vis rien. Sinon que le carreau était fissuré dans un coin et qu'il ployait légèrement sous la pression.

J'enfilai un gant de conducteur et donnai un petit coup de poing dans le coin fissuré. Le carreau céda sous l'impact puis se brisa sur le carrelage intérieur. J'attendis quelques instants, jetai un coup d'œil de chaque côté de la rue et sonnai une troisième fois. Les trottoirs étaient déserts, et personne ne répondit. Je glissai le bras par le trou en triangle et fis glisser le verrou.

Je refermai la porte et le loquet derrière moi avec ma main gantée. Le verre brisé crissait sous mes talons. Je suivis le mur à tâtons et trouvai la porte de la salle d'attente. Les fenêtres laissaient filtrer un peu des lumières de la rue, donnant à la pièce une forme de beauté diaphane, comme celle d'une vieille dame au beau visage caché derrière un voile épais.

La commode à tiroirs de classement se trouvait dans un coin, derrière le secrétaire. J'allumai ma lampe de poche et, couvrant sa lumière avec mon corps, je passai en revue les dossiers des patients. Camberwell, Carson, Cooley. Pas de fiche au nom de Lucy Champion.

J'éteignis et suivis le mur jusqu'à la porte du bureau, que je trouvai légèrement entrouverte. Je m'y glissai et refermai derrière moi. Je rallumai ma lampe et examinai les murs et les meubles sous le fin pinceau de lumière. Cette pièce abritait un bureau plaqué chêne, une chaise pivotante, deux chaises ordinaires, une vieille bibliothèque à trois rayons pas tout à fait pleine de revues et usuels de médecine. Au-dessus de cette bibliothèque, sur le mur blanchi à la chaux, s'affichait un diplôme décerné en juin 1933 par une faculté de médecine dont je n'avais jamais entendu parler.

La porte de la pièce suivante était ouverte ; j'y pénétrai. Ses murs étaient tapissés d'une toile cirée à motifs. Le sol était en linoléum. Sur le mur du fond, des taches noirâtres trahissaient l'endroit où se trouvait la gazinière que la table d'examen réglable en acier émaillé marron et skaï noir avait évincée. Il y avait aussi un meuble à instruments en métal cabossé, avec un stérilisateur posé juste à côté, contre le mur. À l'autre bout de la pièce, sous la fenêtre aux volets clos, un robinet fuyait goutte à goutte au-dessus d'un évier. Je m'approchai de la porte encastrée qui se trouvait juste après, et tournai le bouton. Elle était verrouillée.

Mon deuxième passe eut raison du verrou.

Le faisceau de ma lampe claqua sur le sourire d'ivoire de la mort.

À quinze centimètres au-dessus du niveau de mes yeux, les orbites noires d'un squelette pointaient leur regard vide vers le bas. Le temps du choc, je crus qu'il s'agissait des ossements d'un géant, mais je vis ensuite que les longues phalanges d'orteils pendouillaient à presque un pied du sol. L'ensemble était en suspens sous le plafond du placard, pendu par des fils de fer fixés à une tringle. Ses articulations avaient été fidèlement reconstituées à la corde à piano, et l'ouverture de la porte l'avait animé d'un léger balancement. Son ombre striée vacillait sur le mur du fond du placard.

Ça m'avait l'air d'être un individu de sexe masculin et je ressentis l'antique envie fraternelle de le prendre par sa main décharnée. Il était seul et triste. Je n'eus pas le cran de le toucher.

Quelque part dans la bâtisse, pas plus fort qu'un couinement de souris, une porte ou une latte de parquet grinça, déclenchant un étranglement croupal de mes voies aériennes. Je tendis l'oreille et perçus le faible sifflement de ma gorge, ainsi que le goutte à goutte du robinet. Je refermai le placard d'une main fébrile et remis mon passe dans ma poche.

Lampe éteinte, je rebroussai chemin en longeant le mur à tâtons jusqu'à la porte de la salle d'examen. J'avais un pied sur la latte métallique de son seuil quand la lumière m'éclata au visage. La femme du Dr Benning se tenait contre le mur d'en face, une main sur l'interrupteur. Elle était si immobile qu'elle eût pu être un personnage de frise, un motif peint sur le mur lui-même.

— Qu'est-ce qui se passe ici ?

Une réponse rauque parvint à se faufiler par ma gorge nouée :

— Le docteur n'était pas là. Je suis venu l'attendre.

— Vous êtes un cambrioleur ? Un drogué ? On n'a pas de came ici.

— Je suis venu parce que j'ai une question. Je me suis dit que votre bureau pourrait me répondre.

— C'est quoi votre question ?

Le petit automatique qu'elle tenait d'une main ferme était en acier bleui, et ses yeux en avaient pris la teinte.

— Rangez cette arme, madame Benning. Je suis incapable de parler quand on me braque de l'acier au visage.

— Vous parlerez.

Elle s'écarta du mur et se dirigea vers moi. Même en mouvement, son corps paraissait immobile et glacé. Mais je ressentais sa puissance, comme celle d'une mine ensevelie sous une congère.

— Vous êtes encore un de ces salauds de fouille-merde, c'est ça ?

— Oui, un fouille-merde plus ou moins compétent. Qu'est-il arrivé à Florie ?

Elle se figea au milieu de la pièce, les deux jambes bien campées sur le sol. Les pupilles de ses yeux couleur canon étaient aussi noires et creuses que la bouche de l'automatique au centre de son corps.

— Si le coup part et que vous me blessez, ça va faire du vilain, dis-je. Posez cette arme, elle est inutile.

Elle n'eut pas l'air de m'entendre.

— Je me disais bien que je vous avais déjà vu. Vous étiez là, au bar. Ce qui est arrivé à Florie ne regarde qu'elle et moi. Je lui ai payé ses gages et je l'ai virée. Je n'aime pas du tout voir mes domestiques fricoter avec des charognards. Est-ce que ça répond à votre question ?

— À l'une d'elles.

— Parfait. Maintenant tirez-vous, ou je vous fais arrêter pour cambriolage.

Le pistolet bougea à peine, mais il me fit l'effet d'un ongle raclant ma peau.

— Je ne pense pas que vous ferez ça.

— Vous voulez rester pour le savoir ? dit-elle en jetant un coup d'œil au téléphone posé sur le bureau.

— Je crois que c'est ce que je vais faire, en effet. Vous êtes vulnérable, sans quoi vous auriez déjà appelé les flics. Au fait, vous ne parlez pas comme une femme de médecin.

— Vous voulez p'têt' voir mon certificat de mariage ? (Elle eut un petit sourire qui laissa voir le bout de sa langue entre ses dents bien blanches.) Pardon : monsieur désirerait-il que je lui montre mon certificat nuptial ? Je sais changer de registre, tout dépend à qui je parle. Avec les charognards, je n'hésiterais pas à faire parler la poudre.

— Je n'aime pas beaucoup ce mot. Charognard.

— Il n'aime pas ce mot, dit-elle à personne de précis.

— Que croyez-vous que je veuille de vous ?

— De l'argent. À moins que vous ne soyez du genre à préférer culbuter votre butin sur une meule de foin.

— C'est une idée. J'y songerai à l'occasion. Pour le moment, j'aimerais savoir ce que Lucy Champion faisait dans ce cabinet. Et si vous insistez pour continuer à braquer cette arme vers moi, mettez au moins le cran de sûreté.

Elle était toujours tendue, à fleur de peau, et s'agrippait à son pistolet comme un surfer à sa planche. La moindre crispation musculaire et j'étais un homme mort.

— Il a peur, le bonhomme. (Elle eut une moue de mépris, mais fit cliquer le cran de sûreté du bout du pouce.) Quoi, Lucy Champion ? Je ne connais pas de Lucy Champion.

— La jeune femme de couleur qui est venue ici cet après-midi.

— Ah. Elle. Le docteur reçoit toutes sortes de patients.

— Ils se font souvent tuer ?

— Drôle de question. Pourtant, vous remarquerez qu'elle ne me fait pas rire.

— Elle ne fait pas rire Lucy non plus. On l'a retrouvée cet après-midi, égorgée.

Elle tenta d'avaler ça sans sourciller, mais n'y parvint pas totalement. Son corps tendu évoquait plus que jamais celui d'un surfeur qui aurait pris sa chance sur une lame trop violente.

— Vous voulez dire qu'elle est morte ? dit-elle d'une voix blanche.

— Oui.

Elle ferma les yeux et vacilla, mais sans chuter. Je fis un grand pas vers elle, lui pris le pistolet des mains et éjectai le chargeur. Il n'y avait pas de balle engagée dans la chambre.

— Vous la connaissiez, madame Benning ?

Ma question la tira de sa transe verticale. Ses yeux s'ouvrirent – de nouveau bleu émail, et hermétiques.

— C'était une patiente de mon mari. Ça va lui faire un choc, c'est sûr. Cet automatique lui appartient, au fait.

Elle avait pris le masque de la respectabilité ainsi que la voix qui allait avec.

Je jetai l'arme sur le bureau et gardai le chargeur.

— C'est son squelette que vous avez là, dans le placard ?

— Je ne vois pas de quoi vous parlez.

— Comme vous voudrez. Mais vous voyiez parfaitement de quoi je parlais quand je vous ai dit que Lucy Champion était morte.

Elle porta la main à son front, blanc sous ses cheveux noirs comme la mort.

— La mort me fait horreur. Surtout quand il s'agit de gens que je connais.

— Vous la connaissiez bien ?

— C'était une patiente, comme je vous l'ai dit. J'ai dû la voir deux ou trois fois.

— Pourquoi n'y a-t-il aucune fiche à son nom ?

— Pardon ?

— Elle n'a pas de fiche dans le trieur des dossiers de patients. Pourquoi ?

— Je n'en sais rien. Vous comptez m'interroger comme ça toute la nuit ? Je vous préviens, mon mari risque de revenir d'un moment à l'autre.

— Ça fait longtemps que vous êtes mariée, madame Benning ?

— Vous êtes vraiment un sale fouineur. Sortez d'ici ou, cette fois, je vous jure que j'appelle la police.

Elle avait dit cela sans conviction. Depuis que je l'avais informée de la mort de Lucy, elle s'était vidée de toute son énergie. Elle avait l'air d'une somnambule qui chercherait de toutes ses forces à se réveiller.

— Je vous en prie. Faites.

Elle me fixa d'un regard plein de dégoût.

— Yeurk. (Son haut-le-cœur ne venait pas de loin.) Faites tout ce que vous voulez. Faites toutes les saloperies que vous avez à faire. Mais sortez de ma vue.

Les hauts de ses seins luisaient à travers le tissu de son uniforme comme deux lunes tremblotantes. Je la contournai et m'éclipsai.

Chapitre 11

L'ASPHALTE de la nationale se déroulait sous mes phares comme un vieux ruban de machine à écrire. Il se faufilait dans le territoire minéral sauvage qui séparait Bella Valley de l'océan, s'accrochant à de vertigineux canyons, contournant des pics dont les sommets se perdaient dans l'obscurité. Au bout de soixante longs kilomètres de route de montagne, il me précipita dans le giron de la chaîne côtière. Une lune tardive se levait lourdement sur la mer.

À cinq minutes au nord de la jonction avec l'US 101 bis, les lumières d'Arroyo Beach commencèrent à se conglomérer en bord de route. Motels, stations-service, cabanes de vente d'immobilier, restaurants bon marché se découpaient au néon sur le visage de la nuit. Je me garai devant les pompes d'une station-service. Je demandai à l'employé qui vint me faire le plein s'il avait un taxiphone. C'était un vieil homme décati en combinaison de travail grise et nœud papillon de cuir noir qui avait l'air et dégageait l'odeur de quelqu'un qui se lave à l'huile de vidange. Il agita un pouce graisseux en direction du petit bureau d'où je l'avais tiré.

L'annuaire local était une petite brochure reliée au téléphone par une chaînette. Mme Charles Singleton s'y trouvait bien représentée. Elle vivait au 1411 Alameda Topanga, et son numéro de téléphone était le 1411. Il y avait un deuxième numéro pour la maison du gardien, un troisième pour l'appartement du chauffeur, un quatrième pour le logis du jardinier, un cinquième pour le bureau du majordome.

Lorsque le pompiste m'apporta ma monnaie, je lui demandai où se trouvait Alameda Topanga.

— Vous cherchez qui, l'ami ?

— Personne en particulier. Je visite.

— C'est une drôle d'heure pour jouer les touristes. (Il m'examina.) Sur l'Alameda, la nuit, ils ont des patrouilles privées, et vous m'avez pas l'air d'être membre d'un de leurs clubs.

— Je m'intéresse à l'immobilier. C'est un bon quartier, à ce qu'on m'a dit.

— C'est rien d'le dire, l'ami. Depuis qu'ils ont construit le grand hôtel et que tous les richards de Malibu ont commencé à s'installer là-bas, ce coin-là vaut de l'or. Je r'grette juste de pas en avoir un petit bout. Ç'aurait pu se faire. Avant la guerre, si ma vieille m'avait laissé prendre un peu d'argent dans l'bas d'laine, j'aurais pu avoir deux hectares pour une bouchée d'pain. Et aujourd'hui j'pourrais m'la couler douce. Mais non, économise, qu'elle disait, économise. C'est mort ton coin, qu'elle disait, les nantis s'tirent pour de bon.

Il partit d'un rire amer et compulsif, comme une vieille toux.

— C'est pas de chance, dis-je. Où se trouve l'Alameda ?

Il m'expliqua comment m'y rendre en pointant le doigt vers les sombres contreforts des montagnes comme si c'étaient les remparts de la terre promise. Je mis cap vers elle au carrefour suivant, et en atteignis bientôt l'orée. Des champs déserts jonchés de détritus s'étendaient comme un no man's land entre les lotissements suburbains et les vastes propriétés rurales. Je m'engageai dans une avenue bordée par les troncs gris et couverte par les longues branches de grands eucalyptus. Elle longea un terrain de polo, puis traversa un terrain de golf. Au loin, des voitures étaient agglutinées autour d'un club-house lumineux, d'où m'arrivaient des bouffées de musiques portées par le vent.

La route gravit des versants de collines en larges terrasses comme les degrés faciles d'un purgatoire fabriqué de main d'homme. J'entrevis des éclats d'engins d'aluminium vivants qui brillaient comme du matériel chirurgical sous la lune aseptisée. Palaces vénitiens, villas de la Côte d'Azur, châteaux en Espagne. Jardins gothiques, jardins grecs, jardins versaillais, jardins chinois. Il y avait beaucoup de vie végétale, mais pas d'humains. L'air dans cette zone d'altitude était peut-être trop raréfié et trop hors de prix pour le système respiratoire des mortels. C'était un paradis terrestre où la richesse engendrait de la plante. Les gens étaient quantité négligeable, sauf s'ils avaient de l'argent ou des terres.

Les piliers de pierre du porche frappé du numéro 1411 s'adossaient à un cottage Tudor à sombres fenêtres à vitraux. Le portail était ouvert. Une vaste allée entre deux rangées d'ifs noirs comme des porteurs de cercueil me mena à une villa qui regardait la lune avec une splendeur palladienne.

Je me garai sous la porte cochère à colonnes et actionnai la clochette à l'ancienne de la porte de service. Des bruits de pas doux et méfiants se rapprochèrent de l'autre côté de l'épais battant de bois. Une clé grinça dans la serrure, et une tête de jeune femme apparut par l'entrebâillement, visage caché par l'ombre de doux cheveux châtains.

— Que puis-je pour vous, monsieur ? dit-elle d'une voix douce et méfiante.

— Est-il trop tard pour voir Mme Singleton ?

Je lui tendis ma carte. Elle tourna la tête et offrit son profil à la lumière : menton doux, bouche délicate, nez franc et honnête. Ses yeux étaient restés dans l'ombre, mais je vis qu'il s'agissait d'une très jeune femme.

— Détective, dit-elle. Cela signifie-t-il que vous êtes de l'agence ? Il est tard pour Mme Singleton. Elle ne va pas très bien.

— Je gère ma propre agence.

— Je vois. Mais c'est au sujet de Charlie ? Je veux dire, de M. Singleton ?

— Cela veut dire que vous ne l'avez pas retrouvé.

— Non. Toujours pas.

— J'ai peut-être une piste pour vous.

— Vraiment ? Vous pensez savoir où il se trouve ?

— Je n'en suis pas encore là. Je suis tombé par hasard sur un… élément intéressant, il y a à peine quelques heures. Je ne connais même pas les circonstances de sa disparition. Et j'ignore aussi si la promesse de récompense tient toujours.

— Elle tient toujours, dit-elle avec un vague sourire dubitatif. Si vous voulez bien me dire quel est cet élément que le hasard vous a fait découvrir.

Tard ou pas tard, je voulais voir Mme Singleton. Je lâchai à la fille la réponse la plus lourde que je pus trouver :

— Un cadavre.

Sa main monta se coller contre sa poitrine comme un oiseau apeuré.

— Le cadavre de Charlie ? Pas le cadavre de Charlie ?

— Celui d'une jeune femme de couleur du nom de Lucy Champion. Elle s'est fait égorger. Vous la connaissiez ?

Sa réponse fut lente à venir. Je choisis d'en déduire qu'il allait s'agir d'un mensonge et qu'elle n'était pas douée pour ça.

— Non, je ne la connais pas. Quel lien pensez-vous… ?

Sa voix mourut.

— Elle avait sur elle une coupure de journal qui parlait de la disparition de Singleton, et de la récompense offerte par sa mère. Je me suis dit qu'elle était peut-être venue vous voir à ce sujet. La police fera sûrement le même raisonnement, quand ils y réfléchiront.

— Ça s'est passé ici, à Arroyo Beach ?

— À Bella City.

Ce nom ne lui disait rien. Je poursuivis :

— C'est une petite ville de l'intérieur, dans la vallée, à une cinquantaine de kilomètres d'ici à vol d'oiseau.

— Entrez, monsieur… (Elle consulta une nouvelle fois ma carte.)… Archer. Je vais voir si Mme Singleton peut vous recevoir.

Elle me laissa dans le hall, qu'elle traversa pour disparaître par une porte éclairée. Elle portait un tailleur en tricot de laine rouille d'un mauvais goût extrêmement onéreux qui lui donnait un air légèrement ampoulé, tout au moins vue de dos. Elle se mouvait avec une sorte d'innocence gauche, comme si le brusque bourgeonnement de son corps l'avait embarrassée de richesses encombrantes.

Je tuai quelques minutes en étudiant une série de toiles chinoises exposées sur le mur. Un monsieur chinois aux lobes d'oreilles phénoménaux, signe de grande sagesse, effectuait un périple pédestre par monts et par vaux jusqu'à un temple situé à la limite des neiges éternelles. Il y avait sept toiles, une pour chaque étape de son odyssée.

La jeune fille réapparut dans l'embrasure de la porte, ses cheveux bruns auréolés de la lumière du contre-jour.

— Monsieur Archer. Elle va vous recevoir.

Le salon où j'entrai avait un plafond haut soutenu par une corniche dorique. Les murs étaient tapissés de bibliothèques aux livres uniformément reliés en cuir de vachette blanche. Chaque bibliothèque était séparée de sa voisine par un tableau ; l'un d'eux, représentant une petite fille au corsage décolleté riant aux anges, pouvait fort bien être un Watteau ou bien un Fragonard. Une grosse femme aux cheveux gris était assise dans un canapé blanc à dossier incurvé.

Elle avait le genre de visage à mâchoires carrées et arcades sourcilières protubérantes dont les filles malchanceuses héritent parfois de leur père. Cela avait pu dégager un certain charme chevalin jusqu'à ce que l'âge et l'ego ne raidissent toute la structure osseuse et la fassent saillir sous la peau comme un arsenal d'armes cachées. Le corps flasque était contenu par une robe de soie noire tout à fait adaptée pour le deuil. Agitées d'un tremblement perpétuel, les mains jaune pâle contrastaient fortement avec le giron noir monolithique où elles étaient posées.

Mme Singleton s'éclaircit la voix.

— Asseyez-vous, monsieur Archer. Dans ce fauteuil, là.

Lorsque ce fut chose faite, elle poursuivit :

— Maintenant, expliquez-moi qui vous êtes.

— J'ai une licence de détective privé. Je travaille surtout à Los Angeles, où se trouve mon bureau. Avant la guerre, j'étais sous-fifre dans la police de Long Beach. J'ai laissé ma carte de visite à la jeune fille.

— Sylvia me l'a montrée. Elle m'a dit également que vous déteniez des informations assez sordides au sujet d'une jeune femme de couleur ?

— Elle s'appelle Lucy Champion. Je l'ai trouvée égorgée dans un motel de Bella City. Dans son sac à main, elle avait un article de journal à propos de la disparition de votre fils et de la récompense que vous offrez. Je me suis dit qu'une des possibilités était qu'on l'ait assassinée parce qu'elle avait l'intention de toucher la récompense. Elle est arrivée à Bella City il y a deux semaines, soit à peu près au moment où votre fils a disparu d'ici. Et je me suis dit qu'elle vous avait peut-être contactée.

— Vous tirez des conclusions hâtives à partir d'éléments extrêmement succincts, ne pensez-vous pas ? (La voix de Mme Singleton était posée et cultivée. Ses mains se contractaient convulsivement et se pinçaient l'une l'autre comme deux scorpions nerveux.) Vous n'auriez pas l'audace de sous-entendre que nous puissions avoir quelque lien que ce soit avec la mort de cette jeune fille, n'est-ce pas ? Ni avec sa vie, d'ailleurs.

— Je me suis mal fait comprendre. (Je pensais pourtant avoir été très clair.) Imaginons que votre fils ait été victime d'un acte malveillant. Imaginons que Lucy Champion ait su ce qui lui était arrivé et qui en était responsable. Le simple fait d'avoir cherché à entrer en contact avec vous ou avec les autorités pour raconter ce qu'elle savait pourrait expliquer ce qui lui est arrivé.

Mme Singleton ne laissa rien transparaître qui eût montré qu'elle m'avait écouté. Elle fixait ses mains rageuses comme si elle avait voulu les renier.

— Allumez-moi une cigarette, Sylvia.

— Bien sûr.

Sylvia se leva, prit une cigarette dans une boîte en ivoire, en coinça une extrémité entre les lèvres bleues serrées et porta la flamme d'un briquet de table sous l'autre extrémité.

Mme Singleton aspira une longue bouffée puis expira par la bouche et les narines. Les volutes s'étalèrent comme des langues de brume dans les crevasses de son visage. Même ses yeux semblaient fumeux.

— J'ose espérer que vous ne sous-entendez pas que mon fils serait parti à l'aventure à Bella City en compagnie d'une jeune femme de couleur.

— Oh non, madame Singleton ! s'écria la jeune fille. Ce n'est pas ce qu'il veut dire.

Puis elle se souvint de son rôle, qui était de se faire voir, pas de se faire entendre. Elle retourna s'asseoir sur son bout de canapé avec l'air de quelqu'un qui vient de se faire peur.

Mme Singleton s'acharna :

— Quel incroyable lien pourrait-il y avoir entre mon fils et une personne comme ça ?

— C'est ce que j'aimerais savoir. À vrai dire, cette question m'intéresse suffisamment pour que j'accepte de travailler sur cette affaire sans vous demander aucune avance.

— Vous voulez dire, j'imagine, qu'au cas où vous viendriez à être en position de demander la récompense, ce serait à vous que nous la verserions ? Cela va de soi.

— Je voulais dire quelque chose de plus sûr. Les récompenses ont une fâcheuse tendance à finir dans les poches des policiers. Elles sont attirées par l'odeur de l'autorité. J'aimerais pouvoir compter sur mes 50 dollars par jour, plus les frais.

— Cela ne poserait naturellement aucun problème. (Elle expira des volutes de fumée en feulant derrière elle comme un chat sous un rideau.) Ce qui me manque encore, c'est de comprendre quelle bonne raison pourrait me pousser à cautionner vos activités.

— Je ne peux pas me permettre de travailler pour rien. Et il serait prudent pour vous comme pour moi que je puisse vous désigner comme ma cliente.

— Je peux comprendre cela.

Sa tête gris fonte prit une pose majestueuse, un peu comme un buste d'empereur romain de la période décadente. Sa voix basse gagna en volume et monta vers les aigus comme si elle se préparait à régenter un groupe d'amies invitées pour le thé ou bien à repousser une invasion barbare :

— Mais je ne comprends pas *du tout* pourquoi vous tenez tant à vous intéresser à mes affaires. J'utilise déjà les services d'une agence de détectives. Ils me coûtent plus que ce que je peux me permettre et ne m'ont jusqu'à présent absolument rien rapporté de valable. Je ne suis pas une femme riche.

Dans son monde, cela signifiait probablement qu'elle pouvait compter ses millions sur les doigts d'une seule main. Lorsque la vague de son auto-apitoiement eut reflué, elle poursuivit.

— Je veux bien payer pour des informations utiles, mais si une grosse agence n'est pas parvenue à me rendre mon fils, comme c'est le cas, je ne vois aucune raison de penser qu'un homme seul pourrait y parvenir. Vous comprenez ?

Au coin de sa bouche, la cigarette commençait à se faire dangereusement courte. Sylvia l'ôta sans attendre qu'on le lui demande et l'écrasa dans un cendrier.

— Laissez-moi fouiner un peu pour voir ce que ça donne, dis-je. J'ai l'intention de découvrir qui a tué Lucy Champion, et pourquoi. Lorsque j'y parviendrai, si j'y parviens, cela nous mènera peut-être à votre fils. Telle est du moins mon intuition.

— Votre intuition, dit-elle d'un ton lourd de mépris. Si Charles avait été retenu en otage dans le but de me soutirer une rançon, votre visite ici, dans de telles circonstances, pourrait s'interpréter comme une prise de contact. Vous la connaissiez, cette négresse qui se serait fait assassiner ?

— Elle s'est bien fait assassiner. Vous la connaissiez ?

Son visage se mit à irradier d'une luisance de colère mate et blanche.

— Je vous déconseille de vous montrer insolent à mon égard, jeune homme. Je sais quoi faire avec les insolents.

Je jetai un coup d'œil à Sylvia. Elle souriait tristement et secouait la tête d'une manière presque imperceptible.

— Vous devez être épuisée, madame Singleton. Il est très tard.

La vieille dame ne lui prêta pas attention. Elle se pencha vers moi, et son giron de soie noire se tendit de rides raides comme une plaque d'acier sous pression.

— Pas plus tard que ce matin, dans des circonstances tout à fait similaires, un homme est venu m'offrir ses services en tant que détective privé, comme vous. Il prétendait pouvoir retrouver Charles si j'acceptais de lui verser une partie de la récompense à l'avance. Naturellement, j'ai refusé. Il m'a ensuite fait perdre une heure de mon temps à me poser des questions. À chaque fois que j'ai tenté de lui en poser, moi, il n'avait rien à me répondre. Pas la moindre chose un tantinet constructive. Comment s'appelait-il, Sylvia ?

— Heiss.

— Heiss, répéta la vieille dame d'un ton plein de véhémence, comme si elle venait d'inventer ce nom dans le feu de l'action. (Ses yeux roulèrent vers moi. Ils avaient mariné dans les larmes, ils avaient été vitrifiés par le chagrin, mais ils étaient encore vifs.) Vous le connaissez ?

— Je ne crois pas, non.

— Créature extrêmement répugnante. Il a même fini par oser me demander de lui signer un contrat aux termes duquel je me serais engagée à lui verser 5 000 dollars s'il me retrouvait mon fils, mort ou vif. Il se targuait de connaître des gens dans le monde de la loi et du crime. J'en ai conclu qu'ou bien il complotait pour m'escroquer, ou bien il appartenait lui-même à une organisation criminelle d'un genre ou l'autre. Je lui ai ordonné de quitter les lieux.

— Et vous pensez que je joue le même rôle ?

— Oh non, dit doucement la jeune fille depuis son bout de divan.

Mme Singleton s'affaissa en arrière, toute énergie perdue. Sa nuque épousa la courbure du dossier, son cou flasque offert à la lame d'un poignard invisible. Des mots venus de loin palpitèrent faiblement dans sa gorge :

— Je ne sais que penser. Je suis malade, vieille, épuisée et j'ai perdu mon fils. Dans un monde de menteurs. Personne ne veut me dire quoi que ce soit.

Sylvia se leva ; son regard doux et anxieux me guida vers la porte. Mme Singleton s'écria alors avec une détermination soudaine :

— Monsieur Archer. C'est Charles qui vous envoie ? C'est ça ? Il a besoin d'argent ?

Sa voix avait changé de manière ahurissante. On aurait dit une petite fille terrorisée. Je me retournai pour regarder son visage, et l'espace d'un instant je vis cette même petite fille le remplir de beauté.

Celle-ci passa comme le faisceau d'une torche filant sur la flèche du temps et laissa sa bouche pincée en un rictus de parodie cynique de l'amour maternel.

La situation était trop compliquée pour que je la comprenne ou tente de l'affronter. Soit le cordon ombilical entre Mme Singleton et son fils s'était étiré jusqu'à se rompre et lui claquer au visage en la rendant idiote, soit elle savait qu'il était mort et parlait pour continuer à tenir le désespoir en respect. Dans les deux cas, elle était prête à croire à peu près n'importe quoi et à se méfier de pratiquement tout le monde. La réalité l'avait trahie.

— Je n'ai jamais rencontré Charles, dis-je. Bonne nuit. Bonne chance.

Elle ne répondit pas.

Chapitre 12

Sylvia me suivit jusqu'au bout du hall.

— Je suis désolée, monsieur Archer. Ces deux dernières semaines ont été horriblement dures pour elle. Ça fait des jours qu'elle est sous calmants. Quand les choses ne collent pas avec ses idées, elle n'y prête tout simplement pas attention, ou bien elle les oublie. Ça ne veut pas dire que son esprit soit diminué, pas exactement. Mais elle a trop souffert. Elle ne supporte pas de parler des faits, ni même de les considérer.

— Quels faits ?

Sa réponse me surprit :

— Pourrions-nous aller nous asseoir dans votre voiture ? Je crois qu'elle voudrait vraiment que je vous parle.

— Vous devez être extralucide pour dire une chose pareille.

— Je suis un peu extralucide pour tout ce qui concerne Mme Singleton. Quand vous êtes à la botte de quelqu'un, vous savez ce genre de choses.

— Je vois. Vous savez où il veut mettre les pieds. Depuis combien de temps travaillez-vous pour elle ?

— Seulement depuis juin. Mais nos familles se connaissent depuis bien des années. Le père de Charles et le mien étaient ensemble à Harvard. (Elle ouvrit la porte en se penchant devant moi pour atteindre la poignée.) Excusez-moi, j'ai besoin de prendre l'air.

— Vous pensez que c'est sage de la laisser toute seule ?

— Ses domestiques sont là. Ils la coucheront.

Elle se dirigea vers ma voiture.

— Attendez un instant, Sylvia. Auriez-vous une photo de Charles ? Un instantané assez récent, ce serait bien.

— Euh, oui, bien sûr, j'en ai une.

— Vous pouvez aller me la chercher, s'il vous plaît ?

— Je l'ai sur moi, dit-elle sans aucune gêne. (Elle sortit un portefeuille en cuir rouge de la poche de son tailleur et en tira un petit instantané qu'elle me tendit.) Elle est assez grande ? Assez nette ?

La photo montrait un jeune homme en chemisette et short de tennis qui souriait au soleil. Sa coupe en brosse très courte accentuait l'allure svelte et puissante de sa silhouette. Large d'épaules, avant-bras musclés : il avait une vraie carrure d'athlète. Mais il dégageait en même temps quelque chose d'irréel, quelque chose de joué. Il avait ostensiblement pris la pose en bombant le torse et en rentrant le ventre, comme s'il avait craint l'œil froid du Leica ou l'œil chaud du soleil.

— Elle est assez nette, oui, dis-je. Je peux la garder ?

— Aussi longtemps qu'elle vous sera utile. Elle est très ressemblante.

En montant dans ma voiture, elle dévoila une jolie jambe galbée. Je remarquai en me glissant sur le siège conducteur qu'elle emplissait l'habitacle d'une odeur de printemps frais. Je lui proposai une cigarette.

— Merci, je ne fume pas.

— Quel âge avez-vous, Sylvia ?

— Vingt et un ans. (Puis elle ajouta, sans lien apparent :) Je viens de recevoir mon premier chèque trimestriel de la part de la fondation de ma mère.

— J'en suis ravi pour vous.

— Non, je veux dire, c'est un chèque de 1 000 dollars. J'ai de quoi vous engager, si vous acceptez de travailler pour moi plutôt que pour Mme Singleton.

— Je ne peux rien vous garantir en termes de résultat. Vous avez vraiment très envie qu'on le retrouve, n'est-ce pas ?

— Oui. (Ce mot était lesté du poids de toute sa vie.) Combien faut-il que je vous donne ?

— Ne vous souciez pas de ça pour le moment.

— Pourquoi me feriez-vous confiance ?

— N'importe qui vous ferait confiance. Ce qui est plus surprenant, en revanche, c'est que vous vous me fassiez confiance.

— Je connais un peu les hommes, dit-elle. Mon père est quelqu'un de bien. Vous n'êtes pas comme ce Heiss.

— Vous lui avez parlé ?

— J'étais présente. Il n'en avait qu'après l'argent. C'était si… Si cru. J'ai dû le menacer d'appeler la police pour le faire partir. Quelle tristesse. Mme Singleton vous aurait écouté s'il n'avait pas tout gâché comme ça.

— Est-ce qu'il y a des choses qu'elle aurait pu me dire et qu'elle ne m'a pas dites ?

— Toute l'histoire de la vie de Charlie, dit-elle en soupirant. Elle ressemblait à quoi, cette jeune femme de couleur ?

Je lui brossai une esquisse succincte de Lucy Champion. Elle m'interrompit avant la fin :

— C'est elle.

Elle ouvrit sa portière et entreprit de sortir. Chacun de ses gestes et mouvements était empreint de circonspection, presque de regret, comme si agir ne pouvait être autre chose qu'un pari dangereux.

— Vous la connaissez ?

— Oui. Je vais vous montrer quelque chose.

Et elle s'en alla.

Je m'allumai une cigarette. J'en avais à peine fumé deux centimètres que Sylvia revint de la maison et se glissa de nouveau à côté de moi.

— Je crois que ceci lui appartient.

Elle me tendit un objet mou et sombre. J'allumai le plafonnier pour l'examiner. C'était un chapeau turban tricoté en laine noire et fils d'or. À l'intérieur, l'étiquette du fabricant disait DENISE.

— Où avez-vous eu ça ?

— Elle est venue ici. Avant-hier.

— Voir Mme Singleton ?

— C'est ce que je crois comprendre, maintenant. Elle est arrivée en taxi au milieu de l'après-midi. J'étais en train de couper des fleurs dans le jardin, et je l'ai vue assise à l'arrière du taxi, comme si elle n'arrivait pas à se décider. Elle a fini par descendre et le taxi est parti. Elle est restée dans l'allée à regarder la maison un long moment. Ensuite, je crois qu'elle a craqué.

— Je la comprends.

— Oui, c'est une villa imposante, hein ? Je l'ai appelée pour lui demander ce qu'elle voulait, et lorsqu'elle m'a vue approcher, elle s'est littéralement enfuie en courant. Ça m'a fait l'impression d'être une ogresse. Je lui ai crié de ne pas avoir peur, mais ça n'a fait que la pousser à détaler plus vite encore vers le portail. Son chapeau est tombé et elle ne s'est même pas arrêtée pour le ramasser. Voilà pourquoi je l'ai.

— Vous ne l'avez pas suivie ?

— Comment aurais-je pu ? J'avais un énorme bouquet de chrysanthèmes dans les bras. Le taxi l'a vue courir et a fait marche arrière. De toute façon, je n'avais aucun droit de la retenir.

— Et vous n'aviez jamais vu cette jeune femme avant ?

— Jamais. Je me suis dit que c'était peut-être une voyante. Elle était assez joliment habillée, et c'est un beau chapeau. Mais le fait qu'elle ne soit jamais revenue le chercher m'a tout de même étonnée.

— Vous êtes allée voir la police ?

— Mme Singleton n'a pas voulu. J'ai pensé contacter Denise, mais elle n'a pas voulu non plus.

— Vous connaissez la femme qui a fait ce chapeau ?

— J'en ai entendu parler. Elle a une boutique sur le front de mer, près de l'hôtel.

— Ici, à Arroyo Beach ?

— Bien sûr. Est-ce que vous croyez que vous pourriez en apprendre plus sur cette Mlle Champion, si vous l'interrogiez ?

— C'est possible, oui. Pourquoi n'êtes-vous pas allée la voir vous-même ? Mme Singleton ne vous fait tout de même pas peur à ce point.

— Non. (Elle se tut un moment.) J'avais peut-être peur de ce que je risquais d'apprendre. Plus maintenant. Charles s'est enfui avec une femme, vous savez. (Elle devait se forcer pour parler, mais elle y parvenait.) Je crois que j'avais peur d'apprendre que cette fille de couleur était… encore une de ses femmes.

— Sa mère semblait partager les mêmes craintes. Elle a des raisons particulières de craindre ça ?

— Je n'en sais rien. Elle le connaît si bien. Beaucoup mieux qu'elle n'a jamais voulu s'autoriser à l'admettre.

— C'est dur ce que vous dites.

— C'est la vérité. Ces femmes pré-freudiennes savent tout mais ne disent jamais rien, même en pensée. Leur vie entière consiste à s'habiller en robe de soirée pour dîner dans la jungle. C'est une expression de mon père. Il est professeur de philosophie à Brown.

— C'est qui, la femme avec laquelle Charles s'est enfui ?

— Une grande femme aux cheveux dorés. Une femme très belle. C'est tout ce que je sais d'elle. On les a vus ensemble au bar de l'hôtel, le soir où il a disparu. Le gardien du parking les a vus s'en aller tous les deux dans la voiture de Charles.

— Ça ne veut pas forcément dire qu'il s'est enfui avec elle. Ça ressemble plus à une histoire de drague.

— Non. Ils ont vécu ensemble tout l'été. Charles possède un chalet de montagne sur la Sky Route, et on y a vu cette femme presque tous les week-ends.

— Comment savez-vous ça ?

— J'ai parlé avec un ami de Charles qui vit dans le même canyon. Horace Wilding, le peintre – vous avez peut-être entendu parler de lui. Il était très réticent, mais il m'a tout de même dit qu'il avait vu cette femme, là-bas, avec Charlie. Peut-être que si vous, vous lui parliez… En tant qu'homme… ?

Je rallumai le plafonnier et sortis mon carnet.

— Adresse ?

— M. Wilding habite au 2712 Sky Route. Il n'a pas le téléphone. Lui aussi, il a dit qu'elle était très belle.

Je me tournai vers Sylvia et vis qu'elle pleurait. Assise, silencieuse, mains sur les cuisses, les joues brillantes de larmes.

— Je ne pleure jamais ! dit-elle d'un ton rageur.

Puis elle ajouta, d'un ton vidé de toute rage :

— Si seulement j'étais belle, moi aussi, comme elle. Si seulement j'avais les cheveux dorés.

Je la trouvais belle, moi. Et très douce. Par-delà le doux profil de son corps, je voyais les lumières d'Arroyo Beach. Entre les néons de la grand-route et la ligne pointillée des lumières qui ourlaient la côte, le dôme illuminé du grand hôtel enflait comme un ballon captif. Derrière lui, la lune montante semblait un plus petit ballon tractant un ruban de brillance à la surface de l'eau.

— Si vous avez envie d'être blonde, dis-je, pourquoi ne vous décolorez-vous pas les cheveux comme le font toutes les autres ?

— Ça ne servirait à rien. Il ne le remarquerait même pas.

— Vous êtes amoureuse de Charlie.

— Évidemment que je le suis, dit-elle comme si n'importe quelle jeune femme sensée eût dû l'être.

J'attendis qu'elle poursuive, et elle poursuivit :

— Depuis le tout premier instant où je l'ai vu. Lorsqu'il est revenu à Harvard après la guerre, il a passé un week-end chez nous à Providence. Je suis tombée amoureuse de lui, mais lui n'est pas tombé amoureux de moi. Je n'étais qu'une enfant. Mais il a été très gentil avec moi. (Sa voix s'adoucit en un murmure de confidence.) Nous lisions Emily Dickinson ensemble. Il me disait qu'il voulait être poète, et moi je me disais que j'*étais* Emily. Je vous jure. Pendant tout le temps où j'ai été étudiante, je me suis bercée de l'idée qu'il viendrait me chercher et qu'il m'épouserait. Ce qu'il n'a jamais fait, bien sûr.

“Je l'ai revu plusieurs fois. Une fois, nous avons déjeuné ensemble à Boston. Il a été charmant avec moi, et puis c'est tout. Il est rentré chez lui et je n'ai plus jamais eu de ses nouvelles. Au printemps dernier, une fois mon diplôme en poche, j'ai décidé de venir dans l'Ouest pour le voir. Mme Singleton cherchait une dame de compagnie et mon père m'a obtenu le poste. Je me disais qu'à force de me côtoyer en vivant dans la même maison, Charles pourrait finir par tomber amoureux de moi. Mme Singleton y était plutôt favorable. Quitte à ce que Charles épouse quelqu'un, autant que ce soit quelqu'un qu'elle ait déjà sous sa botte.

Je la regardai droit dans les yeux et vis qu'elle était parfaitement sincère.

— Vous êtes une fille étrange, Sylvia. Vous avez vraiment discuté de ça avec Mme Singleton ?

— Je n'ai pas eu à le faire. Elle nous laissait seuls tous les deux chaque fois qu'elle le pouvait. Je sais interpréter les choses. Mon père dit que la première vertu d'une femme doit être de comprendre ce qu'elle a sous son nez. Et que si en plus cette femme disait la vérité à propos de ce qu'elle voyait, elle tutoierait la perfection.

— Je retire ce que j'ai dit. Vous n'êtes pas étrange, vous êtes unique.

— Je le crois aussi. Mais pas Charles. Il n'était même pas si souvent que ça à la maison, alors je ne risquais pas vraiment de le faire tomber amoureux de moi par la magie de la proximité. Il passait l'essentiel de son temps dans son chalet, ou bien il partait en vadrouille avec sa voiture, un peu partout dans l'État. À ce moment-là, j'ignorais l'existence de cette femme, mais je crois qu'elle colle assez bien avec ce qu'il voulait accomplir. Il cherchait de toutes ses forces à se libérer de sa mère et de son argent, pour se construire sa propre vie. C'était Mme Singleton qui avait tout l'argent, vous savez. Même avant la mort de son mari. *Lui*, c'était le portrait typique du mari de femme riche à l'ancienne : yachtsman et joueur de polo, garçon de courses pour son épouse. Charles avait des idées différentes de celles de son père. Il pensait que lui et sa classe étaient déconnectés du monde réel. Qu'ils devaient sauver leur âme en redescendant au fond des choses pour tout reprendre à zéro.

— Est-ce qu'il l'a fait ?

— Sauver son âme, vous voulez dire ? Il a essayé. Ça s'est révélé plus difficile que prévu. Cet été, par exemple, il a travaillé à la cueillette des tomates dans la vallée. Sa mère lui avait offert la gestion d'un ranch, mais il a refusé. Évidemment, il n'a pas tenu très longtemps. Il s'est battu avec un contremaître et il a perdu son travail. Si on peut appeler ça un travail. Mme Singleton a cru mourir quand il est revenu avec le visage tout tuméfié, tout bleu. Moi aussi, j'ai cru mourir. Mais Charles semblait en tirer une certaine satisfaction.

— C'était quand ?

— En juillet. Quelques semaines après mon arrivée. À la mi-juillet.

— Où est-ce qu'elle a eu lieu, cette bagarre ?

— Dans un ranch près de Bakersfield. Je n'en sais pas plus.

— Et après ça, il est resté ici jusqu'au 1er septembre ?

— Plus ou moins. Il partait souvent en balade. Pour deux, trois jours à chaque fois.

— Vous croyez qu'il pourrait être parti pour une balade de ce genre, à l'heure qu'il est ?

— Peut-être. Si c'est le cas, je ne pense pas qu'il reviendra. Pas cette fois. Plus jamais. Pas de son plein gré.

— Vous croyez qu'il est mort ?

Ma question était brutale mais Sylvia pouvait l'entendre. Sous ses airs de jeune fille sensible, elle ne manquait pas d'aplomb.

— Je le saurais si c'était le cas. Non, je ne crois pas qu'il soit mort. Je crois qu'il a fini par réussir sa rupture avec sa mère et l'argent de la rente foncière de son arrière-grand-père.

— Êtes-vous sûre de vouloir qu'il revienne ?

Elle marqua un petit temps de réflexion.

— Je veux au moins savoir qu'il va bien et qu'il mène un genre de vie qui ne le détruira pas. Il a abattu des avions ennemis pendant la guerre, mais c'est resté un petit garçon rêveur. Une femme pourrait le briser. (Elle se coupa d'une vive respiration.) Je dois vous paraître horriblement mélodramatique.

— Vous me paraissez tout à fait bien. Mais vous laissez peut-être votre imagination vous emporter.

Je vis qu'elle ne m'écoutait pas et je me tus.

Ses pensées se mouvaient sur de lointains entrelacs qu'elle tentait de mettre en mots :

— Il se sentait si coupable vis-à-vis de cet argent pour lequel il n'avait jamais travaillé, et il se sentait doublement coupable parce qu'en plus il décevait sa mère. Charles avait envie de souffrir. Il abordait sa vie entière comme une expiation. Il ne pouvait que choisir une femme qui le ferait souffrir.

Son visage était livide et virginal dans le contre-jour du clair de lune. La douceur de sa bouche et de son menton était brisée par des ombres anguleuses.

— Vous savez quel genre de femme c'était, donc.

— Pas vraiment. Je ne peux me fonder que sur des informations de troisième main. Un détective a interrogé le barman de l'hôtel ; il a ensuite parlé de cette femme à Mme Singleton, qui elle m'en a parlé.

— Venez avec moi à cet hôtel, dis-je. Je vous y offre un verre. Je crois qu'un verre vous ferait du bien.

— Oh non. Je n'ai jamais mis les pieds dans un bar.

— Vous avez vingt et un ans.

— Ce n'est pas la question. Je dois y aller, maintenant. Tous les soirs, je lui lis une histoire pour qu'elle s'endorme. Bonne nuit.

En me penchant par-dessus elle pour lui ouvrir la portière, je vis de nouveau les larmes couler sur son visage.

Chapitre 13

À MON entrée, le duo de grooms philippins me gratifia d'un regard attentionné qu'ils effacèrent avant même que je les aie dépassés. Au fond du hall, derrière son comptoir sous une arcade mauresque, le réceptionniste trônait comme un saint en cravate dans une châsse. Dans le coin, un néon fixé au-dessus d'une autre arcade épelait *CANTINA* en lettres rouges. Je traversai la somptuosité tout en palmiers du hall et sortis dans un patio planté de bananiers. Des couples musardaient sous leurs ombres. Je me hâtai de le traverser en direction du bar.

C'était une vaste pièce en L ornée d'affiches de corrida, saturée de fumée, aussi bruyante qu'un réfectoire d'asile de fou. Des épaules de femmes blanches, des vestes de smoking noires, bleues, à carreaux, gesticulaient et vacillaient sur trois rangées devant le comptoir tout en longueur. Les hommes arboraient le visage anormalement sain et confiant des golfeurs qui n'ont jamais vraiment eu à prendre le moindre risque. Sauf peut-être pour ce qui concernait leurs choix d'épouse. Les corps des femmes avaient l'air plus conscient que leurs têtes. Quelque part derrière les murs, un orchestre entama une samba, et bon nombre d'épaules nues, bon nombre de smokings noirs quittèrent le bar pour obéir à l'appel de la danse.

Il y avait deux barmans : un jeune latino agile et un homme aux tempes dégarnies qui ne le quittait pas de son regard méfiant. J'attendis que les commandes se calment puis demandai au dégarni si c'était lui le barman habituel. Il m'offrit le regard hermétique inhérent à sa profession.

— Absolument. Qu'est-ce que je vous sers ?

— Bourbon. J'aimerais vous poser une question.

— Si vous pensez en avoir une que je n'ai pas entendue, je suis à vous.

Ses mains continuèrent à œuvrer de leur propre chef pour me servir un trait de bourbon et le pousser sur le bar devant moi.

Je le payai.

— C'est au sujet de Charles Singleton junior. Vous l'avez vu le soir de sa disparition ?

— Oh non. (Il leva théâtralement les yeux au plafond en signe de désespoir.) Je l'ai dit au shérif. Je l'ai dit aux journalistes. Je l'ai dit aux privés. (Ses yeux redescendirent vers moi, gris et opaques.) Vous êtes journaliste ?

Je lui montrai ma licence.

— Encore un privé, se lamenta-t-il imperturbablement. Vous feriez mieux de rentrer dire à cette vieille dame qu'elle gaspille son argent et vous fait perdre votre temps. Junior a mis les bouts avec la blonde la plus classe qui puisse s'imaginer. Pourquoi voudriez-vous qu'il ait envie de revenir ?

— Pour quelle raison est-il parti ?

— Ça se voit que vous ne l'avez pas vue. Elle était vraiment bien équipée. (Ses mains illustrèrent son propos.) À l'heure qu'il est, junior et sa créature sont à Mexico ou à La Havane, à se payer du bon temps, vous pouvez me croire. Pourquoi voulez-vous qu'il revienne ?

— Vous l'avez bien regardée, cette femme ?

— Pour ça ! Elle m'a commandé un verre pendant qu'elle attendait junior. Et ce n'était pas non plus la première fois qu'elle venait ici avec lui.

— Qu'est-ce qu'elle a bu ?

— Un Tom Collins.

— Comment était-elle habillée ?

— Tailleur sombre. Rien de criard. Chic. Pas l'authentique grande classe, mais ce qui se fait de mieux après. C'est une vraie blonde, ça je pourrais vous le dire même les yeux fermés. (Il ferma les yeux.) Aah…

— Couleur des yeux ?

— Verts ou bleus, ou quelque part entre les deux.

— Turquoise ?

Il ouvrit ses propres yeux.

— Vous en faites du chemin, dites donc, avec une seule question. On devrait peut-être collaborer, vous et moi, pour écrire un poème. Mais pas ce soir. Si vous aimez turquoise, je dis turquoise. Elle ressemblait à ces petites Polonaises que je croisais à Chicago, mais elle était sacrément loin de West Madison, vous pouvez me croire.

— Vous êtes vraiment très observateur. Ça vous arrive de louper quelque chose ?

Cette remarque m'acheta trente secondes supplémentaires de son temps personnel.

— Pas ici, non.

— Et vous êtes absolument certain que junior l'a suivie de son plein gré ?

— Oui. Vous croyez qu'elle lui braquait un flingue dans les reins ? Ils étaient toujours collés ensemble. Il n'arrêtait pas de la manger des yeux.

— Comment sont-ils partis ? En voiture ?

— C'est ce qu'on m'a dit. Demandez à Dewey, au parking. Mais prévoyez un petit pourboire. Il n'est pas aussi amoureux de sa propre voix que moi.

L'homme savait reconnaître une bonne réplique de fin. Il s'éclipsa de mon rayon d'action.

Je finis mon verre puis sortis. L'hôtel faisait face à la mer, de l'autre côté d'un boulevard bordé de palmiers. Le parking se trouvait derrière toute une rangée de petites boutiques chic. Marchant sur le trottoir, je passai devant un présentoir de pendentifs en argent et cuir brut, deux mannequins de cire en jupes de paysannes, une vitrine pleine de jade – et fus frappé entre les deux yeux par le nom de Denise. Il était calligraphié à la feuille d'or sur la baie vitrée du magasin de chapeaux. Dans la vitrine trônait une unique pièce, posée sur piédestal, tel un chef-d'œuvre de sculpture dans une galerie d'art. La boutique était sombre, et après une seconde d'hésitation je passai mon chemin.

Une petite cabane verte du genre guérite de planton se dressait dans la lumière d'une lampe à arc au coin du parking. Un panneau accroché à son flanc disait : LES EMPLOYÉS NE SONT RÉMUNÉRÉS QU'AU POURBOIRE. Je m'arrêtai juste à côté pour examiner un billet sous le lampadaire. Un dollar : parfait. Un homme de petite taille émergea entre les rangées de voitures tassées comme des sardines. Il était mince et gris. Sous son vieux col roulé bleu marine, les os de ses épaules saillaient comme des débris de bois flotté. Il se mouvait silencieusement dans ses tennis de toile, le corps penché en avant comme s'il était tracté par le bout de son long nez tranchant.

— Quel modèle ? Quelle couleur ? Z'avez votre ticket, m'sieur ?

— Je suis garé sur le boulevard. Je voulais vous parler d'une autre voiture. Je suppose que vous devez être Dewey.

— Je suppose que oui.

Ses paupières clignèrent sur ses yeux délavés – il musardait sur son identité d'un air rêveur. Le haut de ses cheveux gris mal peignés m'arrivait aux épaules.

— Je parie que vous vous y connaissez, question voitures.

— Vous pariez bien. Et question gens aussi. Moi, j'parie que vous êtes un flic. Et j'parie que vous allez me parler du p'tit Charlie Singleton.

— Privé, le flic, dis-je. Vous misez quoi ?

— Un dollar.

— Vous avez gagné, Dewey.

Je lui donnai le billet.

Il le plia en quatre et le fourra dans le petit gousset de la chemise de flanelle grise la plus sale de la planète.

— C'est que justice, dit-il d'un air grave. Vous me prenez un peu de mon temps précieux. J'étais à laver des pare-brise, et je me fais pas mal d'argent à laver les pare-brise le samedi soir.

— Dépêchons-nous, alors. Vous avez vu la femme avec qui il est parti ?

— 'bsolument. C'était un sacré beau morceau. J'l'ai vue aller-venir.

— Vous pouvez me répéter ça ?

— Aller et venir, répéta-t-il. La dame blonde. Elle s'est pointée vers 10 heures dans une Plymouth break bleue toute neuve. J'l'ai vue descendre devant l'hôtel. J'étais moi aussi devant à chercher une voiture. J'l'ai vue descendre de son break et entrer dans l'hôtel. C'était un sacré beau morceau.

Sa mâchoire grise mal rasée s'affaissa et il ferma les yeux pour savourer son souvenir.

— Qu'est-il arrivé au break ?

— L'autre est partie avec.

— L'autre ?

— L'autre. La conductrisse du break. La fille mate qu'a déposé la dame blonde à l'hôtel. L'est repartie avec.

— Est-ce qu'elle était noire ?

— La conductrisse ? Ça s'pourrait. Elle avait la peau mate. J'l'ai pas bien vue. Je regardais la dame blonde. Puis j'suis revenu ici et y a Charlie Singleton qu'est venu se garer un peu après. Il est entré dans l'hôtel et puis il est ressorti avec la dame blonde et puis y sont partis.

— Dans sa voiture à lui ?

— Oui, m'sieur. Berline Buick 1948, carrosserie verte deux teintes.

— Vous êtes très observateur, Dewey.

— Bah, j'les voyais souvent, le p'tit Charlie et sa voiture. Ça me connaît, la voiture. J'ai conduit ma première en 1911, à Minneapolis, dans le Minnesota.

— Ils sont partis par où, quand ils ont quitté l'hôtel ?

— Désolé l'ami, ça j'en sais rien. J'ai pas vu. C'est c'que j'ai dit à l'autre dame quand elle me l'a demandé. Ça l'a mise en rogne et elle m'a pas donné de pourboire.

— C'était qui, cette autre dame ?

Ses yeux délavés m'étudièrent, clignant à chaque envoi d'un signal lent à l'intention du cerveau qui vivait derrière eux.

— J'dois retourner à mes pare-brise. Mon temps est précieux le samedi soir.

— Je parie que vous ne vous souvenez pas de cette autre dame.

— Vous pariez quoi ?

— Un dollar ?

— On peut doubler la mise ?

— Deux dollars.

— Tope là. Elle est arrivée en trombe quelques minutes après qu'ils soyent partis. Au volant de la Plymouth break.

— La dame à la peau mate ?

— Nan, c'en était une autre, plus vieille. En manteau léopard. Je l'avais déjà vue dans le coin. Elle m'a demandé par où ils étaient partis, la dame blonde et le p'tit Charlie Singleton. J'ai dit qu'je savais pas. Elle m'a traité d'incompatent et elle est partie. Elle avait l'air folle de rage.

— Elle était seule ?

— Ouais. J'me souviens de personne d'autre.

— Elle habite par ici, cette dame ?

— J'l'ai vue venir plusieurs fois, mais j'sais pas où elle habite.

Je lui mis deux billets dans la main.

— Merci, Dewey. Une dernière chose. Quand Charlie est parti avec la blonde, il avait l'air heureux ?

— J'sais pas. M'a glissé un dollar. N'importe qui serait heureux, de partir avec c'te dame blonde-là. (Un sourire asymétrique tira ses lèvres ridées sur un côté.) Moi, mettons. J'ai pas touché la peau d'une femme depuis que j'ai quitté ma bourgeoise l'année de la Grande Dépression. Vingt ans, l'ami, ça fait un sacré bail.

— Un sacré bail, c'est sûr. Bonne soirée.

Dewey renifla d'un air esseulé, puis il pointa son nez vers la rangée de voitures et disparut à sa suite.

Chapitre 14

Je retournai à l'hôtel et trouvai un téléphone public. D'après l'annuaire, la boutique de chapeaux Denise était gérée par une certaine Mme Denise Grinker résidant au 124 Jacaranda Lane. J'appelai à son domicile, on décrocha, je raccrochai.

La rue sinuait comme un sentier de vaches entre la grand-route et la mer. Les jacarandas et les cyprès qui la bordaient obscurcissaient la chaussée et les habitations. Je roulai lentement, en seconde, et j'utilisai ma lampe torche pour éclairer les maisons. C'était un quartier de classes moyennes en voie de clochardisation bohème. Jardinets envahis de mauvaises herbes, panonceaux suspendus dans des coins de fenêtres décaties annonçant Poterie artisanale, Brocante, Dactylographie : Confiez-nous vos Manuscrits. Les chiffres 1-2-4 étaient disposés verticalement et peints à la main sur un montant du chambranle d'un bungalow en cèdre rouge grisonnant.

Je me garai et entrai dans le jardin en passant sous une arche d'eugénia hirsute. Une bicyclette rouillée s'appuyait contre le mur de la petite terrasse. Le plafonnier du porche s'alluma lorsque je frappai à la porte d'entrée, puis la porte s'ouvrit. Une femme imposante drapée d'un peignoir en flanelle apparut dans l'embrasure, une hanche à l'extérieur.

À cause des bigoudis métalliques qui lui serraient les cheveux, son visage paraissait nu et très large. Malgré cela, c'était un visage agréable. Je sentis mon sourire glacé se décongeler en une expression plus confortable.

— Madame Grinker ? Mon nom est Archer.

— Bonjour, dit-elle d'une voix affable en m'examinant de ses grands yeux marron un rien marqués par l'âge. Je n'aurais tout de même pas encore une fois oublié de fermer cette foutue boutique à clé, si ?

— J'espère que non.

— Vous n'êtes pas de la police ?

— Plus ou moins. Ça se voit plus quand je suis fatigué.

— Attendez une minute. (Elle sortit un étui en cuir de la poche de son peignoir et chaussa une paire de lunettes à monture en écailles.) Je ne vous connais pas, si ?

— Non. J'enquête sur un meurtre commis cet après-midi à Bella City. (Je sortis le chapeau turban roulé de ma poche et le lui tendis.) Ceci appartenait à la victime. C'est vous qui l'avez fait ?

Elle le regarda de près.

— Il y a mon nom à l'intérieur. Qu'est-ce que ça peut faire ?

— S'il s'agit d'un modèle original, vous devriez pouvoir identifier la personne à qui vous l'avez vendu.

Elle se pencha en avant pour avoir plus de lumière ; ses yeux firent plusieurs allers-retours entre le couvre-chef et mon visage. Les lunettes à monture en écailles avaient resserré son visage en y imprimant un air dur et futé.

— Mais qui voulez-vous que j'identifie ? Vous avez dit que ça appartenait à la victime. Vous devez connaître son nom, j'imagine.

— Elle s'appelait Lucy Champion. C'était une jeune femme de couleur d'une petite vingtaine d'années.

— Et vous voulez savoir si je lui ai vendu ce chapeau ?

— Ce n'est pas exactement ce que j'ai dit. Je vous ai demandé à qui vous l'aviez vendu.

— Suis-je obligée de répondre ? Montrez-moi votre insigne.

— Je suis détective privé, dis-je. Je travaille avec la police.

— Avec la police, mais pour qui ?

— Ma cliente ne souhaite pas que je mentionne son nom.

— Tout juste ! s'exclama-t-elle en m'envoyant une bouffée d'haleine chargée de bière. Secret professionnel. Moi aussi j'ai le mien. Je ne nie pas avoir vendu ce chapeau, et je ne pourrais pas nier qu'il s'agit d'une pièce unique. Mais comment voulez-vous que je vous dise qui me l'a acheté ? Je l'ai confectionné je ne sais plus trop quand, au printemps dernier peut-être. Mais je peux vous assurer d'une chose : ce n'est pas une jeune femme de couleur qui me l'a acheté. Je n'en ai jamais vu dans ma boutique, en dehors de quelques touristes hindous ou persans à peau mate. Et ils sont différents.

— Ils sont nés dans des lieux différents, c'est sûr.

— D'accord, on ne va pas se disputer. Je n'ai rien contre les gens de couleur, mais ils ne m'achètent pas de chapeaux. Cette fille a dû le trouver ou le voler. Ou bien elle se l'est fait offrir. Ou bien elle l'a acheté dans un vide-grenier. Donc même si je pouvais me rappeler qui l'a acheté, ça ne serait pas juste d'entraîner mon client ou ma cliente dans une affaire de meurtre, si ?

Sa voix avait un je-ne-sais-quoi de faux, comme un vestige de sa parlotte diurne de boutiquière.

— Je crois qu'avec un petit effort vous pourriez vous rappeler, madame Grinker.

— Peut-être ou peut-être pas. (Elle était troublée. Sa voix se fit plus ténue.) Et quand bien même je me rappellerais, hein ? Ce serait une violation du secret professionnel.

— Les chapeliers prêtent serment ?

— Nous avons notre éthique, dit-elle d'une voix blanche. Oh et puis zut, je n'ai pas envie de perdre des clients si je peux l'éviter. Les gens qui peuvent s'offrir mes modèles se font aussi rares que les hommes épousables.

Je fis de mon mieux pour avoir l'air épousable.

— Je ne peux pas vous donner le nom de ma cliente. Mais je peux vous dire qu'elle est liée à la famille Singleton.

— La famille Charles Singleton ?

Elle avait prononcé chaque syllabe lentement et distinctement, comme si elle avait cité un poème qu'elle adorait depuis toujours.

— Elle-même.

— Comment va Mme Singleton ?

— Pas très bien. Elle est inquiète au sujet de son fils…

— Est-ce que cette histoire de meurtre a un lien avec lui ?

— C'est ce que j'essaie de découvrir, madame Grinker. Je n'y parviendrai jamais sans un peu de coopération.

— Je suis désolée. Mme Singleton n'est pas une de mes clientes – j'ai bien peur qu'elle achète la plupart de ses chapeaux à Paris –, mais j'ai naturellement entendu parler d'elle. Entrez.

La porte donnait directement sur un salon aux murs en cèdre rouge. Un poêle à gaz brûlait doucement dans une cheminée de briques rouges. La pièce était chaude, miteuse et riche en odeurs de chats.

Elle tendit une main hospitalière vers un canapé convertible drapé d'une couverture afghane. Un verre de bière tirait sa faible espérance de vie pétillante sur une table basse en cèdre rouge.

— J'étais juste en train de boire ma petite bière de bonne nuit. Je vais vous en chercher une.

— C'est très aimable à vous.

Elle passa dans une autre pièce et ferma la porte derrière elle.

Je m'assis sur le convertible ; un chat gris pelucheux en sortit par-dessous et sauta sur mes genoux. Son ronronnement enflait et s'atténuait comme le bruit d'un avion volant loin. Quelque part dans la maison, il me sembla entendre des mots dits à voix basse. Denise mettait du temps à m'apporter ma bière.

Je posai le chat par terre et allai me coller à la porte qu'elle avait refermée. De l'autre côté, Denise articulait des phrases téléphoniques discontinues.

— Il dit qu'il travaille pour Mme Charles Singleton. (Silence. Léger crachotement du combiné.) Ça, comptez sur moi, je ne le ferai pas. Bien sûr, je comprends parfaitement. Mais je tenais tout de même à vous consulter avant.

Nouveau silence crachoteux. Puis Denise gazouilla un bonne nuit saccharin et raccrocha.

Je regagnai le canapé sur la pointe des pieds en essayant de ne pas trébucher sur le chat qui se faufilait entre mes jambes. Il paradait en zigzaguant devant moi, frottant ses flancs contre mon pantalon, levant vers moi des yeux chargés d'un vague et féminin mépris.

— File, dis-je.

Denise rentra dans le salon avec un verre de bière dans chaque main.

— Il aime pas les gentils petits chatons, le vilain monsieur ? dit-elle à l'animal.

Qui l'ignora souverainement.

— Je vais vous raconter une anecdote à propos de Confucius, madame Grinker. C'était un Chinois de l'ère pré-communiste.

— Je connais Confucius.

— Voilà. Dans un village voisin, appelons-le Bella City, une étable a brûlé. Confucius s'inquiète de savoir s'il y a des victimes. Il ne prend pas de nouvelles des chevaux.

J'avais tapé dans le mille. La mousse des verres chavira par-dessus bord et lui coula sur les doigts. Elle les posa sur la table basse.

— On peut aimer les chats et aimer les gens, dit-elle d'un ton peu convaincu. Croyez-le ou non, j'ai un fils à l'université. J'ai même eu un mari, jadis. Je me demande bien ce qu'il est devenu.

— Je le chercherai pour vous dès que j'en aurai fini avec cette affaire.

— Pas la peine. Vous ne buvez pas votre bière ?

Elle s'était assise sur le bord du canapé et s'essuyait les doigts avec un Kleenex.

— Cette affaire, dis-je, inclut une morte et un disparu. Si votre chat s'était fait écraser par un chauffard et que quelqu'un avait relevé son numéro d'immatriculation, vous aimeriez qu'on vous le donne. À qui téléphoniez-vous ?

— À personne. Juste un faux numéro.

Ses doigts martyrisaient le Kleenex humide pour le modeler en espèces de coupelles aux formes évocatrices de coiffures féminines.

— Le téléphone n'a pas sonné.

Elle releva la tête vers moi. Son large visage exprimait de la douleur.

— Cette dame est une de mes clientes. Je peux me porter garante pour elle.

Sa douleur était pour moitié financière et pour moitié morale.

— Comment Lucy Champion a-t-elle eu ce chapeau ? Est-ce que votre cliente le sait ?

— Bien sûr. C'est pour cela qu'il est parfaitement inutile de mentionner son nom. Lucy Champion était sa femme de chambre. Elle s'est enfuie sans prévenir, il y a quelque temps de ça. Elle a volé le chapeau à sa patronne, ainsi que plusieurs autres choses.

— Quelles autres choses ? Des bijoux ?

— Comment savez-vous ça ?

— Un tuyau que j'ai entendu directement de la bouche du cheval. Enfin, cheval n'est peut-être pas le mot juste. Mme Larkin serait plutôt du genre poney.

Denise n'eut aucune réaction en entendant ce nom. Ses doigts agiles en prise directe avec son inconscient avaient fini de façonner le Kleenex en une réplique exacte du chapeau turban noir et or. Elle remarqua la chose et lança sa création juste devant le chat. Qui se jeta dessus.

La femme secoua la tête de droite à gauche. Ses bigoudis de métal claquetèrent comme des fragments de pensée déconnectés.

— Tout cela est très troublant. Oh et puis zut, buvons. (Elle leva son verre.) Au trouble. Et à l'universelle Obscurité qui recouvre toute chose.

J'attrapai mon verre. Les ressorts fatigués du convertible nous projetèrent l'un contre l'autre, épaule contre épaule.

— Où avez-vous appris ça* ?

— Aussi étonnant que cela puisse paraître, j'ai fait des études dans ma jeunesse. Avant que je ne sois frappée par la maladie de l'art. C'était quoi, déjà, le nom que vous m'avez dit ?

— Archer.

* Le toast de Denise était une citation d'un vers de *La Dunciade ou guerre des sots*, d'Alexander Pope (1688-1744), poème satirique en forme d'ode à la déesse Dulness, divine patronne de la bêtise universelle.

— Pas celui-là. Le nom de la femme, celle qui vous a parlé du vol de bijoux.

— Mme Larkin. Mais c'est probablement un pseudonyme. Son prénom est Una.

— Petite, brune, la cinquantaine ? Un peu garçonne ?

— C'est bien elle. C'était votre cliente ?

Denise fronça les sourcils au-dessus de sa bière, en sirota quelques gorgées méditatives, releva la tête, les lèvres ourlées d'une petite moustache blanche.

— Je ne devrais pas parler comme ça. Mais si elle utilise un faux nom, ça doit cacher quelque chose de louche. (Son air dubitatif se changea en souci pour sa propre personne.) Vous n'irez pas raconter, à elle ou à quiconque, que je vous ai parlé, n'est-ce pas ? Mes affaires ne tiennent plus qu'à un cheveu, et j'ai les études de mon fils à payer. Je ne peux pas me permettre le moindre faux pas.

— Una non plus, quel que soit son vrai nom.

— C'est Una Durano. *Mademoiselle* Una Durano. C'est du moins comme ça qu'elle se fait appeler par ici. Et *vous*, comment l'avez-vous rencontrée ?

— J'ai un peu travaillé pour elle, par le passé. Très brièvement.

Le début de l'après-midi me semblait très lointain.

— D'où est-elle originaire ?

— Je n'en sais rien. La seule question qui m'intéresse, c'est de savoir où elle se trouve maintenant.

— Au point où j'en suis, autant tout raconter, dit Denise d'un ton amer. Elle habite le domaine de Peppermill. Elle y a signé un bail au printemps dernier. Pour un loyer faramineux, à ce qu'on m'a dit. Mille dollars par mois.

— Ce sont de vrais diamants, alors ?

— Oh oui, ce sont de vrais diamants.

— Et ça se trouve où, le domaine de Peppermill ?

— Je vais vous le dire. Mais vous n'irez pas la voir ce soir, n'est-ce pas ? (Elle me prit l'avant-bras et le serra très fort.) Si vous faites ça, elle comprendra tout de suite que je suis allée cafter auprès du directeur.

— On n'est plus à l'école, Denise, on est dans la vraie vie.

— Je sais. Dans ma vraie vie à moi. Les 100 dollars qu'elle m'a donnés pour ce chapeau ont payé le loyer de ce mois-là.

— Quel mois ?

— Mars, je crois. C'était le premier modèle qu'elle m'achetait. Depuis, elle m'en a pris deux ou trois autres.

— Ça devait bien lui aller, si tant est que quoi que ce soit puisse lui aller.

— Non, rien ne lui allait. Elle n'a aucune féminité. Mais de toute façon elle ne l'a pas acheté pour elle. C'est elle qui l'a payé, avec un billet de cent. Mais c'est l'autre femme, celle qui l'accompagnait, qui l'a essayé et qui est repartie avec. (Elle avait toujours la main sur mon avant-bras, comme un oiseau qui aurait trouvé son perchoir pour la nuit. Elle sentit mes muscles se crisper.) Qu'est-ce qui ne va pas ?

— Cette autre femme. Décrivez-la.

— C'était une fille très jolie, beaucoup plus jeune que Mlle Durano. Une blonde sculpturale, aux yeux bleus magnifiques. Avec mon chapeau, c'était une vraie princesse.

— Est-ce qu'elle vivait avec Mlle Durano ?

— Je n'en sais rien, mais je les ai vues plusieurs fois ensemble. La jeune femme blonde n'est rentrée dans la boutique que ce jour-là.

— Connaissez-vous son nom, à tout hasard ?

— J'ai bien peur que non. C'est important ?

Ses doigts malaxaient les muscles de mon avant-bras.

— J'ignore ce qui est important et ce qui ne l'est pas. Mais vous m'avez été d'une aide précieuse.

Je me levai pour échapper à sa poigne.

— Vous ne finissez pas votre bière ? Vous ne pouvez pas aller là-bas maintenant. Il est minuit passé.

— Je crois que je vais y faire un tour pour reconnaître les lieux. C'est où ?

— J'aimerais mieux que vous n'y alliez pas. Promettez-moi au moins que vous ne lui parlerez pas. Pas ce soir.

— Vous n'auriez pas dû l'appeler, dis-je. Mais je vais vous promettre mieux que ça. Si je trouve Charlie Singleton, je vous achète le modèle le plus cher que vous ayez en stock.

— Pour votre épouse ?

— Je ne suis pas marié.

— Oh. (Elle déglutit.) Bien. Pour le domaine de Peppermill, tournez à gauche sur le front de mer, suivez-le tout droit jusqu'à la sortie de la ville. C'est le premier grand domaine sur la gauche, juste après le cimetière. Vous le reconnaîtrez à ses serres. Et à sa piste d'aviation privée.

Elle se leva lourdement et traversa le salon jusqu'à la porte. Les lambeaux du Kleenex déchiqueté par le chat jonchaient la moquette comme des flocons de neige sale.

Chapitre 15

Je retraçai ma route jusqu'au boulevard du front de mer et le pris vers le sud. La vitre latérale déviait sur mon visage une brise fraîche, humide, iodée. Derrière les palmiers qui sifflaient dans les bourrasques, juste à la frange du faisceau de mes phares, la mer elle-même coulait argent au clair de lune.

Le boulevard s'incurva vers la gauche et s'éloigna de la plage pour gravir un versant de colline boisé de conifères torturés par les vents, contorsionnés comme des arthritiques. Un mur de pierres jaillit en bordure de chaussée, amplifiant le vrombissement des roues et le bourdonnement du moteur.

De l'autre côté, des anges de grès pointaient le ciel du doigt ; des saints de fer ouvraient les bras en signe de bénédiction.

Le mur du cimetière s'arrêta brutalement pour être remplacé par une barrière de fer à montants en pointes de lances. J'entrevis derrière elle une vaste pelouse en bonne voie de retour à la vie sauvage, puis un champ plat avec, tout au fond, un hangar en tôle ondulée sur la crête duquel flottait une manche à air. Je ralentis.

J'arrivai devant un imposant portail en fer forgé tenu par deux piliers en forme d'obélisques. L'un d'eux arborait un panneau À VENDRE. Je descendis et testai le portail. Il était verrouillé et assuré par une chaîne et un cadenas. À travers ses barreaux je vis une longue allée bien droite bordée de cocotiers au bout de laquelle se dressaient une bâtisse massive et plusieurs dépendances. Adossé contre une des ailes de la maison, le toit de verre penché d'une serre brillait de reflets froids.

Le portail n'était pas infranchissable. Les ornements feuillus qui reliaient les barreaux offraient des prises et des appuis. J'éteignis mes phares et l'escaladai. Je m'éloignai ensuite de l'allée pour approcher la bâtisse par le côté. La lune montante m'accompagna dans ma lente traversée des herbes folles qui m'arrivaient à la hauteur des hanches, et je parvins à proximité du groupe de bâtiments.

Le corps principal était de style renaissance espagnole, avec de forts relents d'Inquisition. Son épaisse façade crépie était creusée de fenêtres hautes, fines et profondes dotées de barreaux en fer forgé. Au premier étage, une fenêtre éclairée formait un mince rectangle jaune rayé de barres verticales. Je distinguai une partie du plafond de la pièce, où dansaient de vagues ombres. Au bout d'un moment, ces ombres s'approchèrent de la fenêtre, s'agglomérèrent et prirent une forme humaine. Je m'allongeai à terre, sur le dos, et tirai les revers de ma veste l'un contre l'autre.

Une tête et des épaules d'homme apparurent en bas du haut rectangle jaune. Je distinguai des yeux sombres dans une sorte de visage lunaire flou sous une tignasse de cheveux en bataille. Ces yeux fixaient le ciel. Je laissai les miens plonger dans son puits bleu obscur, nimbé de lune et piqueté d'étoiles, en me demandant ce que l'homme y voyait ou y cherchait.

Il bougea. Deux mains pâles jaillirent de sa silhouette sombre et s'agrippèrent aux barreaux qui encadraient son visage. Il se balança de droite à gauche, et je vis une mèche blanche de sa tignasse accrocher la lumière. Il se tordait les épaules. Il semblait essayer d'arracher les barreaux scellés dans le béton. À chaque traction vaine, il lâchait un sourd grognement guttural :

— Merde, disait-il. Merde. Merde.

Ce mot tomba lourdement de sa bouche quarante ou cinquante fois tandis que son corps tirait de tout son poids sur les barreaux en se balançant latéralement. Puis, aussi soudainement qu'il y était apparu, il s'éloigna de la fenêtre. Je regardai son ombre lente battre en retraite sur le plafond puis y dissoudre sa forme humaine.

Je me rapprochai du mur et le longeai jusqu'à une fenêtre de rez-de-chaussée qui laissait filtrer une très légère lumière. Elle donnait sur un long couloir en voûte. La lumière provenait d'une porte située tout au bout de ce couloir. En écoutant attentivement, je perçus une sorte de musique, un jazz ténu comme des balais que l'on frotterait sur la caisse claire du silence.

Je fis le tour de la maison par la gauche, longeai une enfilade de portes de garages fermées, un court de tennis en terre battue à la toison pelée de petites touffes d'herbe éparses, un jardin en terrasse envahi de plantes grasses. Au bout de ce jardin, une ravine descendait en s'élargissant pour s'achever sur une falaise qui surplombait la mer. Du pied de la falaise, la mer remontait en pente douce comme un toit de tôle posé sur l'horizon.

Je retournai vers la maison. Entre elle et le jardin en terrasse se trouvait un patio dallé ceint de grandes jardinières. Ses tables et ses chaises étaient rouillées et couvertes de grains de sable soufflés par les vents. Vieilles reliques d'étés morts. La lumière qui les éclairait tombait d'une grande fenêtre panoramique au premier étage. Derrière ce mur, le jazz était plus net – comme la musique d'un bal auquel je n'étais pas invité.

Cette fenêtre n'avait pas de rideau, mais elle était trop haute pour me permettre de voir l'intérieur de la pièce. Je ne voyais que le plafond à poutres noires et la partie supérieure du mur du fond. Ses boiseries de chêne étaient surchargées de tableaux montrant des femmes à corsets pigeonnants et des hommes à favoris touffus, épaules maigres et fracs noirs victoriens. Les ancêtres de quelqu'un. Quelqu'un d'autre qu'Una. Elle, elle avait été usinée mécaniquement.

En me hissant sur la pointe des pieds je parvins à voir le haut du crâne d'Una, couvert de petites boucles noires comme une toque d'alpaga. Elle se tenait assise derrière la fenêtre, parfaitement immobile. Un jeune homme était installé en face d'elle ; je voyais son profil. C'était un profil lourd et amorphe – s'il avait de la force en lui, elle était masquée par des bourrelets de chair sous le menton, autour de la bouche et des yeux. Il avait des cheveux châtain clair coupés en brosse et mal peignés. Le point focal de son attention se trouvait quelque part entre lui et Una, sous le rebord de la fenêtre. Aux mouvements de ses yeux, je devinai qu'ils étaient en train de jouer aux cartes.

La musique derrière le mur s'arrêta puis reprit. C'était toujours le même vieux disque, *Sentimental Lady*, qui passait et repassait en boucle. Sentimentale Una, étais-je en train de penser quand les hurlements commencèrent. Lointains et étouffés par une série de murs, ils montaient et retombaient comme un cri de coyote hurlant à la lune. Ou un cri d'homme. Je sentis mes poils se dresser sur ma nuque.

Una dit alors, d'une voix suffisamment forte pour que je l'entende de l'autre côté de la fenêtre :

— Par pitié, faites-le taire.

L'homme à la brosse se leva, visible jusqu'à la taille. Il portait une blouse blanche d'infirmier ou d'aide-soignant, mais n'avait rien de l'allure efficace ordinairement associée à l'habit.

— Qu'est-ce que je fais, je le ramène ici ? demanda-t-il en se tordant les mains comme une vieille dame.

— On dirait bien qu'il va falloir.

Les hurlements reprirent. La tête de l'aide-soignant pivota vers eux, puis son corps l'imita. Il s'éloigna de la fenêtre et disparut de ma vue. Una se leva pour le suivre, épaules minces sous une élégante veste de pyjama noire. Elle monta le volume du tourne-disque et la musique se déversa dans la maison comme une lame intangible, et tel celui d'un homme qui se noie le hurlement s'éleva au-dessus d'elle. Puis se tut subitement. La musique continua, emportant dans son flot les vagues échos humains.

Puis j'entendis des voix dans la pièce. D'abord celle d'Una qui se faufilait, hachée, entre les lignes de la musique :

— Mal de crâne… un peu de paix… sédatif.

Puis le grognement rauque que j'avais déjà entendu, parti plus bas que la musique, continuant au-dessus d'elle :

— Je ne peux pas. Il se passe des choses horribles. Je dois y mettre un terme.

— Le vieux M. Stop en personne. S'il y a quelqu'un qui doit y mettre un terme, c'est bien vous.

C'était la voix mezzo de l'homme plus jeune, ponctuée par un gloussement final.

— Foutez-lui la paix ! cria Una d'une voix féroce. Laissez-le parler. Vous voulez qu'il hurle comme ça toute la nuit ?

Puis ils se turent et il n'y eut que la musique tourbillonnante. J'enjambai une jardinière pour monter sur le patio et testai la solidité d'une des tables rouillées en m'y appuyant de tout mon poids. Ça irait. Utilisant une chaise en guise de marchepied, je montai sur la table. Elle vacilla sur ses pieds et ne se stabilisa qu'un sale petit moment plus tard. Une fois debout, j'avais la tête presque à la hauteur du rebord de la fenêtre, à trois mètres de distance.

Au fond de la pièce, Una était penchée sur le combiné radio-tourne-disque. Elle baissa le volume puis se dirigea tout droit vers la fenêtre. Je m'accroupis d'instinct, mais ce n'était pas moi qu'elle regardait. Avec une expression mêlée d'outrage et de tolérance, elle regardait l'homme qui se tenait au centre de la pièce. L'homme à la mèche blanche brillante comme une balafre d'éclair en travers du visage.

Son petit corps était drapé dans un peignoir en brocart rouge beaucoup trop grand pour lui. Même son visage semblait s'être ratatiné sous sa peau. Deux pans de peau flasque clapotaient au rythme de ses mouvements de bouche, en lieu et place des joues.

— Des choses horribles. (Son grognement rauque résonna dans le silence.) Sans arrêt. J'ai attrapé les chiens chez ma mamma. Ils ont crucifié mon papa. Je suis sorti du fossé, j'ai gravi la colline, j'ai vu les clous dans sa main et il disait tuez-les. Tuez-les tous. Ce fut là son dernier tramway et je suis descendu dans le tunnel sous la rivière et les cadavres des gars gisaient et les chiffonniers se pavanaient avec leurs gourdins dans leurs frocs.

Sa mélopée s'effilocha en un mélange obscène de vieux saxon et d'italien.

L'aide-soignant en blouse blanche était assis sur l'accoudoir d'un fauteuil en cuir, juste à côté d'une lampe sur pied. La lumière qu'elle projetait lui conférait toute l'irréalité d'un petit éléphant rose. Il s'écria comme un supporter depuis les tribunes :

— Va leur dire, toi, Durano ! Tu as une mémoire formidable, vieille branche.

Una se précipita vers lui, visage crispé de colère en avant.

— C'est *Monsieur* Durano, espèce de boule de pâte à beignet molle. C'est *Monsieur* Durano, pour vous !

— *Monsieur* Durano, d'accord. Pardon.

L'homme qui portait ce nom leva son visage à la lumière. Ses yeux noirs étaient plats et luisants, profondément enfoncés dans leurs orbites, comme deux morceaux de charbon pressés sous des arcades de neige tendre.

— *Monsieur* le District Attorney, cria-t-il d'une voix sincère. Il a dit qu'il y avait des rats dans la rivière, des rats dans la Rouge, des rats plein l'usine Ford de Rouge. Il a dit exterminez-moi ça. Des rats dans l'eau potable, des rats qui nagent dans mes artères, monsieur le Docteur Attorney. J'ai promis de faire place nette.

— Pour l'amour de Dieu donnez-lui son pistolet, dit Una. Qu'on en finisse.

— Pour l'amour doux de Dieu, reprit Durano en écho. Je l'ai vu sur la colline en sortant du fossé. Des clous à ferrer plein les mains, et les chiens qui attaquaient ma mère. Il m'a donné cette arme, il m'a dit garde ça dans ta culotte, petit, t'as les artères qui grouillent de rats. J'ai dit que je ferais place nette. (Sa maigre main plongea comme une fouine dans la poche de son peignoir. Elle en ressortit vide.) Ils m'ont pris mon arme. Comment je peux faire place nette s'ils m'ont pris mon gourdin ? (Il brandit ses deux poings serrés en un accès de rage paroxystique et se frappa le front avec.) Rendez-moi mon arme !

Una se précipita vers le tourne-disque, comme poussée par une puissante bourrasque. Elle mit le volume très fort puis revint vers Durano en luttant pied à pied contre le vent de folie qui soufflait dans la pièce. Le gros aide-soignant souleva le bas de sa blouse et tira de sa ceinture un petit automatique noir. Durano tambourina faiblement contre son torse. L'aide-soignant n'opposa pas de résistance. Durano lui arracha l'automatique et recula de quelques pas.

— Allez ! dit-il avec autorité. (Il lâcha une bordée d'obscénités comme si sa bouche en était pleine et qu'il devait cracher pour s'en débarrasser.) Allez, vous deux, mains sur la tête !

L'aide-soignant obtempéra. Una vint se placer à côté de lui, mains en l'air, bagues scintillantes. Visage vide de toute expression.

— C'est fini, dit Durano d'une voix grasse.

Il avait des marques rouges au front à l'endroit où il s'était frappé. Sa bouche flasque continuait à bouger mais je n'entendais pas ce qu'il disait à cause de la musique. Il se tenait légèrement penché en avant, phalanges crispées blanches sur la crosse de son arme. On eût dit que c'était elle qui le faisait tenir debout dans le tumulte de cet océan de bruit.

Una dit quelque chose à voix basse. L'aide-soignant baissa les yeux en faisant un petit sourire. Durano fit un petit pas sautillant et fit feu sur lui à trois reprises à bout portant. L'aide-soignant s'étala sur le sol en tendant son gros bras pour accueillir sa tête. Le petit sourire ne quitta pas ses lèvres.

Durano abattit Una de trois autres coups de feu. Elle se plia en deux, grimaça théâtralement et s'effondra sur un divan. Durano regarda autour de lui en quête d'éventuelles autres cibles. N'en trouvant pas, il laissa glisser son arme dans sa poche de peignoir. J'avais remarqué dès le premier coup de feu qu'il s'agissait d'un pistolet à pétards.

Una se releva du divan et alla baisser la musique. Durano la regarda faire sans le moindre étonnement. L'homme en blanc se hissa sur ses pieds et escorta Durano jusqu'à la porte. Dans l'embrasure, Durano se retourna, un grand sourire rêveur aux lèvres. Les ecchymoses qu'il s'était faites au front commençaient à enfler et à virer au bleu.

Una lui fit un petit signe d'au revoir, lui aussi surjoué, comme une mère à son fils, puis l'aide-soignant l'emmena. Elle s'assit ensuite à la table de jeu, près de la fenêtre, et entreprit de battre le paquet de cartes. Sentimentale Una.

Je descendis de mon perchoir. Au loin, tout en bas de la plage, les vagues jouaient à tape-mains avec la grève, claquant et raclant le sable en rythme comme des gamins débiles.

Je regagnai l'avant de la maison. La fenêtre à barreaux du premier étage était encore éclairée et les ombres au plafond étaient encore visibles. Je me rapprochai de la porte d'entrée. Quatre mètres de haut, lourd battant en chêne noir sculpté, c'était le genre de porte qui demandait à ce qu'on y frappe à coups de crosse de pistolet. Debout dans mon parterre de fleurs envahi de mauvaises herbes, menton posé sur la rambarde du porche, je triturai la crosse de mon arme dans la poche de ma veste. Et décidai que j'en avais assez fait pour la journée.

Je n'avais ni les preuves ni l'énergie qu'il fallait pour arrêter Una. En attendant d'avoir l'une ou l'autre de ces choses, mieux valait la laisser en un endroit où je pourrais la retrouver, bien à l'abri dans le giron de sa famille.

Chapitre 16

Le panneau au carrefour de la route de montagne était grêlé d'impacts de chevrotine tirée par des chasseurs excités de la détente. Il était constitué de quatre grandes flèches blanches. L'une d'elles pointait vers l'endroit d'où je venais : ARROYO BEACH 11. Une autre pointait droit devant : BELLA CITY 55.

Celle qui indiquait la droite disait PANORAMA 8 ; celle qui indiquait la gauche, SKY ROUTE. La cinquième direction, non indiquée, prolongeait la verticale du poteau vers un faucon traçant des orbes sur des pans de ciel bleu courbes. C'était le petit jour, il faisait beau et clair.

Je retournai au volant de ma voiture et pris la Sky Route. C'était une piste en gravier vertigineuse qui épousait les contours des montagnes. À ma gauche, le versant plongeait dans un canyon au fond duquel se distinguaient quelques toits épars. Au-delà de la paroi opposée s'étendait la mer, lissée par la distance comme du vin dans une tasse à thé, bordée par la fine courbe blanche de la grève d'Arroyo Beach.

Je passai devant quelques boîtes aux lettres rurales fichées sur des pieux au départ de chemins escarpés. La boîte aux lettres numéro 2712 était légendée HIGHHOLME, H. WILDING, ESQ. en capitales d'imprimerie rouges. Le chemin de Wilding s'élargit en débouchant sur une clairière tout en bas du canyon. Au fond, entre les chênes blancs, se dressait une petite maison en pierre.

Des poules naines picoraient dans la cour. Un vieux chien leva vers moi une truffe geignarde, haussa un sourcil et refusa de bouger pour me laisser le passage. Je serrai le frein à main et descendis de voiture. Il m'adressa un grognement apathique, toujours sans bouger. Un jars gris courut vers moi en sifflant et en battant des ailes, puis vira au dernier moment pour disparaître parmi les arbres. Quelque part dans le canyon boisé, plus bas, un groupe de gamins communiquait par cris de guerre indiens.

L'homme qui sortit de la maison en pierre aurait pu passer pour un Indien. Il était vêtu d'un short de toile sale, et le reste de sa personne était cuivré très sombre, tanné par le soleil. Ses cheveux noirs entremêlés de mèches grises lui couvraient les oreilles et tombaient sur sa nuque.

— Bonjour, dit-il en frottant une intro silencieuse sur la planche à laver de sa cage thoracique. Belle journée, n'est-ce pas ? J'espère que vous avez remarqué la qualité de la lumière. C'est très particulier. Whistler aurait peut-être su la capter sur une toile. Pas moi.

— Monsieur Wilding ?

— En personne. (Il me tendit une main tachée de peinture.) Ravi de vous rencontrer. Ravi de rencontrer n'importe qui et de découvrir n'importe quoi. Vous êtes-vous jamais dit que c'était la lumière qui créait le paysage, de sorte qu'en un sens le monde entier est créé chaque matin ? En mon sens.

— Non, jamais.

— Eh bien pensez-y, dit-il d'une voix sincère. La lumière crée le paysage à partir du bon vieux chaos noir. Nous autres les peintres, nous le recréons. Je ne peux pas mettre le pied dehors le matin sans me sentir comme Dieu Lui-même à l'aube du deuxième jour. Ou du troisième, je ne sais plus. Ça n'a pas d'importance, en fait. Je me suis libéré du temps. Je vis dans le pur espace.

— Je m'appelle Archer, dis-je avant de périr noyé sous le flot de ses mots. Il y a deux semaines…

— Pardonnez-moi, je suis très impoli. Il m'arrive si rarement de voir des gens ici que je me transforme en véritable gramophone dès que cela se produit. Archer, dites-vous ? Seriez-vous sagittaire, à tout hasard ? Le signe de l'Archer ? Si c'était le cas (conclut-il assez lamentablement) ce serait drôle.

— Vous ne le croirez pas, mais il se trouve que c'est mon prénom : Sagittarius Archer. Et que c'est encore plus drôle que vous ne l'imaginez.

Wilding partit d'un éclat de rire aigu qui tinta comme une parodie de jubilation humaine exécutée par un oiseau moqueur. Un écho de son rire nous revint sous la forme d'un cri de chouette depuis les bois où jouaient les enfants.

— Qui êtes-vous exactement ? dit-il. Entrez, je vais vous servir du thé. Je viens juste d'en faire.

— Je suis détective.

— Sur l'affaire Singleton ?

— Oui.

— Oh. (Il ne réitéra pas son invitation à boire le thé.) Je n'ai vraiment rien à vous dire que je n'aie déjà dit à vos collègues.

— Je travaille seul. Je n'ai pas parlé aux autres et j'ignore ce qu'ils savent et ce qu'ils pensent. Mon intuition me souffle qu'il est mort.

— Charles ? Mort ? (La surprise ou quelque autre émotion tira comme un cordon sur son visage en cuir de Cordoue et le fronça de rides.) Ça serait bien dommage. Charles n'avait que vingt-neuf ans. Qu'est-ce qui vous fait croire ça, monsieur Archer ?

— L'analogie. Une femme s'est fait assassiner hier, apparemment parce qu'elle savait ce qui lui était arrivé.

— La blonde ? Elle s'est fait assassiner ?

— Non, une jeune femme noire.

Je lui parlai de Lucy.

Il s'assit en tailleur, comme un Indien, posa un coude sur ses genoux nus pliés et traça un dessin dans le sable du bout de l'index. C'était un masque tout en hauteur, en forme de cercueil, qui ressemblait un peu à son propre visage. Un coq nain s'approcha et lui picora la main.

Wilding se releva et se tapota doucement les yeux avec la main qui avait dessiné le cercueil.

— Voilà notre capacité à créer des symboles sous sa forme la plus brute. Je me demande parfois si ma vénérée mère n'a pas trompé mon père avec un Navajo. (Tout en parlant, il effaça son dessin avec la semelle de ses sandales.) Le peintre transforme les événements en objets. Le poète transforme les événements en mots. Mais que fait l'homme d'action, monsieur Archer ? Il les subit ?

— Votre ami Singleton les a subis, je crois. On m'a dit que c'était, ou que c'est votre ami.

— Absolument. Je connais Charles depuis l'époque où il était écolier. J'ai enseigné au lycée privé d'Arroyo pendant un temps, avant que mes toiles ne commencent à se vendre. Et ça fait bientôt dix ans qu'il vient ici tous les étés. Tenez, c'est sa cabane qu'on voit là-haut.

Il tendit le bras vers le nord, dans l'axe du canyon. Tout en haut, à presque un kilomètre, une structure trapue en rondins de bois huilés brillait d'une lueur mate parmi les chênes vivants.

— Je l'ai moi-même aidé à la construire. C'était pendant l'été 1941. Elle n'a qu'une seule pièce, mais Charles l'a toujours appelée son *refuge*. Il revenait de sa première année à Harvard, et il voulait devenir poète. La Maison sur la Colline que possédait sa mère l'étouffait, l'opprimait. Elle et sa demeure – je ne sais pas si vous les connaissez – sont toutes deux encroûtées dans les traditions, et pas le genre de traditions qui font du bien à un poète en herbe. Charles venait ici pour fuir tout ça. Il appelait ce canyon son val à forger l'âme.

— J'aimerais jeter un œil dans sa cabane.

— Je vous accompagne, dit Wilding en se dirigeant immédiatement vers ma voiture.

Je le suivis. Je gravis le chemin en première et tournai à gauche sur la piste pierreuse taillée dans le flanc du canyon. La deuxième boîte aux lettres que nous vîmes portait le nom de Singleton. Je tournai de nouveau à gauche dans un chemin qui descendait le long de la paroi. À peu près à mi-chemin du fond, la cabane se tenait sur un épaulement rocheux naturel entre les deux falaises convergentes. Je garai la voiture, sortis, et vis que la police avait scellé la porte d'entrée.

Je me tournai vers Wilding :

— Vous ne m'avez pas dit qu'on l'avait mise sous scellés. Le shérif croit à la thèse de l'acte malveillant ?

— Je ne suis pas son confident, dit Wilding d'un ton sarcastique. Mais quand je lui ai parlé du coup de feu que j'avais entendu, il n'a pas eu l'air de prendre ça très au sérieux.

— Le coup de feu ?

— Pardon, je pensais que vous saviez. J'ai entendu un coup de feu, tard dans la soirée ce samedi-là. Et ça semblait venir d'ici. Sur le moment, je ne m'en suis pas soucié, pour la simple raison que j'en entends des tas, ici, en toutes saisons, que la chasse soit ouverte ou non. Quand ils m'ont interrogé la semaine suivante, je leur en ai parlé, bien sûr. Je crois qu'ils ont ensuite consciencieusement passé les lieux au peigne fin, mais ils n'ont rien trouvé. Ni balle, ni trace d'impact, rien.

— Rien d'étonnant à cela, si la balle a fini dans Singleton.

— Dieu nous garde, dit-il. Vous pensez vraiment que Charles se serait fait abattre ici dans sa propre cabane ?

— Ils doivent suspecter qu'il s'y est passé quelque chose, sans quoi ils ne l'auraient pas mise sous scellés. Qu'avez-vous entendu d'autre ce soir-là ?

— Rien, absolument rien. Un seul coup de feu aux environs de 11 heures et puis c'est tout. Quelques voitures sur la corniche, mais rien de plus que la circulation habituelle du samedi soir.

Wilding marcha jusqu'à la grande fenêtre qui faisait pendant à la porte d'entrée. Debout sur la pointe des pieds, il regarda à l'intérieur par l'interstice laissé entre les deux pans du rideau en toile de bure à moitié tiré. Je regardai par-dessus son épaule : c'était une pièce carrée de style luxueusement spartiate, tout en bois vernis, tissus artisanaux et cuivre poli. Elle semblait parfaitement propre et bien rangée. Sur le mur du fond, au-dessus de la cheminée à pare-feu en cuivre, un jeune homme élégant en huile sur toile, cadre de bois flotté, portait un regard serein sur huit kilomètres de canyon baignés de soleil, au-delà de nos têtes.

— C'est Charles, me murmura Wilding comme si le jeune homme encadré eût pu l'entendre. C'est moi qui l'ai peint, et je le lui ai offert. Il ressemblait à un jeune Shelley quand il avait vingt ans. J'ai bien peur que ce ne soit plus le cas. Il a perdu son côté éthéré pendant la guerre, quand il a commencé à fréquenter cette femme. Ou bien c'est peut-être la guerre qui le lui a volé. Je crois que je suis misogyne. Je suis un vieux célibataire indécrottable.

— La blonde dont vous m'avez parlé ?

— Je vous en ai parlé ? Je n'en avais pourtant pas l'intention. (Il se tourna et posa une main hâlée sur mon épaule.) Dites-moi un peu, vieille branche, vous enquêtez pour le compte de la patronne ? Si c'est le cas, je ne vous en dirai pas plus. Naturellement, j'ai dit tout ce que je savais au shérif.

— Tout ce que vous pourrez me confier restera entre vous et moi.

Ses yeux clairs explorèrent mon visage comme des scarabées fouineurs.

— Pendant qu'on en parle, d'où vient votre intérêt pour Charles ?

— Je travaille pour la jeune dame de compagnie que Mme Singleton a engagée.

— Sylvia Treen ? C'est une enfant adorable. Elle est horriblement amoureuse de Charles, je crois. Mais j'étais loin de me douter…

— Elle sait, au sujet de la blonde.

— Oui. Je lui ai dit. Je pensais que c'était préférable sur le long terme. Charles n'épousera jamais Sylvia, quoi qu'il puisse se passer. Il n'est pas du genre à se marier. Mais je n'ai pas dit à Sylvia depuis combien de temps cette affaire durait.

— Elle m'a dit quc c'était juste depuis cet été.

— C'est ce que je lui ai laissé croire. En fait, elle dure depuis sept ou huit ans. Charles me l'a présentée l'année où il est entré dans l'Air Force. Elle s'appelait Bess. J'ai oublié son nom de famille. Elle était très jeune et plutôt excitante. Merveilleusement haute en couleur. Parfaite à tout point de vue, tant qu'elle n'ouvrait pas la bouche… Mais j'arrête de médire. (Il continua à médire.) Charles a toujours eu un tropisme prolétaire, vous savez. Malgré ça, ou bien à cause de ça, ils étaient liés par un amour authentique. Ces deux gamins étaient fous l'un de l'autre. Je ne devrais pas dire gamins. *Elle* n'avait rien d'une gamine. Elle était mariée, à ce que j'ai cru comprendre. Ce qui convenait sûrement à Charles.

Il réfléchit un instant puis ajouta :

— Il aurait peut-être mieux fait de l'épouser.

— Vous pensez qu'elle l'a abattu ?

— Je n'ai aucune raison de penser cela. Évidemment, ça n'a rien d'impossible. Sept ans, c'est long pour une jeune femme qui attend que son amoureux se décide.

— Est-ce qu'elle était là la nuit où il a disparu ?

— Je n'ai aucun moyen de le savoir. Tout ce que je peux vous dire, c'est qu'il y avait de la lumière dans la cabane. En fait, ça fait des semaines que je ne l'ai pas vue. J'ai bien l'impression qu'ils se retrouvaient ici assez souvent pendant l'été. Pratiquement tous les samedis soir.

— Et avant ça ?

Il s'appuya contre la porte scellée et réfléchit un moment, ses bras fins croisés sur le torse.

— Ils ne venaient pas ici de manière régulière, ça je le sais. La première fois que j'ai vu Bess ici, c'était à l'été 1943. C'était aussi la première fois que je la rencontrais. J'ai eu envie de faire son portrait. Mais Charles était très jaloux, et il ne m'a jamais reparlé de mon idée quand elle venait passer du temps à la cabane. Après cet été-là, je ne l'ai plus revue jusqu'en 1945, quand Charles a quitté l'Air Force. Les deux ou trois années suivantes, je l'ai vue assez régulièrement. Puis Charles est retourné à Harvard à l'automne 1948, pour étudier le droit, et je ne les ai plus revus jusqu'au printemps dernier. Il est possible qu'elle l'ait suivi à Cambridge. Je n'ai jamais interrogé Charles à son sujet.

— Pourquoi ?

— Comme je vous ai dit, il est jaloux et très secret pour tout ce qui concerne sa vie privée. Il doit ça en partie à sa mère. Mme Singleton a une vision, disons, austère de la libido humaine.

— Donc vous ignorez d'où elle venait, où elle allait, ce qu'elle faisait à Arroyo Beach, et avec qui elle était mariée ?

— Je n'ai de réponse à aucune de ces questions, non.

— Pouvez-vous me la décrire ?

— Si j'arrive à trouver des mots qui puissent lui rendre justice. C'était une jeune Aphrodite, une Vénus de Velasquez à tête de Scandinave.

— Vous pourriez me refaire ça en langage simple, monsieur Wilding ?

— Une Aphrodite scandinave sortant des eaux de la Baltique. (Le souvenir le fit sourire.) Elle était parfaite tant qu'elle n'ouvrait pas la bouche. Parce que dès qu'elle l'ouvrait, il devenait évident qu'elle avait appris l'anglais, si on peut appeler ça de l'anglais, dans un milieu qu'on pourrait qualifier de péniblement barbare.

— Vous me dites que c'était une blonde aux yeux bleus qui n'avait rien d'une dame, c'est bien cela ?

— Aux yeux bleu *baltique*, insista-t-il. Aux cheveux comme de pâles et jeunes soies de blé. Presque trop spectaculaire pour un portrait réaliste. Mais j'aurais vraiment adoré en faire un nu. (Ses deux yeux chalumeaux gravèrent une silhouette dans les airs.) Charles n'aurait jamais accepté.

— Pourriez-vous m'en dessiner un portrait de mémoire ? dis-je.

— Je pourrais si je le voulais. (Il donna un coup de pied dans la poussière comme un petit garçon rebelle.) Ça fait des années que je ne fais plus de figuratif. Je suis passé au pur espace, illuminé par l'inintelligible radiance de la nature, si vous voyez ce que je veux dire.

— Non.

— Quoi qu'il en soit, j'ai toujours refusé de pervertir mon art en le mettant au service de buts utilitaires.

— Hmm. Voilà qui est très noble. Vous vous êtes libéré de l'emprise du temps. Il se trouve qu'un ami à vous a sans doute fait de même, mais à la dure. La plupart des gens descendraient de leurs grands chevaux pour faire tout ce qu'ils peuvent pour aider.

Il me renvoya un regard amer et ridé. Je crus qu'il allait fondre en larmes. Au lieu de cela, il lâcha un autre de ses éclats de rire inhumains dont l'écho se réverbéra comme un cri de mouette folle jusqu'en bas du canyon.

— Je crois que vous avez raison, monsieur Sagittarius. Si vous voulez bien me raccompagner chez moi, je verrai ce que je peux faire.

Il ressortit de son atelier une demi-heure plus tard en agitant une feuille de papier à dessin.

— Voici votre portrait. Aussi figuratif qu'il m'a été possible de le faire. C'est un pastel traité au fixatif, donc faites attention à ne pas le plier.

Je pris le dessin qu'il me tendait. C'était une esquisse en couleurs d'un visage de jeune femme. Ses nattes de cheveux blonds très clairs étaient coiffées en couronne sur le haut de sa tête. Ses yeux brillaient de la lueur mate de l'émail. Wilding avait capturé sa beauté, mais elle était plus vieille dans le monde soumis au temps que sur ce portrait.

Il dut lire mes pensées :

— Je n'ai pu la dessiner que telle qu'elle était la première fois que je l'ai vue. C'est l'image que j'ai d'elle. Il faudrait la vieillir de sept ou huit ans.

— Elle a aussi changé de couleur de cheveux.

— Donc vous la connaissez.

— Pas très bien. Il faut que j'apprenne à la connaître mieux.

Chapitre 17

Je gravis le perron de la maison du Dr Benning et sonnai à la porte. Le trou que j'avais fait dans le coin de la vitre avait été réparé avec un bout de carton fixé au ruban adhésif. Le Dr Benning m'ouvrit en bras de chemise, bretelles déboutonnées. Ses cheveux en bataille formaient une bordure de grandes herbes fanées autour du désert de son cuir chevelu. Il ressemblait à un vieil homme battu, jusqu'à ce qu'il ouvre la bouche. Sa voix était cassante et impatiente :

— Oui, que puis-je pour vous ? Dites-moi, vous n'étiez pas dans ma salle d'attente, vous, hier après-midi ?

— Je ne suis pas venu pour une consultation, docteur.

— Alors vous êtes venu pour quoi ? Je viens juste de me lever.

— La police ne vous a pas contacté ?

— Non. Vous êtes de la police ?

— Détective privé. Je collabore avec la police. (Je lui montrai ma licence.) Nous enquêtons sur le meurtre d'une jeune femme de couleur du nom de Lucy Champion. Elle est passée vous voir hier après-midi.

— Vous l'avez suivie jusqu'ici ?

— Oui.

— Ça vous ennuierait de me dire pourquoi ?

Dans la lumière crue du matin ses yeux étaient pâles et fatigués.

— On me payait pour ça.

— Et maintenant elle est morte ?

— Elle m'a filé entre les doigts. Lorsque je l'ai retrouvée, en fin d'après-midi, elle s'était fait trancher la gorge.

— C'est étrange que vous ne soyez pas venu me parler plus tôt. Étant donné que c'était une de mes patientes et que je suis apparemment une des dernières personnes à l'avoir vue vivante.

— J'ai essayé de le faire hier soir. Votre épouse ne vous a rien dit ?

— Je n'ai pas encore eu l'occasion de lui parler ce matin. Elle ne se sent pas bien. Mais entrez, je vous en prie. Si vous voulez bien m'accorder quelques minutes, le temps de finir de m'habiller, je serai heureux de vous aider du mieux que je peux.

Il me fit entrer dans la salle d'attente. J'entendis le diminuendo de ses mules monter les escaliers. Il revint dix minutes plus tard, vêtu d'un costume de prêt-à-porter bleu froissé, et rasé de près. Il s'appuya sur le comptoir de l'accueil, s'alluma une cigarette puis me tendit le paquet.

— Merci, jamais avant le petit déjeuner.

— Je sais, c'est très mauvais de fumer à jeun. Je dis à mes patients de ne pas le faire, mais je ne peux pas m'en empêcher. On est comme ça, nous autres les médecins. On passe notre temps à faire de la médecine préventive, pour suivre le dernier mot d'ordre en vogue, et la moitié d'entre nous continue à mourir prématurément de surmenage. Docteur, soigne-toi toi-même.

Benning avait enfilé ses manières professionnelles en même temps que son costume.

— En parlant de mort prématurée, dis-je.

— Je ne devrais pas papoter comme ça. (Son sourire vif avait gardé des traces de charme enfantin.) C'est une mauvaise habitude que j'ai prise pour essayer d'établir une *relation* avec mes patients. Bien. Parlez-moi de cette patiente, Mlle Champion. Vous m'avez dit qu'elle s'est fait égorger, monsieur… Archer, c'est bien ça ?

— Elle s'est effectivement fait égorger, et c'est effectivement Archer.

— Quel genre de renseignements attendez-vous de moi, au juste ?

— Vos impressions, aussi bien professionnelles que personnelles. C'était la première fois qu'elle venait à votre cabinet, hier ?

— Je crois que c'était la troisième. Je suis vraiment désolé de l'état de mes registres. Je n'ai plus de vraie secrétaire depuis quelque temps. Et j'ai tellement de patients qui ne viennent qu'une seule fois et qui paient en liquide… C'est inévitable, quand on installe son cabinet dans un quartier, disons, pauvre. Je ne tiens pas toujours correctement mes dossiers de consultation, mais je tiens ma comptabilité de manière rigoureuse. Je me souviens qu'elle était venue me voir à deux reprises auparavant : une fois en milieu de semaine dernière, je crois, et une fois la semaine d'avant.

— Savez-vous qui lui avait indiqué votre nom ?

— Sa propriétaire, Mme Norris.

— Vous connaissez Mme Norris ?

— Oui, je la connais très bien. Elle m'a souvent assisté comme aide soignante. Anna Norris est une Noire des plus charmantes, à mon avis. Ou une dame à peau sombre, comme elle dit.

— Son fils est soupçonné de meurtre.

— Alex ? (Il eut un mouvement nerveux de la jambe et son talon heurta le comptoir.) Comment diable est-ce possible ?

— Il était sur les lieux. Lorsqu'on l'a arrêté, il a paniqué et il s'est enfui. Si on ne l'a pas rattrapé, il est probablement toujours en fuite.

— Tout de même, vous ne trouvez pas que c'est un suspect assez improbable ?

— Moi si. Le lieutenant Brake non. Alex avait une relation intime avec cette fille. Ils allaient se marier.

— Elle était beaucoup plus âgée que lui, non ?

— Quel âge avait-elle ?

— Je dirais dans les vingt-cinq ans. C'était une infirmière diplômée, avec plusieurs années d'expérience.

— Quel était son problème ?

Un long bout de cendre tomba de la cigarette qu'il avait négligée. Sans y penser, il l'écrasa sur la moquette du bout de sa vieille chaussure noire.

— Son problème ?

— Vous la suiviez pour quoi ?

— Oh, pour presque rien, répondit-il après un bref silence. Elle se plaignait de douleurs à l'abdomen. Je pense qu'elle souffrait de spasmes du colon. Son problème, c'est qu'elle en savait à la fois trop et pas assez sur les maladies. Elle dramatisait ses troubles en s'imaginant avoir un cancer. Évidemment, ce n'était pas du tout le cas. Juste un petit problème d'origine psychosomatique. Vous comprenez ?

— Plus ou moins. Ses symptômes étaient nerveux.

— Je ne dirais pas nerveux. (Benning grandissait sous le halo de son vaste savoir.) C'est la personnalité tout entière qui cause les troubles psychosomatiques. Dans notre société, une Noire, surtout une Noire très diplômée comme l'était Mlle Champion, est très souvent soumise à des frustrations, des motifs de colère qui peuvent entraîner une névrose. Un individu à forte personnalité aura tendance à exprimer sa névrose sous-jacente sous forme de symptômes physiques.

Je dis les choses crûment, mais c'est ce que Mlle Champion a fait. Elle se sentait opprimée, tiraillée par sa propre vie, et elle exprimait ça sous forme de crampes d'estomac.

Il s'arrêta pour respirer.

— Que faisait-elle à Bella City?

— J'aimerais bien le savoir, moi aussi. Elle prétendait être venue pour chercher du travail, mais je ne crois pas qu'elle s'était fait homologuer en Californie. Je paierais cher pour en apprendre plus sur son histoire sociale.

— Elle venait de Detroit. Famille pauvre et parents illettrés. Ça vous aide?

— Ça ne me renseigne guère sur sa vie psychique, si?

— En quoi sa vie psychique peut-elle être importante?

— Je voyais bien qu'elle souffrait d'autres phobies que celle de la maladie. Elle avait en elle une peur plus profonde et plus globale qui s'exprimait de différentes manières. J'ai essayé de le lui expliquer, de lui donner des pistes, mais ça la dépassait. Elle a craqué et a pleuré sur mon épaule. Et puis c'est sorti. Ses autres peurs sont sorties.

— De quoi avait-elle peur?

Il ouvrit les mains comme un conférencier.

— C'est difficile à dire. Je ne suis pas psychiatre, même si j'essaie de me tenir au courant de ce qui se publie dans ce domaine.

Il posa un regard circulaire sur la salle d'attente déserte, et une pulsion obscure le poussa à ajouter:

— C'est plus qu'on ne peut en dire de mes collègues dans cette minable petite ville.

— Ses peurs, elles étaient réelles ou juste imaginaires?

— C'est précisément ce à quoi je ne peux pas répondre sans en savoir davantage sur elle. (Ses yeux s'embuèrent sous l'effet de la réflexion.) La peur est toujours vécue comme réelle. La vraie question, au sujet de la peur, c'est de savoir si oui ou non elle est pertinente. Si oui ou non elle est justifiée au regard de la situation. En l'espèce, elle semble bien l'avoir été. Mlle Champion se croyait traquée, frappée d'un signe de mort.

— A-t-elle été plus précise ?

— Non. Je n'ai pas eu le temps de gagner sa confiance. Elle ne m'a d'ailleurs parlé de ces crises de persécution qu'au cours de sa dernière visite, hier. Vous avez enquêté sur sa vie et sur sa mort, monsieur Archer. Était-elle réellement traquée par quelqu'un ? Quelqu'un qui aurait fini par parvenir à ses fins ?

— Je l'ignore. Je la suivais moi-même. Je m'y suis pris comme un amateur et elle m'a repéré. Si elle était terrorisée, ça aurait pu suffire à la faire exploser en vol. (Je posai ensuite une question que je n'avais pas envie de poser.) Croyez-vous qu'elle aurait pu mettre fin à ses jours dans un violent accès de cafard ?

Le Dr Benning se mit à arpenter la pièce d'une porte à l'autre sur un chemin marqué par l'usure de la moquette. Lorsqu'il s'arrêta et se tourna vers moi, il semblait mal à l'aise.

— Je vais être franc avec vous. C'est ce que je craignais moi-même, et c'est la raison pour laquelle j'ai fait de mon mieux pour tenter d'apaiser sa terreur.

— Vous pensiez qu'elle avait des tendances suicidaires ?

— J'ai considéré cela comme une possibilité. C'est tout ce que je peux vous dire. Je ne suis pas psychiatre. (Il leva ses deux paumes ouvertes vers le ciel en signe d'impuissance navrée.) La plaie était-elle compatible avec l'hypothèse d'un suicide ?

— Elle m'a paru profonde pour une blessure auto-infligée. Brake ou le légiste adjoint pourraient répondre à cette question beaucoup mieux que moi. Et Brake va vouloir vous entendre.

— Je suis prêt, maintenant, si vous allez au poste.

Je lui dis que j'y allais. Benning attrapa un chapeau en passant dans le hall. Le crâne chauve ainsi couvert, il avait l'air beaucoup plus jeune. Mais ni suffisamment élégant ni suffisamment aisé pour être marié avec la femme avec laquelle il était marié.

Au moment de partir, il se retourna et cria vers le haut de l'escalier :

— Je sors, Bess. Tu as besoin de quelque chose ?

Il n'y eut pas de réponse.

Chapitre 18

Le bâtiment de briques blanc sale de l'hôtel de ville se distinguait des autres immeubles commerciaux et professionnels des alentours par la hampe de drapeau nue qui se dressait bien droit sur son petit bout de pelouse brûlée par le soleil. À l'arrière du bâtiment, une rampe en béton descendait d'un parking goudronné jusqu'à la porte verte éraflée du poste de police. Avant d'entrer, Benning se retourna vers moi en souriant amèrement pour lui-même.

— La porte des Enfers, dit-il.

Elle donnait sur un couloir aux murs verts où quelques ampoules plafonnières protégées par des grilles métalliques entretenaient une pénombre bilieuse. Sous les fragrances vives du détergent pour sols et du lustrant à métaux, les odeurs de peur et de germicide, de pauvreté et de vieille sueur murmuraient une histoire humaine compliquée. Dans le coin le plus reculé et le plus sombre, en face d'une porte marquée OFFICIER DE PERMANENCE, une silhouette monumentale était assise sur un banc en bois posé contre le mur.

Elle appartenait à une grosse femme noire vêtue d'un pardessus de toile noire. Les cheveux qui dépassaient sous le rebord de son chapeau de feutre noir avaient la couleur et la texture de la laine argentée. Je reconnus cette femme lorsqu'elle tourna le visage vers nous.

Ce fut Benning qui parla le premier.

— Madame Norris !

Et il marcha vers elle les bras tendus. Elle les lui prit, leva son lourd et sombre visage vers lui et dit :

— Je suis contente de vous voir, docteur.

Hachurés par les ombres, son nez, sa bouche et son menton ressemblaient à de l'obsidienne façonnée par des siècles de pluie et de vent. Seuls ses yeux brillaient d'une petite lueur de vie triste :

— Ils ont arrêté Alex. Il est accusé de meurtre.

— Ça doit être une erreur, dit-il d'une voix de garde-malade. Je sais que c'est un bon petit gars.

— Oui, c'est un bon petit gars, dit-elle en me regardant d'un air interrogateur.

— C'est M. Archer, madame Norris. Il travaille sur cette enquête. M. Archer venait de me dire qu'il pense qu'Alex est innocent.

— Merci, monsieur Archer. Heureuse de faire votre connaissance.

— Quand l'ont-ils arrêté ?

— Tôt ce matin, dans le désert. Il essayait de quitter l'État. La voiture est tombée en panne. Il s'est conduit comme un jeune imbécile, à fuir comme il l'a fait. C'est deux fois pire pour lui, maintenant qu'ils l'ont rattrapé.

— Vous lui avez trouvé un avocat ? demanda Benning.

— Oui. J'ai appelé M. Santana. Il est dans la Sierra pour le week-end, mais sa bonne a pu le contacter.

— C'est quelqu'un de bien, ce Santana. (Il lui tapota l'épaule puis se dirigea vers la porte de l'officier de permanence.) Je vais parler à Brake, et voir ce que je peux faire pour Alex.

— Je sais qu'Alex tient un ami fidèle en vous, docteur.

Ses mots étaient pleins d'espoir, mais son dos et ses épaules ployaient sous la résignation. Lorsqu'elle vit que je voulais m'asseoir, elle ramassa son manteau sous ses cuisses et poussa son corps de quelques centimètres sur le côté – laissant un soupir involontaire s'échapper de ses replis d'accordéon. Je m'assis sur un chaotique abécédaire d'initiales gravées dans le bois tendre du banc.

— Vous connaissez mon fils, monsieur Archer ?

— Lui et moi avons un peu parlé hier soir.

— Et vous ne pensez pas qu'il soit coupable ?

— Non. Il avait l'air très épris de Lucy.

Elle pinça ses grosses lèvres d'un air méfiant et dit d'une voix plus basse :

— Qu'est-ce qui vous fait dire ça ?

— Il me l'a dit lui-même. Et ça se voyait à chacun de ses actes.

Cette réponse la rendit silencieuse un long moment. Sa main noire timide se posa très doucement sur mon avant-bras, puis battit en retraite sur son giron. Une fine alliance était enfouie presque hors de vue sous la chair de son annulaire.

— Vous êtes de notre côté, monsieur Archer ?

— Je suis du côté de la justice, quand j'arrive à la voir. Quand je n'y arrive pas, je suis du côté des pauvres gars.

— Mon fils n'est pas un pauvre gars, dit-elle dans un sursaut de fierté.

— Il risque de se faire traiter comme tel, j'en ai peur. Je crains vraiment que les flics ne soient tentés de lui faire porter le chapeau. La seule manière certaine d'éviter ça, c'est de retrouver le meurtrier. Vous pouvez m'y aider.

Je me tus et pris une profonde respiration.

— Je crois que vous êtes quelqu'un de bien, monsieur Archer. (Je la laissai le croire.) Je vous dirai ce que vous voudrez, je ferai ce que vous voudrez. Vous avez raison. Mon fils était fou de cette fille. Il voulait l'épouser. J'ai fait de mon mieux pour empêcher ça. J'ai fait tout ce que je pouvais. Alex n'a que dix-neuf ans, il est beaucoup trop jeune pour penser au mariage. Je voulais qu'il fasse des études. J'ai essayé de lui expliquer que dans ce pays un homme à la peau sombre n'est rien sans une bonne éducation. Et Lucy n'était pas une femme pour lui. Elle était plus âgée que lui, cinq ou six ans plus âgée que lui, et elle était bien délurée. Je l'ai renvoyée de chez moi hier et elle s'est fait tuer. Je reconnais que j'ai fait une erreur. Je me suis laissé emporter par la colère. Elle n'avait aucun lieu sûr où se réfugier. Si j'avais su ce qui l'attendait, jamais je ne l'aurais mise à la porte.

— Ce n'est pas votre faute. Je crois que ce qui est arrivé devait arriver.

— Vraiment ?

— Elle portait quelque chose de trop lourd pour elle.

— C'est aussi ce qu'il me semblait. Oui. Elle avait peur. (Mme Norris se pencha vers moi avec un air lourd de confidence.) J'ai senti dès le début que cette Lucy Champion allait me porter la poisse, à moi et ma maison. Elle était de Detroit. Je connais bien cette ville, j'y ai vécu quand Alex était petit. Hier soir, quand ils sont venus me voir pour m'annoncer qu'elle avait été assassinée, c'était comme si tout ce que j'avais redouté pour moi et pour Alex s'était soudain produit. Tout ce que j'avais redouté pendant tout le temps où nous déménagions de ville en ville pour trouver du travail, pendant la Grande Dépression. C'était comme si ça avait fini par se produire, ici, d'un coup, dans cette vallée. Après toutes ces années passées à trimer, à prévoir pour l'avenir, à toujours tout faire pour conserver la respectabilité de mon patronyme.

Je plongeai mes yeux dans les siens, deux profondes sources noires nourries par le profond fleuve noir du passé, et ne trouvai rien à lui dire.

— Je me suis mal exprimée, dit-elle avec un regain d'énergie. Ce n'était pas de mon nom que je me souciais, c'était de mon fils. Je croyais que si nous arrivions à quitter ces grandes villes du Nord, si nous arrivions à avoir une maison bien à nous dans un endroit décent, je pourrais l'élever correctement, comme son père aurait voulu que je le fasse. Et voilà qu'il se retrouve en prison.

— Où est son père ? Ça serait bien qu'il vienne vous soutenir.

— Oui, ce serait bien. Le père d'Alex est mort à la guerre. M. Norris était premier maître de première classe dans la Navy.

Elle se moucha en donnant à son geste l'énergie et la valeur d'un point d'exclamation, puis s'épongea les yeux.

J'attendis quelques instants, puis dis :

— Quand Lucy Champion s'est-elle installée chez vous ?

— Elle est arrivée en taxi un dimanche matin avant l'office. Ça doit faire pile deux semaines aujourd'hui. Je n'aime pas beaucoup faire des affaires le jour du Seigneur, mais je n'avais pas non plus le droit de la laisser tomber juste pour satisfaire mes petites convenances personnelles. Les hôtels honnêtes lui étaient tous fermés dans cette ville, et la plupart des endroits où les gens de notre peuple peuvent se loger sont de vrais trous à rats que l'on n'oserait même pas louer comme chenil. Elle parlait bien, elle était bien habillée. Elle m'a dit qu'elle était en vacances et qu'elle souhaitait loger chez l'habitant. J'avais une chambre libre depuis le printemps et j'avais besoin d'argent pour payer les études d'Alex. Il commence la faculté à la rentrée.

"Elle m'a fait l'effet d'être une petite âme paisible, bien que nerveuse et timide. Elle ne sortait pour ainsi dire que pour aller déjeuner. Elle se faisait elle-même son petit déjeuner dans sa chambre et elle prenait ses dîners avec nous. Elle était en demi-pension, vous voyez.

— Elle mangeait bien ?

— Maintenant que vous en parlez, non. Elle picorait comme un moineau. Je lui ai demandé une ou deux fois si ma cuisine ne lui plaisait pas, mais elle ne m'a répondu que de manière très vague.

— Vous a-t-elle fait part d'un quelconque problème de santé ?

— Non, jamais, monsieur Archer. Ah, si, excusez-moi. Elle s'est plainte de maux de ventre. De crampes d'estomac.

— C'est là que vous l'avez envoyée voir le Dr Benning ?

— Je ne l'ai pas envoyée. Je lui ai dit que si elle avait besoin d'aller au… pardon, chez le docteur, le Dr Benning était quelqu'un de bien. J'ignore si elle y est allée ou non.

— Elle y est allée. Mais elle ne vous a jamais parlé de lui ?

— Pas que je me souvienne, à part la fois où je le lui ai recommandé.

— Et vous a-t-elle parlé de Mme Benning ?

— Mme Benning ? Je ne connais pas de Mme Benning. Le docteur Benning n'est pas marié.

— Je l'ai rencontrée hier soir, chez lui. Du moins, j'ai rencontré chez lui une femme qui s'est présentée à moi comme étant Mme Benning.

— Vous devez parler de Florida Gutierrez. Elle travaille pour le docteur. Mais jamais il ne l'épouserait. Le Dr Benning n'épousera plus aucune femme, pas après tous les ennuis que sa première épouse lui a créés.

— Il est veuf ?

— Divorcé, dit-elle sèchement sans parvenir à masquer sa désapprobation.

Puis elle se hâta d'ajouter :

— Oh, je ne lui reproche rien, si ce n'est d'avoir eu la bêtise d'épouser une femme beaucoup plus jeune que lui. C'était une Jézabel pour lui, une Jézabel blonde qui l'a maltraité de la façon la plus éhontée. Ça a fini comme je m'y attendais. Elle l'a quitté, elle a demandé le divorce. Du moins, c'est ce qu'on m'a dit. (Elle se redressa et se ressaisit brusquement.) Je devrais aller me frotter la bouche au savon, à colporter ce genre de saletés le jour du Seigneur.

— Comment s'appelait-elle, madame Norris ?

— Elizabeth Benning. Le docteur l'appelait Bess. Je ne connais pas son nom de jeune fille. Il l'a épousée pendant la guerre, quand il était médecin officier dans la Navy. C'était avant qu'on ne descende du Nord pour s'installer ici.

— Et ça fait longtemps qu'elle l'a quitté ?

— Bientôt deux ans. Il était bien mieux sans elle, même si je ne me suis jamais permis de le lui dire.

— Apparemment, elle est revenue.

— Là, maintenant ? Chez lui ?

J'acquiesçai.

Sa bouche se pinça de nouveau. Son visage entier se referma à moi. La défiance vis-à-vis des Blancs était profondément enfouie en elle, comme une strate géologique déposée par le temps au fil de générations et de générations.

— Vous ne répéterez pas ce que je vous ai dit, n'est-ce pas ? J'ai une langue de vipère et je n'ai toujours pas appris à la dompter.

— Je suis là pour essayer de vous tirer de l'eau, pas pour vous y enfoncer la tête.

Elle se tut un assez long moment, puis se remit à parler d'une voix lente.

— Je vous crois. Et c'est donc vrai, elle est revenue chez lui ?

— Elle est bien là, dans la maison. Lucy ne vous a pas du tout parlé d'elle ? Elle est allée voir le docteur à trois reprises, et Mme Benning travaille pour lui comme secrétaire.

— Non, elle ne m'en a jamais parlé, me répondit-elle de bon gré.

— Le docteur m'a dit que vous aviez une certaine expérience en matière de santé. Est-ce que Lucy vous a semblé présenter des symptômes d'une maladie quelconque, physique ou mentale ?

— Elle m'a toujours fait l'effet d'être une jeune femme en bonne santé, mis à part son petit appétit. Ceci dit, il est vrai que quand on boit, on a souvent peu d'appétit.

— Elle buvait ?

— J'ai découvert à ma grande tristesse et à ma grande honte qu'elle était alcoolique. Et maintenant que vous mentionnez sa santé, monsieur Archer, il faut que je vous parle d'une chose qui m'a toujours intriguée.

Elle ouvrit le fermoir de son sac à main noir et y farfouilla quelques instants avant d'en sortir un thermomètre médical dans un étui de skaï noir. Elle me le tendit.

— Je l'ai trouvé après son départ, dans l'armoire à pharmacie au-dessus du lavabo de sa chambre. Ne le secouez pas. Jetez un coup d'œil à la température.

J'ouvris l'étui et tournai le petit tube de verre jusqu'à ce que la colonne de mercure apparaisse. Elle indiquait 41,7 °C.

— Vous êtes sûre que c'est bien celui de Lucy ?

Elle me montra les initiales inscrites sur l'étui : L. C.

— Aucun doute là-dessus. Elle était infirmière.

— Mais c'est impossible, n'est-ce pas ? J'ai toujours entendu dire qu'au-dessus de 41,5°, c'était mortel.

— C'est vrai, pour les adultes. Moi non plus je ne comprends pas. Vous croyez que je dois en parler à la police ?

— Je m'en chargerai, si vous voulez. En attendant, pouvez-vous m'en dire plus sur ses habitudes ? Vous m'avez dit qu'elle était réservée et timide…

— Oui, au début, elle était vraiment très réservée et très timide. Elle restait dans son coin. Elle passait la plupart de ses soirées dans sa chambre avec un petit gramophone portatif qu'elle avait apporté. Je trouvais que c'était une façon bien étrange de passer ses vacances pour une jeune femme de son âge, et je le lui ai dit. Ça l'a fait rire, mais pas de manière plaisante. Elle est devenue hystérique. C'est là que j'ai compris toute la tension qu'elle avait en elle. J'ai alors commencé à sentir cette tension planer dans l'atmosphère quand elle était à la maison. Et j'avais l'impression qu'elle y était vingt-trois heures sur vingt-quatre.

— A-t-elle reçu de la visite ?

Elle hésita.

— Non, aucune. Elle passait son temps dans sa chambre avec cette musique de jazz à la radio. Et puis j'ai découvert qu'elle buvait. Un jour, je faisais le ménage dans sa chambre à l'heure du déjeuner, pendant qu'elle était partie manger en ville. J'ai ouvert un tiroir pour changer le papier que je mets toujours au fond pour que ce soit propre, et là j'ai vu les bouteilles de whisky. Il y en avait trois ou quatre, des flasques de 50 centilitres, vides.

Sa voix était nouée d'indignation.

— Ça lui calmait peut-être les nerfs.

Elle me fixa d'un regard vif.

— C'est exactement ce qu'a dit Alex quand je lui en ai parlé. Il la défendait, et c'est là que j'ai commencé à réfléchir à la situation. Au fait de les avoir tous les deux ensemble sous le même toit. C'était en fin de semaine dernière. Et puis, au milieu de la semaine, mercredi soir pour être exacte, je l'ai entendue faire du bruit dans sa chambre. J'ai frappé à sa porte et elle m'a ouvert en nuisette de soie, et Alex était avec elle dans la chambre. Elle a dit qu'elle apprenait à mon fils à danser. De toute évidence, elle apprenait à mon fils les turpitudes du monde, en petite nuisette de soie rouge, et je le lui ai dit en face. (Son ventre se souleva sous l'effet de la colère remémorée, comme secoué par une réplique après un tremblement de terre.) Je lui ai dit qu'elle salissait mon pieux foyer en le transformant comme ça en salle de bal, et qu'elle devait laisser mon fils tranquille. Elle a répondu que c'était Alex qui lui avait demandé, et lui il l'a soutenue, il a dit qu'il l'aimait. Et là, j'ai été dure avec elle. Sa nuisette de soie rouge sur son corps insolent, ça m'a fait perdre toute charité. Ma vilaine colère est montée et je lui ai dit qu'elle avait le choix, soit elle laissait mon fils tranquille, soit elle prenait la porte là, sur-le-champ, en nuisette. Je lui ai dit que j'avais des projets bien meilleurs pour mon fils que tout ce qu'elle pourrait jamais lui apporter. Et alors Alex m'a répondu. Il a dit que si Lucy Champion s'en allait, il s'en irait avec elle.

En un sens, c'était ce qu'il avait fait. Le regard embué de sa mère semblait suivre son image dans les ténèbres où Lucy l'avait précédé.

— Mais vous lui avez permis de rester, dis-je.

— Oui. Les désirs de mon fils ont du pouvoir sur moi. Lucy est partie d'elle-même le lendemain matin, mais sans prendre ses affaires. Je ne sais pas où elle a passé la journée. Je sais qu'elle a pris un bus quelque part, parce qu'à son retour, le soir, elle s'est plainte du service. Elle semblait très agitée.

— Jeudi soir ?

— Oui, c'est ça. Jeudi soir. Vendredi, elle est restée calme et timide toute la journée, mais, sous ce masque, elle avait l'air inquiète. Je pressentais qu'elle tramait quelque chose, et j'avais peur qu'elle ne s'enfuie avec Alex. Le soir, il y a encore eu du raffut. J'ai compris qu'il y en aurait toujours, et de plus en plus, si elle ne partait pas.

— C'était quoi, le raffut de vendredi soir ?

— J'ai honte d'en parler.

— C'est peut-être important. (Je me rappelai la querelle que j'avais surprise et je subodorais ce que Mme Norris avait du mal à dire.) Elle a eu de la visite, n'est-ce pas ?

— Je vais essayer de vous répondre, si ça peut aider Alex. (Elle prit une profonde respiration.) Oui, Lucy a eu de la visite vendredi soir. Un homme. Je l'ai entendu entrer par sa porte à elle, sur le côté, et ensuite je l'ai guetté et je l'ai vu quand il est reparti. Elle recevait un homme dans sa chambre. Un Blanc. Je n'en ai pas parlé le soir même, parce que je me méfie de ma colère. Je me suis promis de prier et de dormir avant de dire quoi que ce soit, mais j'ai très peu dormi. Lucy s'est levée tard puis elle est sortie pour déjeuner pendant que je faisais les courses. À son retour, elle a joué les tentatrices devant mon fils. Elle l'a embrassé en pleine rue, en public. C'était de la débauche. Parfaitement éhontée. Je l'ai sommée de partir et elle est partie. Mon fils voulait m'abandonner pour partir avec elle. Là, je n'ai pas pu me retenir de le lui dire. De lui parler de l'homme qu'elle avait reçu dans sa chambre.

— Vous n'auriez pas dû.

— Je sais. Je le reconnais. C'était cruel et méprisant de ma part. Et ça ne l'a pas empêché de la suivre. Un peu plus tard dans l'après-midi, elle l'a appelé à la maison pour lui demander de la rejoindre, et il est parti. Je lui ai demandé où il allait. Il a refusé de me répondre. Il a pris la voiture sans me demander la permission. Là, j'ai su que je l'avais perdu, quoi qu'il puisse arriver par la suite. C'était la première fois qu'il me désobéissait.

Elle s'affaissa brusquement pour sangloter dans ses mains, Rachel noire pleurant les espoirs saccagés de toutes les mères pour tous les fils, noirs, blancs, basanés. L'officier de permanence sortit de son bureau et la regarda en silence quelques instants avant d'ouvrir la bouche :

— Elle va bien ?

— Elle se fait du souci pour son fils.

— Elle peut, dit-il sèchement. Vous êtes Archer ?

Je confirmai.

— Le lieutenant Brake est prêt à vous recevoir dans son bureau, si vous voulez bien.

Je le remerciai et il s'éclipsa sans attendre.

L'accès de chagrin de Mme Norris s'était apaisé aussi brusquement qu'il était apparu.

— Je suis vraiment navrée, dit-elle.

— Ce n'est rien. Vous devez vous efforcer de vous dire qu'Alex peut malgré tout être quelqu'un de bien, même s'il vous a désobéi. Il est assez grand pour prendre des décisions.

— Ça, je pourrais l'accepter, dit-elle. Mais qu'il me quitte pour une fille légère, banale ? C'était cruel et c'était mal. Elle l'a mené droit en prison.

— Vous n'auriez pas dû tirer sur les ficelles de sa jalousie, dis-je.

— Avez-vous perdu votre foi en lui à cause de ça ?

— Non. Mais ça lui donne un mobile. La jalousie est une substance dangereuse avec laquelle il vaut mieux ne pas jouer. Surtout si on n'est pas sûr de son fait.

— Le fait était on ne peut plus clair. Elle était dans sa chambre, nuitamment, avec un homme blanc.

— Elle ne louait qu'une seule pièce.

— C'est vrai.

— Où aurait-elle pu recevoir de la visite, si ce n'est dans sa chambre ?

— Dans mon salon, en tout bien tout honneur, dit-elle. Elle avait le droit d'utiliser mon salon comme elle voulait.

— Elle avait peut-être envie d'un peu d'intimité.

— Pour faire quoi, je vous le demande.

La question était purement rhétorique.

— Un homme peut rendre visite à une femme pour des tas de raisons. À quoi ressemblait-il, celui-là ?

— Je ne l'ai vu que très brièvement, à la lumière du lampadaire, au coin de la rue. C'était un homme d'allure banale, de taille moyenne, d'âge moyen. Enfin, disons qu'il ne m'a pas paru très vif dans ses mouvements. Je n'ai pas regardé son visage. Je ne voulais pas le voir.

— Avez-vous remarqué ses vêtements ?

— Oui. Il portait un panama de paille et une veste claire. Son pantalon était plus sombre. Il ne m'a pas fait l'effet de quelqu'un de respectable.

— Ce n'est probablement pas quelqu'un de respectable, madame Norris. Mais je peux vous assurer qu'il lui a rendu visite pour un motif professionnel.

— Vous le connaissez ?

— Il s'appelle Max Heiss. C'est un détective privé.

— Comme vous.

— Pas tout à fait.

Je me levai pour aller parler à Brake. Elle me retint par le bras.

— J'ai trop parlé, monsieur Archer. Vous pensez toujours qu'Alex est innocent ?

— Bien sûr, lui dis-je.

Mais j'étais troublé par le mobile qu'elle avait fourni. Mme Norris perçut mes doutes et me remercia d'un air triste, puis elle lâcha mon bras.

Chapitre 19

Le bureau de Brake était un petit cube austère aux murs du même vert que le couloir. Sous le plafond, des tuyaux de chauffage serpentaient comme des sections de viscères métalliques. Tout en haut d'un mur, une unique lucarne diffusait un minuscule carré de ciel.

Le Dr Benning était inconfortablement assis sur une chaise adossée au mur, son chapeau sur les genoux. Brake parlait au téléphone avec son habituel mélange de flegme et de vivacité :

— Vous savez ce que ça veut dire, “j'suis occupé” ? C'est le boulot de la police des routes, votre truc. Moi, ça fait vingt ans que je ne fais plus la circulation.

Il raccrocha et passa ses doigts comme une herse dans ses cheveux couleur poussière. Puis il fit comme s'il venait de remarquer ma présence dans l'embrasure de sa porte.

— Ah, c'est vous. Vous avez décidé de nous faire l'honneur d'une petite visite. Entrez, asseyez-vous. Le toubib vient de me dire que vous vous intéressiez activement à cette affaire.

Je m'assis à côté de Benning, qui souriait d'un air désapprobateur et s'apprêtait à ouvrir la bouche pour parler. Brake ne lui en laissa pas le temps.

— Puisque vous êtes là, autant en profiter pour mettre tout de suite deux ou trois choses au clair. Je ne suis pas un solitaire. J'apprécie l'aide que l'on peut m'apporter, qu'elle vienne de détectives privés, de simples citoyens ou de n'importe qui. Par exemple, je vous sais gré d'avoir dit au toubib de passer me rencarder sur la personnalité du cadavre.

— Que pensez-vous de l'hypothèse du suicide ?

Brake balaya ma question d'un revers de la main.

— J'y viendrai. Mais il y a d'abord une chose que vous devez bien comprendre. Si vous voulez continuer à bosser sur cette affaire, à parler à mes témoins et à fouiner un peu partout, j'ai besoin de savoir sur quel pied je dois danser avec vous et votre cliente.

— Ma première cliente m'a plaqué.

— Dans ce cas qu'est-ce que vous cherchez ? Le toubib m'a dit que vous pensiez que notre but à nous, c'était de charger le jeune Norris.

— Je ne l'ai pas dit aussi brutalement que ça, dit Benning. Il se trouve que je suis d'accord avec M. Archer. Je pense moi aussi que ce petit gars est probablement innocent.

— C'est ce que vous pensez, monsieur Archer ?

— Oui. J'aimerais parler à Alex…

— Je m'y attendais. Vous ne travailleriez pas pour sa mère, maintenant, à tout hasard ?

— Vous êtes sujet aux délires de persécution, lieutenant ?

Une ombre d'hostilité passa lentement sur son visage, l'assombrissant comme l'ombre d'un nuage rampant sur un versant de colline.

— Vous reconnaissez tenir Norris pour innocent. Avant qu'on continue à parler, j'aimerais savoir si vous êtes venu ici chercher des preuves pour étayer votre thèse, comme une saleté d'avocat. Ou bien si vous êtes venu ici chercher des preuves, point final.

— Des preuves, point final. J'ai été engagé hier soir par une certaine Mlle Sylvia Treen. Elle travaille comme dame de compagnie auprès de Mme Charles Singleton.

Benning se pencha en avant en entendant ce deuxième patronyme :

— C'est la femme dont le fils a disparu, n'est-ce pas ?

— Absolument, dit Brake. On a eu un avis de recherche la semaine dernière. Puis on a trouvé cette coupure de presse dans le sac de Champion. Depuis, je n'arrête pas de me demander quel lien il peut y avoir entre un disparu de la haute comme Singleton et une petite moricaude qui vient tenter sa chance dans la vallée. Vous avez une idée, toubib ?

— Je n'y ai pas vraiment réfléchi. (Il y réfléchit.) À première vue, je dirais qu'il est possible que le lien soit purement fortuit. Je sais que certains de mes patients trimbalent toutes sortes de choses sans aucun lien avec quoi que ce soit. Des coupures de journaux, ce que vous voulez. Les femmes en situation de désarroi émotionnel s'identifient souvent avec les gens qu'on voit dans les journaux.

Brake se tourna vers moi d'un air impatient :

— Et vous Archer ? Vous avez une opinion ?

Je jetai un œil au long visage sérieux de Benning et me demandai ce qu'il savait au juste à propos de sa femme. Je n'étais pas payé pour le tuyauter sur son passé.

— Non, aucune. Aucune que vous ne pourriez transformer en passoire d'un seul coup d'escopette.

— Je préfère le .45, dit Brake. Et votre cliente ? Mlle Treen, c'est bien ça ?

— Mlle Treen m'a donné des détails sur la disparition de Singleton.

Je les transmis à Brake, du moins je lui en transmis suffisamment pour m'assurer sa coopération à Bella City sans toutefois risquer de la regretter à Arroyo Beach. Je laissai totalement de côté la dame blonde.

Ennuyé par ma version expurgée, Brake trifouillait les papiers qui encombraient son trieur d'arrivée du courrier et jouait à faire claquer un élastique entre ses doigts. De son côté, Benning m'écoutait avec une attention nerveuse.

Lorsque j'eus fini, le docteur se leva brutalement.

— Si vous voulez bien m'excuser, je dois passer à l'hôpital avant d'aller à l'église, dit-il en faisant tourner son chapeau dans ses mains.

— Merci d'être venu, dit Brake. Vous pouvez aller jeter un coup d'œil au cadavre si ça vous chante, mais ça m'étonnerait que vous y déceliez la moindre trace d'hésitation. Je n'ai jamais vu de suicidé dont la plaie à la gorge ne trahisse aucune hésitation dans le geste. Je n'ai jamais vu non plus de plaie aussi profonde.

— Elle est à la morgue de l'hôpital ?

— Ouais, en attente d'autopsie. Allez-y, et dites au planton que vous venez de ma part.

— Je travaille à l'hôpital, dit Benning avec son petit sourire amer privé.

Il cala son chapeau sur sa tête et se dirigea vers la porte en se déplaçant de biais à grandes enjambées gauches.

— Un instant, docteur. (Je me levai et lui tendis le thermomètre que Mme Norris m'avait donné.) J'aimerais savoir ce que vous pensez de ça.

Il le sortit de son étui et le porta à la lumière.

— 41,7. C'est une sacrée température.

— Est-ce que Lucy avait de la fièvre hier ?

— Pas à ma connaissance.

— Lorsque vous auscultez un patient, vous prenez sa température, n'est-ce pas ?

Il répondit après un bref silence :

— Oui, je m'en souviens maintenant. J'ai effectivement pris la température de Mlle Champion. Elle était dans la normale. Elle n'aurait pas tenu longtemps avec 41,7 degrés de fièvre.

— Elle n'a pas tenu longtemps.

Brake fit le tour de son bureau et prit le thermomètre de la main de Benning.

— Où avez-vous trouvé ça, Archer ?

— Mme Norris vient de me le confier. Elle l'a trouvé dans la chambre de Lucy.

— Elle a pu le chauffer avec une allumette, pas vrai toubib ?

Benning eut l'air déconcerté.

— Ça n'aurait pas grand sens, dit-il.

— Ça en a pour moi. Elle pourrait chercher à prouver que Champion était délirante et qu'elle s'est tuée dans un accès de folie.

— Je ne crois pas, dis-je.

— Attendez une minute. Attendez. (Brake frappa le plateau de son bureau de la paume de sa main, comme un coup de masse.) Champion est arrivée ici vers le premier du mois, c'est bien ça ?

— Il y a deux semaines exactement.

— C'est ce que je pensais. Vous vous rappelez la chaleur qu'on a eue le week-end d'il y a quinze jours ? 41,7 °C. Ce n'était pas Champion qui avait de la fièvre, c'était toute cette foutue ville.

— Vous confirmez, docteur ? dis-je. Est-ce qu'un thermomètre médical peut garder ce genre de température ?

— Si on ne le secoue pas. Les miens le font sans cesse, j'aurais dû m'en souvenir.

— Voilà votre indice qui disparaît, dit Brake.

— Et me voilà qui disparais aussi, ajouta Benning en une piètre tentative de trait d'esprit.

Lorsque la porte se fut refermée derrière lui, Brake se laissa aller contre le dossier de son fauteuil et s'alluma un cigare.

— Vous pensez qu'il y a quelque chose à tirer, vous, de l'idée du toubib comme quoi cette Champion souffrait de phobie ?

— Il a l'air de s'y connaître en psychologie.

— Ça c'est sûr. Il m'a dit qu'il aurait aimé devenir psychiatre, mais qu'il avait dû renoncer parce qu'il n'avait pas de quoi se payer cinq ans d'études supplémentaires. S'il me dit que cette fille était branque, je veux bien le croire sur parole. Il sait de quoi il parle. Le problème, c'est que moi non. (Il souffla un anneau de fumée et le transperça d'un majeur obscène.) Moi, je suis adepte des preuves matérielles.

— Vous avez quoi, en l'occurrence ?

— J'en ai assez. Vous gardez ça sous votre chapeau ? Vous allez pas vous précipiter pour tout balancer à la défense ?

Je le pris au mot :

— Vous ne trouvez pas que c'est vous qui vous précipitez un peu, là ?

— Dans ce métier, j'ai appris à regarder loin devant moi.

Il sortit une boîte à pièces à conviction en acier du tiroir du bas de son bureau et l'ouvrit. Elle contenait le coutelas au manche de bois noir gravé. En séchant, les taches de sang sur la lame courbe avaient viré au marron sombre.

— Je l'ai déjà vu.

— Mais vous ignorez à qui il appartient.

— Pas vous ?

— J'ai montré ce coutelas à Mme Norris hier soir, avant qu'elle apprenne comment Champion a été tuée. Elle l'a immédiatement reconnu. Son mari l'a offert à Alex, par colis postal envoyé depuis les Philippines, il y a environ sept ans de ça. Le gosse l'a toujours gardé depuis. Il l'avait accroché au mur de sa chambre et Mme Norris le voyait tous les matins quand elle passait faire son lit. Jusqu'à hier matin.

— C'est elle qui vous a dit ça ?

— Oui. Alors peut-être bien que Champion avait de sales bouffées délirantes comme le toubib a dit. Peut-être bien qu'il y a un lien qu'on ne connaît pas avec l'affaire Singleton. Mais je ne vais pas me pourrir la vie à essayer de démêler ça. J'en ai assez là-dedans pour déférer *et* faire condamner.

Il referma la boîte à pièces à conviction, la verrouilla et la remit dans son tiroir.

J'avais passé la matinée à me demander si je devais raconter à Brake tout ce que je savais. Je décidai de m'en abstenir. Les mèches éparses de plusieurs vies – celles de Singleton et de sa blonde, celle de Lucy, celle d'Una – s'entremêlaient dans cette affaire. Le motif que je devinais en défaisant les nœuds un par un était trop complexe pour que je puisse l'expliquer dans la langue des preuves matérielles. Le cerveau de Brake était une boîte à pièces à conviction remplie du genre de faits que l'on pouvait enfoncer dans le crâne d'un petit juge bouseux à coups de marteau. Ce n'était pas une petite affaire bouseuse.

— Vous avez interrogé le gamin, au sujet du coutelas ? Il n'est pas stupide. Il savait forcément que cette arme était identifiable. Vous croyez qu'il aurait pu s'en servir pour commettre un meurtre et le laisser sur les lieux de son crime ?

— Il ne l'a pas laissé sur les lieux de son crime. Il a voulu le récupérer. Vous l'avez vu revenir vous-même. Il vous a sauté dessus.

— Ce n'est pas important. Il a cru que j'en voulais à Lucy, et ça l'a rendu fou. Il était sous tension.

— Ça c'est sûr. C'est même dans mon dossier. C'est un gars impulsif. Je ne pense pas qu'il y ait eu préméditation, vous voyez. Je pense que c'est un crime passionnel. Un simple homicide. Il a voulu se la faire et elle a résisté. Ou bien il a tenté de forcer la porte de son petit trésor en pleine partie de paluches. Mais elle, elle ne voulait pas de ça. Il a fondu un plomb, il l'a égorgée, il s'est tiré. Et puis il a repensé à son coutelas et il revenu pour le chercher.

— Votre histoire colle avec les éléments concrets. Pas avec notre suspect.

Il était clair que dès que Brake découvrirait l'histoire de jalousie, ce mobile potentiel lui donnerait un dossier en béton.

— Vous ne connaissez pas ces gens aussi bien que moi. Moi, je me les coltine tous les jours.

Il déboutonna sa manche de chemise gauche et dénuda un avant-bras puissant grêlé de taches de rousseur. Une cicatrice blanche courait en zigzag du poignet jusqu'au coude.

— Le petit jeune qui m'a fait ça en voulait à mon cou.

— Et ça suffit à faire de Norris un égorgeur ?

— C'est plus compliqué que ça.

Brake était sur la défensive, malgré son honorable cicatrice. Le monde violent pour et contre lequel il se battait ne lui plaisait pas plus à lui qu'à personne d'autre, et il le savait.

— Vous avez raison, c'est plus compliqué que ça. Il y a trop de gens qui s'intéressaient à Lucy. Si j'étais vous, je ne me contenterais pas du premier suspect venu. Les choses ne sont pas aussi simples.

— Vous m'avez mal compris, dit-il. Ce gamin se comporte comme un coupable. Ça fait trente ans que je les regarde dans le fond des yeux en les écoutant parler. (Il n'avait pas besoin de me le dire. Ces trente années se lisaient sur son visage comme des traces d'incendie sur un vieil arbre.) C'est vrai, je ne suis qu'un joueur de petit championnat régional. D'accord. Mais c'est mon championnat. Cette histoire de meurtre est une petite affaire de petit championnat.

— C'est compliqué, comme truc, le sentiment de culpabilité. Rien que l'aspect psychologique…

— Psychologique, mon cul. Les faits sont là. On essaie de le garder pour interrogatoire, il s'enfuit. On le rattrape, on le ramène, il se tait. J'ai essayé de lui parler. Il veut pas dire un mot. Vous pouvez lui dire que la terre est plate, il vous dira ni oui ni non ni merde.

— Comment l'avez-vous traité ?

— Je n'ai pas levé la main ou même le petit doigt sur lui, ni moi ni personne d'autre. (Brake déroula sa manche de chemise et la reboutonna.) Nous avons notre propre approche de la psychologie.

— Où est-il ?

— À la morgue.

— Ce n'est pas un peu inhabituel ?

— Pas pour moi. J'ai un meurtre par mois, dans cette ville. Parfois deux. Et je les résous, vous comprenez ? La plupart, du moins. L'ambiance de la morgue, ça vous attendrit un tueur plus vite que n'importe quoi d'autre.

— Simple psychologie.

— Exactement. Maintenant dites-moi, vous jouez dans mon équipe ou vous voulez un mouchoir pour pleurer ? Si vous jouez dans mon équipe, je vous emmène avec moi. Voir s'il est prêt à parler.

Chapitre 20

La porte avait le numéro 01. La pièce derrière la porte était aveugle, basse de plafond et brute de décoffrage. Lorsque la porte se referma derrière nous avec un bruit de succion, je me sentis comme dans une catacombe enfouie au plus profond de la terre. Les talons de Brake claquaient mats sur le sol synthétique. Son ombre m'engloutit lorsqu'il s'approcha de l'unique lumière de la pièce.

C'était une ampoule à abat-jour conique réglable en hauteur, descendue bas au-dessus d'un brancard à roulettes. Le corps de Lucy gisait sous un drap dans sa blanche lumière crue. Sa tête était découverte et tournée vers Alex Norris. Il était assis sur une chaise de l'autre côté du brancard, les yeux rivés sur le visage de la jeune femme morte. Leurs poignets droits étaient reliés entre eux par des anneaux d'acier jumeaux. La pompe d'un système de refroidissement bruissait et glougloutait comme des infiltrations du temps dans les murs de béton. Derrière la porte vitrée à double battant de la chambre froide, les autres corps sous linceuls attendaient peut-être leur jugement en se projetant en rêve la bande-annonce de leur séjour en enfer. Il faisait froid comme en enfer.

Le policier en uniforme assis en face d'Alex se leva et porta une main droite molle à son front en un salut bâclé.

— Bonjour lieutenant.

— Je ne vois pas ce qu'il a de bon. Vous tenez une veillée, là-dedans, Schwartz ?

— Vous m'avez dit de ne pas le brusquer. De laisser faire la nature. J'obéis.

— Alors ? Est-ce que la nature a bien travaillé ? (Debout juste à côté d'Alex, Brake le dominait de sa silhouette massive rendue opaque par le contre-jour.) Est-ce que tu es prêt à faire ta déposition, maintenant ?

Je fis quelques pas de côté et vis Alex lever lentement les yeux vers Brake. Son visage avait minci. La nuit passée lui avait pris de la chair sur les tempes et les pommettes. Ses larges lèvres sculptées s'ouvrirent puis se refermèrent sur ses dents sans laisser s'échapper le moindre son.

— À moins que vous ne préfériez rester ici toute la journée à vous tenir la main ?

— T'as entendu ce que le lieutenant a dit, grogna Schwartz. Il rigole pas. Tu vas rester assis ici jusqu'à ce que tu parles. Dans plus ou moins une heure, l'assistant légiste viendra la charcuter. Finir le boulot que tu as commencé. Tu veux peut-être rester pour garder ton fauteuil à l'orchestre.

Alex ne prêtait pas attention à Brake et à son subordonné. Incrédule et amoureux, son regard était redescendu se fixer sur le visage de la jeune morte. Sous la lumière impitoyable de la lampe, les boucles de ses cheveux luisaient comme des copeaux d'acier.

— Qu'est-ce qu'y a qui va pas, Norris ? T'as aucune humanité, ou quoi ?

Dans le silence souterrain, la voix de Brake paraissait presque querelleuse, presque geignarde, comme si en acceptant tout le gamin avait pris l'avantage.

— Brake, dis-je en mettant dans ce mot plus de puissance que je ne le souhaitais.

— Ah, vous, me cherchez pas, hein ! dit-il en se retournant sèchement vers moi.

Ses yeux se plantèrent dans les miens, sombres et perdus. Son chicot de cigare mort lui distordait la bouche comme un doigt noir crocheté juste à la commissure. Je m'éloignai vers la porte, et il suivit le rapetissement de sa propre ombre jusqu'à moi :

— Vous voulez votre mouchoir pour pleurer, c'est ça ?

Je répondis à voix basse, mais suffisamment clairement pour qu'Alex m'entende :

— Vous le maltraitez. C'est un gamin sensible. Vous ne pouvez pas le traiter comme une petite frappe.

— Sensible, lui ? (Brake ôta son mégot de sa bouche et cracha par terre.) Il a une peau de rhinocéros.

— Je ne crois pas, non. Laissez-moi au moins tenter ma chance. Défaites-lui ses menottes et laissez-moi lui parler seul à seul.

— Avec ma femme on devait aller dans les montagnes, aujourd'hui, dit Brake de but en blanc. On avait promis aux enfants de les emmener en pique-nique.

Il regarda son cigare mort d'un air méprisant, le lâcha et l'écrasa sous sa semelle.

— Schwartz ! Détache-le. Amène-le-nous ici.

Le cliquetis de l'ouverture des menottes fut léger mais marquant, comme le bruit du trébuchet de la morale basculant sur son axe.

Schwartz força Alex à se lever. Ils traversèrent la pièce ensemble – Alex dos voûté, traînant des pieds, Schwartz le houspillant avec rudesse pour qu'il presse le mouvement.

— On le ramène en cellule, lieutenant ?

— Pas tout de suite. (Brake se tourna vers le jeune homme.) Ce M. Archer doit être un bon ami à toi, Norris. Il m'a demandé de vous accorder un petit tête-à-tête. À mon avis, il nous fait perdre notre temps à tous, mais c'est à toi de voir. Tu parleras à M. Archer ?

Alex détourna les yeux de Brake pour me regarder moi. Son jeune visage lisse avait la même expression que celle que j'avais vue sur le visage de la vieille Indienne dans la ruelle, cet air de se trouver au-delà de tout ce que les hommes blancs pouvaient dire ou faire. Il fit oui de la tête puis se retourna vers Lucy.

Brake et Schwartz nous laissèrent. La porte se referma. Alex retraversa la pièce. Il marchait d'un pas hésitant, jambes écartées, comme un vieillard. Le sol était très légèrement incliné vers une bonde protégée par une grille au centre de la pièce. Il descendit l'imperceptible pente en titubant, puis gravit péniblement l'autre versant jusqu'au brancard.

Debout à côté de Lucy, la tête courbée sur elle, il lui demanda d'une voix sèche et dure :

— Pourquoi ils t'ont fait ça ?

Je me penchai devant lui et remontai le drap pour couvrir la tête de la jeune femme. Je le pris par les épaules et le fis pivoter pour l'avoir face à moi. Une partie de son poids se suspendit à moi l'espace d'un moment, jusqu'à ce que ses muscles recouvrent un peu de tonus.

— Ressaisis-toi, dis-je.

Il faisait la même taille que moi, mais son cou encore en pleine croissance était trop faible pour soutenir le poids de sa tête. Je lui relevai le menton en le poussant de mon poing droit.

— Ressaisis-toi, Alex. Regarde-moi.

Il détourna les yeux. Je le tenais par l'épaule avec mon autre main. Soudain, il se tendit et dégagea mon poing de son menton d'un geste brusque.

— Holà, tout doux, petit.

— Je ne suis pas un canasson, cria-t-il. Ne me parlez pas comme si j'étais un canasson. Ne me touchez pas.

— Tu es pire qu'un canasson. Tu es une foutue mule obstinée. Ta petite amie est là, allongée morte devant toi, et tu refuses de parler et de me dire qui l'a tuée ?

— Ils pensent que c'est moi, eux.

— C'est ta faute s'ils pensent ça. Tu n'aurais pas dû t'enfuir. Estime-toi heureux de ne pas t'être fait abattre.

— Heureux.

Dans sa bouche, ce mot n'avait pas plus de sens qu'un hoquet.

— Heureux de ne pas être mort. C'est le seul problème pour lequel personne n'a jamais rien pu faire. Tu as l'impression d'en baver, là, et c'est vrai que tu en baves, mais ce n'est pas une raison pour agir comme une loque. Un de ces jours, tu te réveilleras en sursaut et tu voudras vraiment savoir ce qui est arrivé à Lucy. Mais ça sera trop tard, tu ne pourras plus rien faire. C'est maintenant que tu dois m'aider.

Je le lâchai. Il vacilla sur ses jambes, tira sur sa lèvre inférieure charnue du bout de son index mordillé. Et puis il dit :

— J'ai essayé de leur expliquer, au début. Ce matin, quand ils m'ont mis en cellule. Mais lui et le vice-District Attorney, ils n'avaient qu'une seule chose en tête, c'était de me faire avouer que c'était moi le meurtrier. Mais pourquoi j'aurais tué ma propre fiancée, hein ?

Cette question était montée douloureusement de son thorax haletant. Il avait le visage aveuglé par l'effort de parler, l'effort terrible de parler en homme. C'était trop dur pour lui.

— Je voudrais être mort comme Lucy, esquiva-t-il.

— Si tu étais mort, tu ne pourrais pas nous aider.

— Personne m'a jamais demandé mon aide. Qui voudrait demander de l'aide à un pauvre type comme moi ?

— Moi.

— Vous ne pensez pas que c'est moi qui l'ai tuée ?

— Non.

Il me regarda en silence pendant peut-être une demi-minute, fixant alternativement l'un et l'autre de mes yeux au rythme de ses battements de cœur.

— Elle ne l'a pas fait elle-même, monsieur, si ? Vous ne pensez pas que Lucy… aurait pu se trancher la gorge elle-même ?

Il avait murmuré sa question pour ne pas gêner la jeune femme morte qui gisait derrière lui.

— C'est peu probable. Mais c'est une hypothèse que nous avons envisagée. Qu'est-ce qui t'y fait penser ?

— Rien, si ce n'est qu'elle avait peur. Hier, elle était vraiment terrorisée. C'est pour ça que je lui ai prêté mon coutelas, quand elle est partie de chez nous. Elle m'avait demandé quelque chose qui puisse l'aider à se protéger. J'avais pas de revolver ni rien de ce genre à lui donner. (Sa voix s'affaiblit brusquement et il répéta d'un ton navré :) Alors je lui ai donné mon coutelas.

— Celui avec lequel elle s'est fait tuer ?

— Oui. Ils me l'ont montré ce matin. C'est un petit coutelas du Pacifique Sud.

— Elle l'avait sur elle ?

— Oui, m'sieur, dans son sac à main. Elle avait un grand sac à main. Elle l'a mis dans son sac à main quand je le lui ai donné avant de partir de chez nous. S'ils la prenaient, elle m'a dit, elle leur laisserait un souvenir.

Son front se plissa sous une bouffée de tristesse.

— De qui avait-elle peur ?

— D'hommes qui la suivaient. Ça a commencé jeudi, quand elle est rentrée en bus d'Arroyo Beach. Elle m'a dit qu'il y avait un homme qui était descendu à son arrêt et qui l'avait suivie jusqu'à la maison. Au début, j'ai cru qu'elle inventait, que c'était juste une histoire pour se donner l'air mystérieux. Et puis le lendemain, je l'ai vu de mes propres yeux quand elle est rentrée après son déjeuner. Il rôdait dans notre rue. Et puis le soir, il est allé jusqu'à entrer dans sa chambre, comme ça, chez nous. Hier matin, je lui ai demandé qui c'était et elle m'a dit que c'était un détective véreux. Qu'il essayait de lui faire faire quelque chose contre sa volonté, mais qu'elle ne céderait pas.

— Est-ce qu'elle t'a dit son nom ?

— Elle m'a dit qu'il s'appelait Desmond, Julian Desmond. Et puis il y a eu un autre type qui s'est mis à la suivre. Celui-là, moi, je ne l'ai pas vu. Mais Lucy, oui. Et après il y a eu tout ce chambard à la maison et puis elle est partie.

Je déglutis en avalant le goût amer de ma culpabilité.

— Est-ce qu'elle avait prévu de quitter la ville ?

— Elle n'avait pas encore réussi à se décider quand elle est partie. Elle m'a dit qu'elle me téléphonerait. Et puis quand elle m'a téléphoné, elle était à la gare. Le premier train ne partait que deux heures plus tard, et il y avait des types sur place qui l'espionnaient. Elle m'a demandé de venir la chercher en voiture. Je suis allé la prendre à la gare et on les a semés sur l'ancienne route de l'aéroport. On s'est garés au bord de la clôture qui longe les pistes et on a discuté. Elle tremblait de peur. C'est là qu'on a décidé de se marier. Je pensais que si on restait ensemble, je pourrais la protéger. (Sa voix sombra tout au fond de sa gorge, presque inaudible.) Je n'ai pas été très bon.

— Aucun de nous ne l'a été.

— Elle voulait quitter la ville le plus vite possible. Mais il fallait d'abord qu'on passe prendre ses affaires au Mountain View.

— Est-ce qu'elle avait sa clé ?

— Elle m'a dit qu'elle l'avait perdue.

— Elle ne te l'a pas donnée ?

— Pourquoi est-ce qu'elle me l'aurait donnée ? Je ne pouvais pas la suivre là-bas. Même si j'avais eu la peau assez claire pour passer pour un Blanc, comme elle, je ne l'aurais pas fait. Elle y est allée toute seule. Elle n'est jamais ressortie. Quelqu'un l'attendait dans sa chambre, lui a pris le coutelas et s'en est servi contre elle.

— Qui l'attendait ?

— Julian Desmond, peut-être. Elle refusait de faire ce qu'il lui demandait. Ou bien l'autre type qui la suivait.

J'eus honte de lui avouer que j'étais l'autre type. Ses épaules s'affaissèrent, ses lèvres et ses joues se mirent à pendre assez stupidement tout autour de sa bouche. Sa force morale le quittait de nouveau. Je tirai la chaise de Schwartz vers lui et l'y poussai doucement.

— Assieds-toi, Alex. Tu as éclairci les principaux points qui pesaient contre toi. Il en reste quelques-uns, plus petits. L'argent en fait partie. Avec quoi espérais-tu l'épouser ?

— J'ai des économies.

— Combien ?

— Quarante-cinq dollars. Je les ai gagnés en cueillant des tomates.

— Ça ne fait pas lourd pour fonder un foyer.

— J'avais prévu de travailler. Je suis costaud. (Sa voix était lourde de fierté ténébreuse, mais il évitait de croiser mon regard.) Lucy aussi aurait pu travailler. Elle était infirmière, avant.

— Où ça ?

— Elle ne me l'a pas dit.

— Elle a forcément dû t'en parler.

— Non, monsieur. C'est une question que je ne lui ai jamais posée.

— Est-ce qu'elle avait de l'argent ?

— Je ne le lui ai pas demandé. De toute façon, je ne prendrais jamais l'argent d'une femme.

— Sauf peut-être si tu l'avais gagné, dis-je. Elle ne t'a pas dit qu'elle partagerait avec toi si tu l'aidais à quitter la ville ?

— Qu'elle partagerait ? Mais quoi ?

— La récompense, dis-je. La récompense pour Singleton.

Son regard noir monta lentement jusqu'au niveau de mes yeux, puis retomba immédiatement. Il dit en direction du sol :

— Lucy n'avait pas besoin de me payer pour que je l'épouse.

— Où est-ce que vous comptiez vous marier ? Où est-ce que vous vouliez aller, hier ?

— À Las Vegas ou un endroit comme ça. C'était bien égal. N'importe où.

— À Arroyo Beach ?

Il se tut. Je l'avais poussé trop loin, trop vite. Baissant les yeux sur ce crâne rond hermétiquement verrouillé, je compris les méthodes de Brake et toute la colère qu'il avait dû accumuler au bout de trente ans passés à essayer de faire entrer la vérité humaine dans les cases bien carrées que le législateur et les juges lui demandaient d'utiliser. Et en pensant à la colère de Brake, je sentis la mienne s'évanouir.

— Écoute, Alex. On va tout reprendre depuis le début. Lucy a été assassinée. Nous voulons tous les deux retrouver le meurtrier et le traîner en justice. Tu as plus de motifs que moi de vouloir ça. Tu dis que tu l'aimais.

— C'est vrai !

Ma roulette de dentiste avait touché un nerf.

— Alors ça te fait un motif. Et je vais t'en donner un autre : si on ne retrouve pas le meurtrier, tu passeras des tas d'années de ta vie en prison.

— Ça m'est égal ce qui peut m'arriver, maintenant.

— Pense à Lucy. Pendant que tu l'attendais dehors, quelqu'un lui a pris ce coutelas et l'a égorgée avec. Pourquoi ?

— Je n'en sais rien.

— Qu'est-ce que Julian Desmond voulait qu'elle fasse ?

— Qu'elle témoigne pour lui, répondit-il lentement.

— Qu'elle témoigne dans quelle affaire ?

— Je n'en sais rien.

— Une affaire de meurtre, dis-je. Est-ce que c'était dans une affaire de meurtre ?

— Peut-être. Je n'en sais rien.

— C'était dans une affaire de meurtre, n'est-ce pas ? Il voulait qu'elle l'aide à rafler la récompense. Mais elle s'est dit qu'elle pouvait jouer cette partie en solo et récupérer elle-même la récompense. Est-ce que ce n'est pas pour ça qu'elle s'est fait tuer ?

— Je n'y avais pas réfléchi, monsieur.

— Mais tu savais, à propos de la récompense, non ? Tu savais qu'elle espérait récupérer l'argent.

— Je n'ai jamais espéré en obtenir une part, dit-il en s'entêtant.

— Elle est allée à Arroyo Beach jeudi pour voir la mère de Singleton, et elle a craqué à la dernière minute. Je me trompe ?

— Non, monsieur. Ça, je l'avais compris.

— Et elle avait prévu de réessayer hier.

— Peut-être, oui. Mais je n'ai rien à voir avec aucun meurtre que ce soit. Lucy non plus, d'ailleurs.

— Mais elle savait ce qui est arrivé à Singleton.

— Elle savait quelque chose.

— Et toi aussi tu sais quelque chose.

— Elle me l'a dit. Je ne lui ai rien demandé. Je ne voulais pas être mêlé à ça. Mais elle me l'a dit quand même.

— Qu'est-ce qu'elle t'a dit, Alex ?

— Qu'un homme lui avait tiré dessus. Qu'un homme complètement fou lui avait tiré dessus, et qu'il était mort. Voilà ce qu'elle m'a dit.

Chapitre 21

Schwartz était seul dans le couloir. Je lui demandai où était Brake.

— Dans sa voiture. Il a reçu un appel radio.

Je me dirigeai vers l'entrée des urgences et croisai Brake en chemin.

— Norris a parlé ?

— Il a dit des tas de choses.

— Il a avoué ?

— Bien au contraire. Il est prêt à faire sa déposition.

— Il la fera quand moi je serai prêt. J'ai des choses plus importantes à faire pour le moment. Je m'en vais pour un petit barbecue dans la montagne.

Il eut un sourire grave, puis lança à l'intention de Schwartz, tout au bout du couloir :

— Ramène Norris dans sa cellule. Appelle Pearce, au bureau du D.A., s'il veut faire sa déposition. Je reviens aussi vite que possible.

— Un barbecue ? dis-je.

— Ouais.

Il poussa la porte plaquée de métal blanc et la laissa se rabattre sur ma figure. Je le suivis jusqu'à son véhicule et y montai par la portière de droite en même temps qu'il se glissait au volant.

— Je me disais bien que ça vous intéresserait, Archer. (Le démarrage nous colla contre nos dossiers et nous partîmes en faisant violemment crisser le gravier du parking de l'hôpital.) L'entrecôte est un homme. Un homme.

— Qui ?

— On ne l'a pas encore identifié. Sa voiture a basculé dans Rancheria Canyon, tôt ce matin, et elle a pris feu. Lorsqu'ils l'ont trouvée, ils n'ont pas vu qu'il y avait quelqu'un dedans. Ils ont dû appeler le poste des rangers pour qu'ils viennent avec un camion d'incendie. Le temps qu'ils arrivent, le type n'était plus qu'un tas de mâchefer.

— Un meurtre camouflé ?

— Hallman a l'air de penser que oui. C'est l'officier de la police de la route. Ils avaient classé ça comme accident jusqu'à ce qu'ils aient l'idée de jeter un coup d'œil au réservoir d'essence. Il est intact, ce qui veut dire que l'essence qui a brûlé venait d'ailleurs.

— Quel modèle, la voiture ?

— Berline Buick 1948. Plaques illisibles. Ils sont en train de chercher le numéro de moteur.

Les derniers pavillons préfabriqués de la banlieue disparurent derrière nous. L'aiguille du compteur de vitesse se dressa tranquillement mais sûrement pour indiquer 80, 100, 120, puis hésita à l'approche de 140 km/h. Brake alluma la sirène, qui commença son chant dans un registre grave. Avant qu'elle ne me noie, je dis :

— Elle ne serait pas verte à deux teintes, cette berline ? Singleton avait une Buick 1948. Est-ce que celle-ci est verte à deux teintes ?

Brake ôta son chapeau et le jeta sur la banquette arrière. Une marque rouge lui barrait le front.

— Vous pensez à Singleton, hein ? Ils ne m'ont pas parlé de la couleur. Mais qu'est-ce que Singleton peut bien venir faire là-dedans ?

— Norris m'a dit qu'il s'était fait assassiner, criai-je pour couvrir le bruit de la sirène.

Brake la coupa.

— Qu'est-ce qu'il en sait, Norris ?

— Lucy Champion lui a dit que Singleton a été abattu.

— Ouais, sauf que Champion n'est plus vraiment un témoin fiable. Ne laissez pas Norris vous manipuler, vieille branche. Il vous dirait n'importe quoi pour dégager son cou de Noir de la corde qui y pend.

L'aiguille passa les 140. En haut d'un faux plat, le bas de caisse décolla sous nos sièges et la voiture faillit prendre son envol. C'était comme si la vitesse nous avait propulsés hors de ce monde, comme si elle avait arraché Brake à ses racines bien ancrées dans le bitume sale des rues de Bella City.

— Vous ne croyez pas qu'il serait temps d'admettre que vous vous êtes trompé ?

Il se tourna vers moi pour me regarder avec ses yeux plissés. La voiture lancée à pleine vitesse ondula légèrement en épousant la courbe de sa baisse d'attention, avant qu'il ne redresse la trajectoire et se concentre de nouveau sur la route.

— Alors que j'ai l'arme du crime et qu'il se trouve que c'est son coutelas ?

— Elle le lui a emprunté pour se défendre. Elle l'avait dans son sac.

— Il peut le prouver ?

— Il n'a pas besoin de le prouver. C'est vous, le service des preuves.

— Ah merde, vous parlez comme un chieur d'avocat. J'ai horreur de ces chieurs mielleux qui ne cherchent qu'à entraver la justice.

— Sacrée platée de rancœur que vous me servez là.

— Mâchez lentement si c'est trop dur à avaler.

La petite route goudronnée sur laquelle nous roulions s'incurva pour déboucher sur une grand-route à revêtement de béton qui traversait la vallée d'est en ouest. Brake grilla le feu rouge et prit le virage en faisant hurler les pneus.

— Je fais quoi, moi, quand ils passent leur temps à s'égorger et à se carboniser les uns les autres ? Je leur tapote l'épaule et je leur dis : bravo les gars ? Non. Je dis : stop, débarrassez-nous de cette engeance.

— Mais c'est seulement de la vraie engeance qu'il faut se débarrasser. Vous ne pouvez pas résoudre ces deux meurtres séparément. Mettre le premier sur le dos d'Alex et le second sur le dos de quelqu'un d'autre.

— Si, je peux. S'ils ne sont pas liés entre eux.

— Je crois qu'ils sont liés.

— Prouvez-le-moi.

— Ce n'est pas pour le bon air que je suis venu avec vous.

La route avait commencé à grimper entre de hauts talus d'argile séché plantés de panneaux disant DANGER, RISQUES D'ÉBOULEMENTS. Brake roulait toujours pied au plancher, mais le compteur restait bloqué sur 110 comme une pendule en panne. Les replis bleus des versants de la chaîne orientale montaient de plus en plus haut sur le cinémascope du pare-brise, et ils me parurent bientôt si proches que j'aurais pu les toucher rien qu'en tendant le bras. Puis une minute plus tard, deux kilomètres plus près, ils avaient l'air d'être plus distants que jamais. Je commençai à sentir l'altitude dans mes tympans. Tandis que nous nous élevions à de nouvelles perspectives, quelques petits nuages blancs s'épanouirent comme des fleurs de coton au-delà des sommets. Loin et bas derrière nous, les bâtiments de Bella City s'étendaient sur les champs comme des pièces groupées n'importe comment sur un vieil échiquier poussiéreux.

Dix kilomètres plus loin, trois cents mètres plus haut, nous arrivâmes en vue d'une aire de dégagement en forme de demi-disque sur la gauche de la route. Une dépanneuse, un camion d'incendie et une grappe de voitures y étaient stationnés. Un groupe d'hommes se tenait en bordure du ravin, le regard tourné vers le bas. Brake se gara derrière une Ford flambant neuve frappée des écussons de la police de la route. Un agent en veste de treillis kaki se détacha du groupe et vint vers nous :

— Salut Brake. J'ai dit aux gars de tout laisser en place en bas dès qu'ils ont eu fini d'éteindre le feu. On t'a même pris des photos.

— Vous faites des progrès, je le reconnais. Je te collerais bien une médaille du mérite sur le front, mais j'en ai pas sur moi. Permets-moi de te présenter Lew Archer, le cerveau de l'équipe. Lew Archer, le capitaine Hallman.

Le capitaine m'offrit un regard intrigué et une poignée de main ferme. Nous nous rapprochâmes de la barrière de rondins basse qui longeait le rebord du ravin. De l'autre côté, le flanc du canyon filait à 45 degrés jusqu'à un fond de lit pierreux envahi de chênes blancs. D'où nous étions, le ruisseau de septembre ressemblait à une sente tortueuse entrecoupée de quelques rares flaques de boue. Une voiture miniature posée sur la tranche exhalait des volutes de vapeur qui s'évanouissaient très vite sous le soleil. C'était une Buick à deux teintes de vert.

Un sillon de buissons écrasés, parfois carbonisés, indiquait la trajectoire prise par la Buick. Brake dit à Hallman :

— Vous avez trouvé des trucs sur la route ?

— Les traces de pneus sur l'accotement. Elle ne roulait pas vite, et c'est ça qui m'a mis la puce à l'oreille. Zéro trace de freinage. Quelqu'un a mis le feu à la Buick, puis a juste desserré le frein à main et laissé rouler tout ça dans le ravin.

Puis Hallman ajouta, le plus sérieusement du monde :

— Le type qui a aspergé cette Buick d'essence pour y foutre le feu ici devra répondre d'un peu plus que d'un meurtre. Il a eu un sacré bol de pas déclencher un incendie de forêt. Y avait pas de vent, c'est ça qui l'a sauvé.

— Quand est-ce que ça s'est produit ?

— Sûrement avant le lever du jour. Les phares étaient allumés. Mais je n'ai reçu le premier rapport qu'à 8 heures. J'ai flairé que ça sentait le meurtre, alors j'ai laissé votre gars dans l'état où il était quand on l'a trouvé.

— Vous ne savez toujours pas de qui il s'agit ?

— Attendez un peu de le voir. C'est comme de chercher le tatouage du bœuf d'origine à la surface d'un hamburger grillé. Ceci dit, on devrait vite avoir du nouveau avec le numéro de moteur.

— C'est la voiture de Singleton, dis-je à Brake.

— Vous avez peut-être raison là-dessus, dit-il en soupirant. Bon, quand faut descendre, faut descendre.

— Ben quoi, on sent le poids des ans ? dit Hallman. Je t'ai vu sortir des cerfs de trous plus profonds que ça. Je descendrais volontiers avec toi, mais je l'ai déjà fait deux fois. J'ai posté deux de mes hommes en bas.

Je les voyais, assis sur un rocher derrière l'épave de la voiture. Par un effet de loupe dans l'atmosphère cristalline du matin, j'arrivais presque à lire leur conversation sur leurs lèvres.

Brake enjamba la rambarde en rondins et commença à descendre. Je suivis le parcours en zigzag qu'il improvisait à quelques pas de moi en m'accrochant aux branches des petits arbres rabougris. Nous étions tous deux hors d'haleine en arrivant en bas. Les agents de la police de la route nous guidèrent jusqu'à l'épave le long du lit à sec.

Elle gisait sur son flanc droit. Le capot, le toit et la calandre semblaient avoir été refaçonné par une équipe d'illuminés travaillant à la masse. Les quatre pneus avaient explosé. L'enfoncement du toit maintenait la portière gauche légèrement entrouverte.

— J'ai bien peur que ce ne soit pas réparable, dit un des deux agents. Même si on arrivait à la remonter d'ici.

Brake se tourna vers lui d'un air mauvais.

— Quel dommage. Moi qui voulais la prendre pour faire un tour.

Il escalada la voiture et tira sur la portière pour l'ouvrir aussi grand que possible. Je le suivis et plongeai mon regard par-dessus son épaule dans l'habitacle rongé par les flammes et totalement saturé d'eau. Une forme humaine gisait recroquevillée, visage caché, contre la portière avant droite, côté sol.

Brake se faufila dans l'habitacle. S'agrippant d'une main à la colonne de direction, il se pencha pour toucher la forme noire en tendant l'autre main. L'essentiel des vêtements était parti en fumée, mais, au milieu de la masse carbonisée, la ceinture avait résisté aux flammes. Lorsque Brake l'attrapa et tira un peu dessus, elle se cassa. Il me passa le bout qu'il avait dans la main. La boucle en métal argenté noircie était gravée des initiales CAS.

Chapitre 22

Je sonnai à trois reprises en laissant s'écouler un long moment entre chaque coup de sonnette. Dans les silences, les cloches dominicales résonnaient en se liant pour ne former qu'un plain-chant continu. Puis Mme Benning finit par répondre à l'appel. Elle tenait son col de robe de chambre en grosse laine marron serré au ras du cou. Son visage était lourd de sommeil, comme si elle avait passé la matinée à guerroyer contre ses rêves.

— Encore vous.

— Encore moi. Le docteur est ici ?

— Il est à l'église.

Elle essaya de fermer la porte. Mon pied l'en empêcha.

— Aucune importance, c'est à vous que je veux parler.

— Je ne suis même pas habillée.

— Vous pourrez vous habiller plus tard. Il y a eu un autre meurtre. Un autre ami à vous.

— Encore ? dit-elle en portant sa main à sa bouche comme si je l'avais giflée.

Je la poussai doucement mais fermement, entrai dans le hall et refermai la porte derrière moi. À l'abri du soleil cru de midi et des bruits lents du dimanche, nous restâmes un instant face à face, yeux dans les yeux. Il me sembla alors que nous partagions une vague lueur de compréhension. Puis elle me tourna le dos en vacillant un peu. Je me retins de tendre les bras pour la stabiliser.

— Qui s'est fait tuer ? demanda-t-elle en regardant le miroir.

— Je crois que vous le savez.

— Mon mari ?

Visage figé, masque de cire dans le miroir.

— Ça dépend de qui vous avez épousé.

— Sam ? (Elle se retourna en une pirouette de ballerine parfaitement exécutée.) C'est impossible.

— Je me suis dit que vous étiez peut-être mariée à Charles Singleton.

Son éclat de rire me surprit. Ce n'était pas un rire plaisant, et je fus soulagé lorsqu'il cessa.

— Je n'ai jamais entendu parler de ce Singleton. C'est bien ce nom que vous avez dit : Singleton ? Ça fait plus de huit ans que je suis mariée à Sam Benning.

— Ça ne vous empêcherait pas de connaître Singleton. De le connaître intimement. Je sais pertinemment que vous le connaissiez. Et il est mort ce matin. Assassiné.

Elle recula de quelques pas, le souffle court. Entre deux ahanements, elle dit :

— Comment est-il mort ?

— Quelqu'un l'a frappé avec un marteau ou un objet lourd et contondant du même genre. Ça lui a fait un trou de trois centimètres dans le crâne, mais ça ne l'a pas tué. On l'a ensuite emmené dans les montagnes à bord de sa propre voiture, on a aspergé le tout d'essence et on y a mis le feu. Puis on a fait rouler la voiture par-dessus la rambarde pour dévaler cent mètres de versant à pic et on l'a laissée flamber en bas, avec Charles Singleton dedans.

— Comment savez-vous que c'était sa voiture ?

— C'est une Buick 1948 deux portes à carrosserie vert sombre et toit vert clair.

— Vous êtes sûr que c'est lui qui était à l'intérieur ?

— On l'a identifié. L'essentiel de ses vêtements était carbonisé, mais on a retrouvé sa boucle de ceinturon gravée avec ses initiales. Vous voulez m'accompagner à la morgue pour une identification formelle ?

— Je vous ai dit que je ne sais même pas qui c'est.

— Je vous trouve bien curieuse, concernant un parfait étranger.

— Évidemment. Vous débarquez chez moi, vous me parlez de lui et vous allez presque jusqu'à m'accuser de l'avoir assassiné. Quand est-ce que ça s'est produit, au fait ?

— Ce matin, avant l'aube.

— Je suis restée au lit toute la nuit et toute la matinée. J'ai pris deux cachets de Nembutal et je suis encore groggy. Pourquoi êtes-vous venu me voir ?

— Lucy Champion et Charles Singleton étaient tous deux des amis à vous. Pas vrai, Bess ?

— Non, c'est faux. (Elle se reprit.) Pourquoi m'avez-vous appelée Bess ? Je m'appelle Elizabeth.

— Horace Wilding vous appelle Bess.

— Je n'ai jamais entendu parler de lui non plus.

— Il vit sur la Sky Route, près de la cabane de Singleton. Il m'a dit que Singleton vous avait présentée à lui en 1943.

— Wilding est un menteur. Ça a toujours été un menteur.

Elle coinça sa lèvre inférieure entre ses belles dents blanches et la mordit bien fort.

— Je croyais que vous ne le connaissiez pas.

— Si vous voulez faire toute la conversation tout seul, allez-y. Parlez, parlez. Parlez à en mourir.

— C'est ce que Lucy a fait ?

— J'ignore ce que Lucy a fait.

— C'était votre amie. Elle est venue ici, dans ce cabinet, pour vous parler.

— Lucy Champion était une patiente de mon mari, dit-elle sèchement. Je vous l'ai déjà dit hier.

— Vous mentiez. Ce matin, votre mari a menti pour vous couvrir. Il a inventé toute une histoire pour expliquer pourquoi il n'avait pas de dossier à son nom, et ensuite il a dû expliquer pour quel problème il la suivait. N'importe quelle maladie réelle serait décelée à l'autopsie, et il le savait. C'est la raison pour laquelle il a choisi de la peindre en hypocondriaque. Une patiente dont les symptômes étaient dus à la peur. Il n'y a pas de test post-mortem pour déceler la peur.

— Elle était vraiment hypocondriaque. Sam me l'a dit.

— Je n'ai jamais rencontré d'hypocondriaque qui ne prenne pas sa température au moins une fois par jour. Et ça faisait deux semaines que Lucy n'avait pas touché à son thermomètre.

— Je ne donne pas cher d'une réponse comme celle-ci devant un jury, contre la parole d'un médecin et de son assistante.

— Elle a assez de valeur pour moi. Et après notre conversation, je crois que vous n'aurez pas du tout envie de vous confronter à moi dans quelque procès que ce soit.

— Je vois. Vous êtes le procureur, vous êtes le juge, vous êtes le jury. Ça fait beaucoup pour un petit bonhomme tout seul.

— N'abusez pas de ma patience. À votre avis, qu'arrivera-t-il de vous, si je me lasse ? Vous les connaissez, les juges d'ici ? Je vous offre la possibilité de parler avant que j'aille livrer mes preuves à la police.

— Pourquoi ?

En un mouvement délibéré, elle attira mon attention sur son corps. Elle se tourna légèrement de côté et porta une main à sa tête de manière à ce qu'un de ses seins se soulève sous la laine. Sa large manche descendit sur son épaule en dénudant son bras rond et blanc, et son visage blanc s'inclina vers le plafond d'un air rêveur.

— Pourquoi vous donnez-vous tant de mal pour une pauvre petite fille comme moi ? Pour une pauvre petite incendiaire comme moi ?

— Oh, ce n'est rien, tout le plaisir est pour moi, dis-je.

Elle posa une main fraîche sur ma joue et la laissa glisser jusqu'à mon épaule avant de la retirer.

— Venez dans la cuisine. Je viens de faire du café. Nous y serons plus à l'aise pour parler.

Je la suivis en me demandant lequel de nous deux était en train de mener l'autre par le bout du nez. La cuisine était grande et faiblement éclairée par une fenêtre située au-dessus de l'évier. L'évier était encombré de vaisselle sale. Je m'assis à une table au plaquage ébréché et la regardai saisir le pot en verre d'une cafetière électrique puis nous servir deux tasses. Lorsqu'elle eut fini, je poussai ma tasse pleine de son côté de la table et l'échangeai contre la sienne.

— Vous vous méfiez vraiment de moi, monsieur Petit Bonhomme. C'est quoi votre vrai nom, déjà ?

— Archer. Je suis le dernier représentant de la maison Archer. Je serais fort peiné de voir ce nom disparaître brutalement pour cause d'empoisonnement.

— Pas d'enfant ? Une femme, peut-être ?

— Ni l'un ni l'autre. Vous êtes tentée ?

— Ça se pourrait. (Elle ponctua sa phrase d'une moue à la fois charnue et délicate.) Mais il se trouve que je suis déjà casée avec un… mari tout à fait satisfaisant.

— Vous le trouvez satisfaisant ?

Ses yeux ne s'étaient pas adoucis avec le reste de son visage. Ils se plissèrent en deux fentes bleues glaciales.

— Laissez-le hors de ça.

— Parce que vous le manipulez comme un gogo ?

— J'ai dit : laissez-le hors de ça. À moins que vous vouliez que je vous asperge de ce liquide brûlant.

Elle attrapa sa tasse.

— Vous êtes à court d'essence ?

Sa tasse crissa sur le plaquage de la table. Un peu de café passa par-dessus bord.

— Vous trouvez que j'ai l'air d'une tueuse ?

— J'en ai connu de très mignonnes. Vous ne pouvez pas nier que vous êtes du genre coriace.

— J'ai été éduquée à l'école des coriaces, dit-elle. Vous connaissez le quartier des aciéries de Gary, dans l'Indiana ?

— Je l'ai traversé, une fois.

— J'en suis sortie avec diplôme et félicitations du jury. (Une forme de fierté étrange fit tinter son sourire.) Mais cela ne fait pas de moi une criminelle. J'aurais pu le devenir si Sam ne m'avait pas tirée d'affaire. J'étais en liberté conditionnelle quand il m'a épousée.

— Pour quel motif?

— Pas grand-chose. Je crois que j'étais ce qu'on appelle une délinquante juvénile. Mais ce n'est pas comme ça que je me vivais. Mon père était un métallo d'Europe de l'Est, vous voyez, le vrai métallo à l'ancienne. Il avait cette magnifique coutume des métallos bien rustres qui consistait à se bourrer la gueule puis à cogner leur femme chaque samedi soir. J'en ai eu marre de me cacher sous le lit, alors je suis partie vivre ma vie. Toute seule dans le vaste monde, ouais. J'ai travaillé comme serveuse pendant un temps, et puis j'ai fait une rencontre. Cette rencontre m'a offert la gestion du vestiaire dans un club de l'East Side. C'était un club plutôt minable, mais à seize ans je gagnais plus en pourboires que ce que mon père avait jamais gagné à suer de tous ses boyaux à l'aciérie. Mais la chance a tourné. Le club où je travaillais avait une arrière-salle de poker clandestin. Quelqu'un a mouchardé aux flics, ils ont fait une descente et je me suis fait rafler. J'ai négocié ma peine et obtenu la conditionnelle. Le petit grincheux de juge y a inclus une clause m'interdisant de travailler dans un bar ou dans une boîte de nuit. Et ce n'était pas ça le pire. Le pire, c'était qu'ils m'ont forcée à rentrer vivre chez moi, dans ma famille.

Les rêves contre lesquelles elle bataillait dans son sommeil étaient en train de pilonner son esprit éveillé. Je ne dis pas un mot.

— Évidemment, j'ai fui ce taudis puant et la violence de mon père à la première occasion. Mais les travailleurs sociaux m'espionnaient, me forçaient à rentrer dormir justement là où mon père pouvait m'atteindre. Sam m'a sauvé la vie. Il m'a trouvée un jour, au cinéma. Je l'ai d'abord pris pour un chacal, mais il était gentil. C'était vraiment bizarre de voir un docteur gentil comme ça. Il était médecin dans la Navy, à l'époque. En poste à Great Lakes. Avant lui, aucun homme ne m'avait jamais demandée en mariage. Je lui ai dit oui. Il venait de recevoir sa mutation en Californie, départ la semaine suivante. On est venus ici ensemble.

— Est-ce qu'il savait dans quoi il s'engageait en vous épousant ?

— Il pouvait me voir telle que j'étais, répondit-elle d'une voix posée. Je reconnais que je ne lui ai pas dit qu'en le suivant en Californie je me mettais en infraction vis-à-vis de ma conditionnelle. Mais il y a une chose que vous devez bien comprendre à propos de Sam et moi, avant qu'on change enfin de sujet. Cette chose, c'est que c'est moi qui lui rendais service. Ça a toujours été moi.

Je l'observais. Je pensais à son mari. Je la croyais sans peine.

— Vous avez un passé plutôt mouvementé pour une femme de médecin de petite ville de province. Et j'imagine que vous êtes loin de m'avoir tout dit.

— Vous imaginez bien. Je vous ressers un peu de café ?

— Plutôt un peu d'informations, si ça ne vous ennuie pas. En quelle année vous êtes-vous installés ici, vous et Benning ?

— En 1943. Au printemps. Ils l'avaient affecté à Port Hueneme, parce que c'était près de chez lui. On a loué une maison à Arroyo Beach pendant six mois. Puis il est parti en mer, pendant deux ans. Comme médecin-chef à bord d'un cargo militaire. Je ne l'ai vu que les rares fois où ils ont fait escale dans le port de San Francisco.

— Qui d'autre voyiez-vous ?

— C'est une foutue question.

— C'est une foutue réponse. Pourquoi avez-vous quitté Benning il y a deux ans ?

— Vous avez salement fouiné dans ma vie, dites donc. J'avais mes raisons. C'est personnel.

— Vous êtes partie avec Singleton, pas vrai ?

Elle avait commencé à se lever de table ; elle se figea un instant, en appui sur ses bras, penchée vers moi mais le visage tourné sur le côté.

— Bon sang, vous ne pourriez pas plutôt vous occuper de vos affaires ?

— Singleton s'est fait carboniser ce matin. J'ai décidé que c'était mes affaires de trouver qui avait craqué l'allumette. Je suis surpris que ce soit si peu les vôtres.

— Ah oui ?

Elle se servit une deuxième tasse de café. Ses mains ne tremblaient pas. Quelque part dans la jungle de Chicago ou au cours de ses pérégrinations à travers le pays par temps de guerre et par temps de paix, elle avait acquis de la puissance et appris l'équilibre. Je regardai ses jambes blanches et fermes. Elle surprit mon regard et me le renvoya en lente trajectoire courbe. Pour un voyeur curieux regardant par la fenêtre, cette scène aurait eu tout d'un adorable petit jeu conjugal de fin de dimanche matin. Je regrettai presque que ce ne fût pas le cas.

Je me levai et allai à la fenêtre. Le jardin de derrière était envahi de mauvaises herbes grillées par le soleil et de vieilleries accumulés au fil des ans. Tout au fond, une petite grange branlante s'affaissait à l'ombre d'un faux poivrier.

Elle s'approcha de moi. Je sentis sa respiration sur ma nuque. Ses seins touchèrent mon dos.

— Vous ne voulez pas me causer de soucis, Archer. J'en ai eu toute ma vie. J'aimerais jouir d'un peu de paix dans mes vieux jours.

Je me retournai, pris dans le piège doux de ses hanches.

— Quel âge avez-vous ?

— Vingt-cinq ans. L'office dure longtemps dans cette église paumée. Et en général, mon mari reste après pour faire le catéchisme.

Je pris sa tête entre mes mains. Ses seins étaient amples et fermes contre mon torse. Ses mains me caressèrent le dos. J'avais les yeux juste au-dessus de la raie qui laissait voir son cuir chevelu clair entre les deux pans de sa chevelure noire. Ses racines trahissaient des vestiges de blondeur.

— Je me suis toujours méfié des blondes, Bess.

— Je suis une vraie brune, dit-elle d'une voix langoureuse.

— Vous êtes une vraie menteuse.

— Peut-être, dit-elle en changeant de ton. J'ignore vraiment ce que je suis. Cette histoire m'a déchirée en deux, si vous voulez savoir. J'essaie seulement de ne pas tomber en miettes et de rester du bon côté des murs.

— Et de protéger vos amis.

— Je n'ai pas d'amis.

— Même pas Una Durano ?

Son visage prit soudain un air stupide sous l'effet de l'ignorance ou bien de la surprise.

— Elle vous a acheté un chapeau au printemps dernier. Je crois que vous la connaissez bien.

Sa bouche se tordit en une grimace qui menaçait de virer aux larmes. Elle ne répondit rien.

— Qui a tué Singleton ?

Elle balança la tête de droite à gauche. Ses cheveux noirs et courts tombèrent sur son visage. Son visage était gris et malheureux. J'eus honte de ce que je lui infligeais, puis continuai à le lui infliger :

— Vous étiez avec Singleton quand il est parti d'Arroyo Beach. C'était un enlèvement ? Et puis ça tourne mal et vous devez l'abattre ? Vous avez dû le tuer parce que Lucy a eu des grandes idées qui lui sont montées à la tête ? Est-ce que Lucy s'est mise à faire des rêves à trois zéros avec un cinq devant, et qu'il fallait qu'elle meure avant qu'elle ne les réalise ?

— Vous vous trompez de bout en bout. Je n'ai pas enlevé Charlie Singleton. Jamais je n'aurais pu vouloir lui faire du mal, ni à Lucy non plus. C'était une amie, comme vous l'avez bien dit.

— Je vous écoute.

— Je ne peux pas, dit-elle. Je ne suis pas une moucharde. Je ne peux pas.

— Parfait. Je vous emmène à la morgue, vous pourrez voir Charlie. Là, je vous promets que vous parlerez.

— Non. (Ce mot sortit comme un haut-le-cœur venu de très loin.) Fichez-moi la paix. Promettez-moi que vous me ficherez la paix, et je vous donnerai un renseignement que vous ne possédez pas. Un renseignement important.

— Important comment ?

— Vous me ficherez la paix ? Je vous jure que je suis parfaitement innocente.

— Je vous écoute, lâchez-moi votre scoop.

Elle avait la tête baissée, mais son regard bleu penché était fixé sur mon visage.

— Ce n'est pas Charlie Singleton que vous avez à la morgue.

— Qui est-ce ?

— Je n'en sais rien.

— Où est Singleton ?

— Je ne peux répondre à aucune autre question. Vous m'avez promis de me ficher la paix.

— Comment savez-vous que ce n'est pas Singleton ?

— Ce n'est pas le marché que nous avons passé, dit-elle d'une petite voix.

Sous ses paupières papillonnantes, ses yeux bleus tressautaient comme les flammes d'un brûleur à gaz alimenté par une pression trop faible.

— Je vais vous présenter les choses différemment. Vous savez que Singleton n'était pas dans la voiture ce matin parce qu'il s'est fait assassiner il y a deux semaines. On l'a abattu et vous avez assisté au meurtre. Oui ou non ?

Elle ne répondit rien. Au lieu de cela, elle s'effondra sur moi lourdement. Sa respiration était vive et hachée, comme celle d'un petit mammifère. Je dus la soutenir.

Chapitre 23

Une voix aiguë cingla dans mon dos :

— Ôtez vos mains de ma femme.

Le Dr Benning se tenait dans l'embrasure de la porte de la cuisine, une main sur la poignée. Il avait une bible en cuir noir sous le bras et son chapeau sur la tête. Je vins me placer entre lui et sa femme.

— Je vous attendais, docteur.

— Salopard, cria-t-il. Fumier. Je rentre de la maison du Seigneur, et…

Sa bouche tremblante gâcha la fin de la phrase.

— Il ne s'est rien passé, dit la femme dans mon dos.

Benning avait des yeux de bœuf décapité. Tout son poids reposait sur la main qui tenait le bouton de porte et sur l'épaule appuyée contre le chambranle. Son corps vibrait sourdement comme un gros diapason.

— Vous mentez. Vous mentez tous les deux. Vous aviez les mains sur elle. Vous étiez en pleine relation charnelle… (Ces mots lui nouèrent la gorge et faillirent l'étrangler.) Comme des chiens. Comme deux chiens dans la cuisine, sous mon propre toit.

— Ça suffit. (La femme passa devant moi.) J'en ai assez entendu. Je t'ai dit qu'il ne s'est rien passé. Qu'est-ce que tu ferais, s'il s'était passé quelque chose ?

Il répondit loin du sujet :

— Je t'ai tendu une main secourable. Je t'ai tirée du caniveau. Tu me dois tout.

Le choc moral avait fait sauter la trappe de la boîte à clichés qu'il avait dans la tête.

— Le médecin terne au grand cœur ! Docteur Bon-Samaritain ! Qu'est-ce que tu ferais s'il s'était passé quelque chose ?

— Tu dépasses toutes les bornes, éructa-t-il. Un homme ne peut pas laisser sa femme dire de telles choses. J'ai une arme dans mon…

— Pour m'abattre comme la chienne que je suis, c'est ça ?

Elle se campa fermement sur ses jambes, pencha son buste vers lui de manière provocante. Son corps semblait se délecter du pouvoir qu'il avait, tirait une énergie terrifiante de sa faiblesse à lui.

— Pour me tuer moi, cria-t-il très haut dans les aigus.

Quelques larmes perlèrent aux coins de ses yeux et ruisselèrent au creux des rides d'échecs de son visage. C'était un suicidaire qui n'avait jamais vraiment eu le cran de passer à l'acte. Je compris tout à coup ce qui avait rendu si convaincante la description qu'il m'avait faite des terreurs de Lucy. Il me parlait des siennes.

— Vas-y, lui dit sa femme. Ne te gêne pas pour moi. Ce n'est peut-être pas une si mauvaise idée, après tout.

Elle se rapprocha de lui, les deux mains sur les hanches, en continuant à le flageller de mots.

Il recula d'un air apeuré, une main tendue vers elle, implorant sa pitié. Son chapeau s'accrocha au coin d'un porte-torchons et tomba par terre. Benning semblait se désintégrer.

— Je t'en prie, Bess, non, dit-il si rapidement que je parvins à peine à le comprendre. Je ne voulais pas dire ça. Je t'aime. Tu es la seule chose que je possède au monde.

— Je ne suis pas ta chose.

Il se tourna vers le mur, resta debout le visage pressé contre le plâtre blanc, les épaules tressautant au rythme de ses sanglots. Puis sa bible chut.

Je pris Bess par les coudes, dans son dos :

— Laissez-le.

— Et pourquoi donc ?

— J'ai horreur de voir un homme, quel qu'il soit, se faire écrabouiller par une femme, quelle qu'elle soit.

— Vous avez le droit de sortir.

— C'est vous qui allez sortir.

— À qui croyez-vous vous adresser pour parler de la sorte ?

Elle crachait encore du feu, mais ce n'était plus que du réchauffé.

— À l'amante de Singleton, lui glissai-je à l'oreille. Maintenant sortez d'ici. J'ai quelques questions à poser à votre mari.

Je la poussai dans le couloir et fermai la porte derrière elle. Elle n'essaya pas de rentrer à nouveau dans la cuisine, mais je sentais sa présence juste derrière la porte.

— Docteur Benning.

Il se calmait. Au bout d'un moment, il se tourna vers moi. Malgré sa calvitie, son âge mûr, son air de chien battu, il ressemblait à un adolescent au cœur brisé affublé d'un déguisement d'adulte.

— Elle est tout ce que j'ai, dit-il. Ne me la prenez pas.

Il se laissait petit à petit glisser vers un enfer d'autohumiliation. Je perdis patience :

— Je n'en voudrais pas comme cadeau. Maintenant tâchez de vous concentrer une minute. Où était votre femme hier après-midi entre 5 et 6 heures ?

— Ici, avec moi, répondit-il en marquant la virgule d'un sanglot.

— Où était-elle cette nuit entre minuit et 8 heures du matin ?

— Au lit, évidemment.

— Vous seriez prêt à le jurer, sur la Bible ?

— Absolument. (Il ramassa sa bible et y apposa la main droite.) Je jure que ma femme Elizabeth Benning était avec moi dans cette maison hier après-midi entre 5 heures et 6 heures et toute cette nuit, notamment entre minuit et 8 heures. Satisfait ?

— Oui. Merci.

Je n'étais pas satisfait, mais c'était ce que je pouvais espérer de mieux jusqu'à ce que je trouve des preuves.

— Autre chose ?

Il avait l'air déçu. Je me demandai s'il ne redoutait pas de se retrouver seul chez lui en compagnie de sa femme.

— Pas tout à fait. Vous aviez une employée de maison, jusqu'à hier. Florie, c'est bien ça ?

— Florida Gutierrez, oui. Ma femme l'a renvoyée pour incompétence.

— Vous avez son adresse ?

— Bien sûr. Ça faisait presque un an qu'elle travaillait pour moi. 437 East Hidalgo Street, appartement F.

Mme Benning était derrière la porte. Elle s'aplatit contre le mur pour me laisser passer. Ni elle ni moi ne dit un mot.

Le long bâtiment de plain-pied s'étirait perpendiculairement à Hidalgo Street et était desservi par une ruelle jonchée de détritus. De l'autre côté de cette ruelle, une haute clôture de grillage fermait un terrain vague occupé par de gros tas de bois de chauffage. L'odeur du pin scié me frappa lorsque je descendis de voiture.

À l'entrée d'une galerie couverte qui filait le long du bâtiment, un Mexicain obèse était assis sur une chaise adossée contre le mur. Il portait une chemise synthétique verte étincelante qui épousait chaque repli de son ventre et de son torse.

— Bonjour. Belle matinée, n'est-ce pas ? dis-je.

— Bonjour, dit-il. On est l'après-midi, je crois.

Il ôta une cigarette brune de sa bouche et se pencha légèrement en avant pour amener ses pieds au contact du sol. Le mur était taché d'une marque graisseuse à l'endroit où ses cheveux gris acier reposaient. La porte ouverte juste à côté de lui affichait un grand A peint en rouge avec plein de coulures.

— C'est fou comme le temps passe. Dites, je cherche l'appartement F…

— Avant-dernière porte. (Il fit un geste vers le fond, où quelques hommes et femmes sombres en habit du dimanche prenaient l'air, assis à l'ombre de la galerie, à regarder le terrain vague.) Mais Florida n'est pas chez elle, si c'est pour elle que vous venez.

— Florida Gutierrez ?

— Gutierrez, me reprit-il en replaçant l'accent tonique sur la deuxième syllabe. Elle est partie.

— Où ça ?

— Qu'est-ce que j'en sais ? Elle m'a dit qu'elle partait vivre chez sa sœur, à Salinas.

Ses yeux marron étaient doucement cyniques.

— Quand ?

— Hier soir, vers 10 heures. Elle a cinq semaines de loyer en retard. Elle est venue avec une liasse et elle m'a dit : "Combien je vous dois ? Je m'en vais, je pars vivre chez ma sœur à Salinas." J'ai vu l'homme qui l'attendait au volant de sa grosse voiture et je lui ai dit : "Florida, ta sœur a sacrément changé." Là, elle m'a dit : "Lui, c'est mon beau-frère." Alors je lui ai dit : "T'es une jeune femme vernie, Florida. Ce matin, t'étais une crève-misère, ce soir tu me payes et ton beau-frère t'emmène dans une Buick magnifique."

Il cala sa cigarette entre ses dents blanches souriantes et souffla un plumet de fumée.

— Une Buick, vous avez dit ?

— Une Buick magnifique, répéta-t-il, avec des trous dans la portière. Et une écervelée qui s'enfuit à son bord avec des grands vides dans la tête. Qu'est-ce que je pouvais y faire, moi ?

Il écarta les mains en signe de résignation joyeuse.

— Elle ne fait pas partie de la famille Martinez. *Gracias á Dios,* ajouta-t-il en baissant la voix.

— Avez-vous remarqué la couleur de la voiture ?

— Je saurais pas trop vous dire. Il faisait nuit. Bleue ou verte, je crois.

— Et l'homme ?

Il m'étudia d'un air méfiant.

— Florida a des ennuis ? Vous êtes de la police ?

Je lui montrai ma licence et l'écoutai lire à voix haute toutes les informations qu'elle contenait.

— Je me disais bien que ça sentait mauvais, dit-il doucement.

— Cet homme, il était jeune et beau ?

— C'était un homme d'âge moyen. Il est jamais sorti de sa voiture, même pas pour aider Florida à porter ses valises. Un vrai mufle ! J'ai pas bien aimé son allure.

— Vous pouvez me le décrire ?

— Je l'ai pas très bien vu.

— Moi je pense à quelqu'un, dis-je. Cheveux bruns courts, un peu gros, air fuyant, yeux de pochtron, panama, veste chamois. Se fait appeler Julian Desmond.

Il claqua des doigts.

— C'est lui. Florida l'a appelé Julian. C'est vraiment son beau-frère ?

— Non. Vous aviez vu juste à son sujet. On dirait que vous connaissez plutôt bien cette ville, monsieur Martinez.

Mon compliment sembla le mettre en joie.

— Soixante-trois ans que j'y vis ! Mon père est né ici.

— Alors j'ai une question à laquelle vous devriez pouvoir répondre. Si vous étiez Julian et que vous vouliez emmener Florida à l'hôtel pour la nuit, vous iriez où ?

— N'importe quel hôtel du bas de la ville ferait l'affaire, je dirais.

— Dites-moi lequel vous semble le plus probable. S'il vous plaît.

Je sortis mon calepin.

Il le considéra avec dépit, troublé par l'idée de voir ses dires consignés par écrit.

— C'est grave, comme ennuis ?

— Pas pour elle. On aimerait juste avoir son témoignage.

— Son témoignage ? C'est tout ? Un témoignage sur quoi ?

— La Buick dans laquelle elle est partie s'est trouvée impliquée dans un accident tôt ce matin. Je cherche à identifier le conducteur.

Le vieil homme poussa un soupir de soulagement.

— Si je peux aider, ce sera avec plaisir.

Lorsque je le quittai, j'avais les adresses de plusieurs hôtels : le Rancheria, le Bella, l'Oklahoma, le California, le Great West, le Pacific et le Riviera. Mon troisième choix fut le bon ; il se trouvait que c'était le Great West.

Chapitre 24

C'ÉTAIT un vieil hôtel datant de la construction du chemin de fer, sur Main Street, entre les voies ferrées et la grand-route. Sa façade de brique à petites fenêtres était lugubre, comme si les gros camions qui passaient devant depuis des décennies avaient miné son beau moral et sapé sa belle fringance de l'ère de la vapeur. Dans le hall, il y avait des crachoirs en cuivre cabossé par terre et des vieilles photogravures de l'Union Pacific aux murs. Quatre hommes jouaient au bridge autour d'une table à cartes près de la grande fenêtre. Ils avaient le visage impassible et les mains satisfaites de vétérans du chemin de fer en train de creuser leur retard sur le tableau de route de la vieillesse.

Le réceptionniste était un vieil homme maigre à visière verte translucide et veste noire en alpaga. Oui, M. et Mme Desmond avaient bien pris une chambre : la 310, troisième étage. Pas de téléphone, je n'avais qu'à monter directement. Le groom ne travaille pas le dimanche, ajouta-t-il d'une voix geignarde

Je me dirigeai vers l'ascenseur. Le réceptionniste me rappela :

— Attendez une minute, jeune homme, puisque vous montez. Ce télégramme est arrivé ce matin pour M. Desmond. Je n'ai pas voulu le déranger.

La visière nimbait son visage d'un halo vert cadavérique.

— Je le donnerai à M. Desmond, dis-je en prenant l'enveloppe cachetée.

— L'ascenseur est en panne, gémit-il. Il faut prendre l'escalier.

Le deuxième étage était plus chaud que le premier. Le troisième était parfaitement étouffant. Au fond d'un couloir aveugle éclairé par des ampoules de 20 watts, je trouvai la porte que je cherchais. Une affichette NE PAS DÉRANGER pendouillait sous le bouton.

Je frappai. Grognements de vieux sommier. Puis voix de femme endormie :

— Qui c'est ? C'est toi, Julian ?

Je dis :

— Florie ?

Des pas incertains s'approchèrent de la porte. Elle trifouilla maladroitement le verrou.

— Une minute. Je n'ai pas encore vraiment les yeux ouverts, ce matin.

Je glissai le télégramme dans la poche intérieure de ma veste. La porte s'ouvrit vers l'intérieur et j'entrai en suivant son mouvement. Florie me regarda d'un air hébété pendant quatre ou cinq longues secondes. Elle avait les cheveux en bataille. Ses yeux tombaient lourds et noirs sous ses lourdes paupières. Dans la posture de terreur que son corps avait prise, ses hanches et sa poitrine étaient étrangement dénuées de la moindre importance. Sur son visage cireux, sa bouche maculée de rouge semblait une rose fanée fichée dans de la pâte à modeler.

Elle se précipita gauchement vers le lit et se couvrit le corps avec un drap. Sa mâchoire inférieure tomba, me laissant voir ses gencives pâles. Puis elle l'anima avec difficulté :

— Que me voulez-vous ?

— Aucun mal, Florie, n'ayez pas peur.

L'atmosphère de la chambre était rance et piquée de pointes d'alcool et de parfum bon marché. Un pichet de muscat de deux litres à moitié vide était posé par terre à côté de son lit. Ses vêtements étaient éparpillés sur la moquette, sur une chaise, sur la commode. Elle avait dû les enlever en titubant juste avant de s'évanouir.

— Qui êtes-vous ? C'est Julian qui vous envoie ?

— Le syndicat de l'hôtellerie m'a engagé pour faire des vérifications d'identité. Lutter contre les gens qui donnent des faux noms à l'accueil.

Je ne précisai pas que cela faisait dix ans que j'avais fini cette mission-là.

— Ce n'est pas moi qui ai pris la chambre, dit-elle d'une voix tremblante juste au-dessus de son drap tendu. C'est lui. C'est sa faute à lui. Et puis on n'a rien fait du tout. Il m'a déposée ici hier soir, puis il m'a laissée avec un pichet d'Amusecat. Et il est parti et je l'ai plus revu. Je l'ai attendu la moitié de la nuit. Il est pas revenu. Alors pourquoi vous me cherchez des noises, à moi ?

— Je vous propose un marché. Je vous promets de ne faire porter aucune charge contre vous si vous coopérez.

Une ombre de méfiance assombrit son visage.

— Ça veut dire quoi, coopérer ?

Son corps se tortilla de gêne sous les draps.

— Simplement répondre à mes questions. C'est Desmond qui m'intéresse. Apparemment, il a filé sans vous.

— Quelle heure est-il ?

— Une heure et demie.

— Dimanche après-midi ?

— Hmm-hmm.

— Le salaud, il m'a abandonnée ! Il avait promis de m'emmener en voyage.

Elle s'assit sur le rebord du lit en tirant le drap sur sa poitrine.

— Comment l'avez-vous rencontré ?

— Ce n'est pas moi qui l'ai rencontré. Il est venu me voir au travail un soir, la semaine dernière. Jeudi soir, c'était. J'étais en train de finir mon ménage. Le docteur était déjà parti à la bibliothèque ou je ne sais où, et j'étais seule dans le cabinet.

— Où était Mme Benning ?

— En haut, j'imagine. Ouais, c'est ça, elle était en haut dans sa chambre, avec cette amie noire qu'elle a.

— Lucy Champion ?

— Tout juste. Y en a quand même qu'ont de drôles d'amis. Cette Lucy est passée la voir, et elles sont montées pour parler tranquillement. Julian Desmond m'a dit que c'était moi qu'il voulait voir. Il m'a raconté un bobard comme quoi il recrutait des aides-soignantes pour une clinique d'Hawaï, à 400 dollars par mois ! Et moi j'ai tout gobé. Je l'ai laissé me soutirer des tas d'informations sur les gens pour qui je travaillais, et puis il m'a emmenée boire un verre et il m'a saoulée et il m'a posé plein de questions au sujet de Mme Benning et de cette Lucy. Je lui ai dit que je ne savais rien sur Lucy, ni sur Mme Benning non plus d'ailleurs. Il voulait savoir quand elle était revenue vivre chez son mari, si elle se teignait les cheveux, si elle était vraiment mariée, des trucs comme ça.

— Que lui avez-vous dit ?

— Je lui ai dit qu'elle était revenue le week-end d'il y a quinze jours, comme ça. J'arrive au boulot le lundi matin, et boum, je tombe sur elle. Le docteur m'a dit : "Je vous présente ma femme. Elle vient de finir sa cure dans un sanatorium." Moi, elle me faisait pas trop l'impression d'être une fille à sana… (Florie s'interrompit brusquement.) Voilà, c'est tout ce que j'ai dit. J'ai gobé les salades que ce type m'a servies, alors s'il vous plaît ne venez pas m'accuser de chantage.

— Je comprends. Qu'y aurait-il eu d'autre à lui dire ?

— Rien. Rien du tout. Je ne sais rien sur Mme Benning. Cette femme est un mystère pour moi.

Je changeai d'angle d'attaque.

— Pourquoi vous a-t-elle renvoyée hier soir ?

— Elle ne m'a pas renvoyée.

— Pourquoi êtes-vous partie ?

— Je ne voulais plus travailler avec elle.

— Mais vous avez travaillé avec elle hier.

— Ouais, c'est vrai, c'était avant qu'elle me… Je veux dire avant que je parte.

— Êtes-vous restée dans leur maison tout l'après-midi de samedi ?

— Oui, jusqu'à 6 heures. Je finis à 6 heures, sauf s'il y a du ménage supplémentaire. Donc oui, j'y suis restée jusqu'à 6 heures.

— Est-ce que Mme Benning est restée à la maison tout l'après-midi, elle aussi ?

— Oui, presque. Elle est sortie en fin d'après-midi. Elle a dit qu'elle allait faire ses courses pour le lendemain, dimanche.

— À quelle heure est-elle sortie ?

— Vers 5 heures. Un peu avant 5 heures.

— À quelle heure est-elle rentrée ?

— Je suis partie avant qu'elle rentre.

— Et le docteur ?

— Il était là, pour autant que je sache.

— Il n'est pas sorti avec elle ?

— Non, il a dit qu'il voulait faire la sieste.

— Quand l'avez-vous revue, elle, après ça ?

— Jamais.

— Vous l'avez revue au Tom's vers 8 heures.

— Ouais, ouais, j'avais oublié.

Florie commençait à s'agacer.

— Est-ce qu'elle vous a donné de l'argent ?

Elle hésita.

— Non.

Mais elle n'avait pas pu s'empêcher de tourner la tête pour jeter un coup d'œil à son sac à main rouge posé sur la commode.

— L'argent qu'elle vous a donné, c'était pour quoi ?

— Elle ne m'a rien donné.

— Combien ?

— Mes arriérés de salaire, c'est tout, bégaya-t-elle. Ils me devaient des arriérés de salaire.

— Combien ?

— Trois cents dollars.

— Ça fait beaucoup, pour des arriérés de salaire, non ?

Elle leva ses yeux lourds au plafond puis les rabattit de nouveau sur le sac à main rouge posé sur la commode. Elle le fixa d'un air dur, comme s'il était vivant et qu'il se débattait pour s'enfuir.

— C'était une prime. (Elle avait trouvé un mot.) Elle m'a donné une prime.

— Pour quelle raison ? Elle ne vous aimait pas.

— *Vous* vous ne m'aimez pas, c'est sûr, dit-elle d'une voix puérile. Je n'ai rien fait de mal. Je ne vois pas pourquoi vous vous acharnez comme ça sur moi.

— Je vous aime bien, mentis-je. Mais il se trouve que j'essaie d'élucider des meurtres. Vous êtes un témoin important.

— Moi ?

— Vous. Elle vous a payée pour garder le silence sur quoi, Florie ?

— Si je suis un témoin, ça veut dire que je dois rendre l'argent ? La prime ?

— Pas si vous n'en parlez pas.

— Vous ne direz rien, vous ?

— Je n'en ai rien à faire. Qu'est-ce qu'elle vous a acheté, Florie ?

J'attendis. Je l'écoutais respirer.

— C'est à cause du sang, dit-elle. J'ai trouvé des gouttes de sang séché sur le sol de la salle de consultation. Je l'ai nettoyé.

— Quand ?

— Lundi, il y a deux semaines. Le jour où j'ai vu Mme Benning pour la première fois. J'ai demandé au docteur d'où ce sang venait et il m'a dit qu'il avait eu une urgence pendant le week-end. Un touriste qui s'était fait une coupure au doigt. J'avais complètement oublié cette histoire jusqu'à ce que Mme Benning m'en reparle hier soir.

— C'est comme la mère qui dit à ses enfants qu'il ne faut pas s'enfoncer des petits pois dans le nez.

— Qui c'est, celle-là ? demanda Florie d'une voix presque enjouée.

— C'est une histoire. Le truc, c'est que vous pouvez être sûre que les enfants s'enfonceront des petits pois dans les narines sitôt qu'elle aura le dos tourné. Je parie un dollar que vous avez parlé de ces taches de sang à Desmond à la seconde où elle a tourné le sien.

— C'est faux, dit-elle avec ce petit ton geignard qui signifie : je suis coupable de ce dont vous m'accusez mais ce n'est pas ma faute si les autres n'arrêtent pas d'avoir une mauvaise influence sur moi.

Elle tenta de faire diversion :

— De toute façon, il s'appelle pas Desmond. Il s'appelle Heist, ou un truc comme ça. J'ai vu ça sur son permis de conduire.

— Quand ?

— Hier soir, dans la voiture.

— La Buick ?

— Ouais. À mon avis, il l'a volée. Je n'ai rien à voir avec ça. Il l'avait déjà quand il est venu me chercher à mon appartement. Il a essayé de raconter qu'il l'avait *trouvée*, vous vous rendez compte ? Il m'a dit qu'elle valait bien 5 000 dollars, sinon plus. Je lui ai dit que ça faisait une sacrée somme pour une voiture d'occasion, mais il a juste éclaté de rire.

— C'était une berline 1948 verte à deux portes ?

— Je ne sais pas pour l'année. C'était une Buick à deux portes, et elle était verte. Il l'a volée, c'est ça ?

— Non, je crois qu'il l'a bel et bien trouvée. Est-ce qu'il vous a dit où ?

— Non. Mais ça devait être en ville. Au dîner, il n'avait pas de voiture, et puis quand il est passé me prendre à l'appartement, il conduisait cette Buick. Où croyez-vous qu'on puisse trouver une Buick comme ça ?

— Bonne question. Habillez-vous, Florie. Je ne regarde pas.

— Vous n'allez pas m'arrêter, hein ? J'ai pas fait rien de mal… Euh, j'ai rien fait de mal.

— J'aimerais que vous essayiez d'identifier quelqu'un, c'est tout.

— Qui ?

— Excellente question.

J'allai à la fenêtre et essayai de l'ouvrir. Je n'en pouvais plus de l'air vicié et confiné de cette petite chambre. La fenêtre monta de dix centimètres et se coinça à jamais. Elle donnait sur le nord, l'Hôtel de Ville et le Mission Hotel. Dans les rues figées sous le soleil quelques piétons suaient, quelques voitures rampaient en ronflant. Derrière moi, j'entendis le claquement d'un peigne qui se casse, les jurons étouffés de Florie, le frottement puis le claquement d'une gaine qu'on enfile, le susurrement de bas de soie, puis des bruits de talons et de l'eau qui coule dans le lavabo.

En bas de la fenêtre, dans la cour du dépôt des bus, un bus bleu poussiéreux chargeait des passagers : une Mexicaine enceinte guidant un troupeau d'enfants sombres à moitié nus, un ouvrier agricole en salopette qui pouvait être le père, un vieillard avec une canne qui projetait une ombre tripode sur le bitume, deux jeunes soldats à l'air lassé d'avance par n'importe quel trajet dans n'importe quelle vallée sous n'importe quel ciel. La queue avançait lentement comme un serpent bigarré ivre de soleil.

— Je suis prête, dit Florie.

Elle portait une veste rouge vif sur son chemisier de batiste. Ses cheveux étaient tirés en arrière, dégageant un visage qui paraissait plus dur sous son masque de maquillage blanc et rouge. Elle me fixa d'un air anxieux en attrapant son sac à main en plastique rouge.

— Où allons-nous ?
— À l'hôpital.
— Il est à l'hôpital ?
— Nous verrons bien.

Je lui portai sa valise en carton jusqu'à la réception. Heiss avait réglé la chambre à l'avance. Le vieil employé ne me posa pas de question au sujet du télégramme. Les joueurs de bridge suivirent notre mouvement jusqu'à la porte, puis dans la rue, avec des airs entendus.

Une fois dans ma voiture, Florie se détendit et s'abandonna à sa somnolence de lendemain de cuite. Je traversai la ville jusqu'à l'hôpital du comté. À travers la poussière et les cadavres d'insectes écrasés sur le pare-brise, vacillant dans les ondes de chaleur, les rues et les bâtiments étaient comme une image de la ville vue dans le miroir de l'esprit de Florie. L'asphalte était mou comme de la chair sous les roues de la voiture.

À la morgue, il faisait plus frais.

Chapitre 25

Elle en ressortit en grelottant, serrant son sac à main rouge sur sa poitrine comme un cœur externe qui refuserait de se tenir tranquille. Je la soutenais par le coude. À la porte des urgences, elle se dégagea de moi et se dirigea toute seule vers la voiture. Éblouie par la lumière, en hauts talons sur le gravier du parking, elle semblait éviter la chute de très peu à chaque pas.

Lorsque je me mis au volant, elle se tourna vers moi et me regarda avec un air horrifié, comme si mon visage s'était fait calciner, puis elle se cala le plus loin possible contre la portière droite. Ses yeux étaient deux grosses billes de verre noir.

Je glissai la main sous ma veste et sortis le pli Western Union adressé M. Julian Desmond, Great West Hotel, Bella

City, Californie. Heiss vivant, c'était commettre un crime que de le décacheter. Maintenant qu'il était mort, c'était une pièce à conviction qu'il était raisonnable d'étudier.

Elle contenait un télégramme envoyé de Detroit en tarif réduit pour une distribution le lendemain matin, et signé d'un certain "Van" :

> SURVOL RAPIDE DURANOS RAPPORT DÉTAILLÉ SUIT PAR COURRIER AVIATION. LÉO ARRÊTÉ POUR VOIES DE FAIT À 20 ANS EN 1925 SIX MOIS DE PRISON ARRÊTÉ 1927 RELAXÉ MEMBRE OU PROTÉGÉ SUPPOSÉ DU GANG POURPRE ARRÊTÉ POUR MEURTRE 1930 NON-LIEU FAUTE DE TÉMOINS 1932 ARRÊTÉ POUR MEURTRE ACQUITTÉ ALIBI BÉTON. POST-DISSOLUTION GANG POURPRE LÉO PART CHICAGO GÈRE ÉQUIPE HOMMES DE MAIN 3-4 ANS PUIS TRAFIC MAFIA SOUS COUVERT CONCESSIONS VESTIAIRES. ARRÊTÉ DÉTOURNEMENT DE MINEUR DÉBUT 1942 TRANSFÉRÉ HÔPITAL D'ÉTAT DIAGNOSTIC INCONNU LIBÉRÉ OCT. 1942 SOUS TUTELLE DE SA SŒUR UNA STÉNOGRAPHE ET COMPTABLE PUBLIQUE. HOMME DE MAIN POUR ORGANISATION LOTERIES CLANDESTINES TENTATIVE D'INFILTRATION USINES MÉTALLO ROUGE ET WILLOW ÉCHEC 1943. 1944 LÉO & UNA MONTENT LOTERIES CLANDESTINES DETROIT TOUJOURS EN ACTIVITÉ BONNE PROTECTION GAINS HEBDO ESTIMÉS 2 À 3 K. LÉO & UNA JAMAIS REVUS DANS MICHIGAN DEPUIS JANVIER FERMETURE BANQUES GÉRÉES PAR WILLIAM GARIBALDI ALIAS GARBOLD ANCIEN MEMBRE GANG POURPRE PAR MAISON YPSILANTI. PAS TRACE D'ELIZABETH BENNING LÉO VIVAIT AVEC BESS WIONOWSKI AVANT DÉPART MICHIGAN. DOIS-JE CREUSER PLUS.

— Je voudrais trouver un endroit où m'allonger, dit Florie d'une voix faible. Vous ne m'aviez pas dit qu'il était mort. Vous ne m'aviez pas dit qu'ils l'avaient carbonisé. Un choc comme ça, y a de quoi vous tuer.

Je rangeai le télégramme.

— Désolé. J'ignorais qui c'était jusqu'à ce que vous l'identifiiez. Qu'est-ce qui vous rend si sûre de vous ?

— J'ai travaillé pour un dentiste, dans le temps. J'ai pris l'habitude de remarquer les dents des gens. Julian avait une vilaine dentition. Je l'ai reconnu à ses plombages. (Elle cacha ses yeux noirs luisants sous sa main.) Vous ne voulez pas m'emmener quelque part où je pourrai m'allonger ?

— On passe d'abord à la police.

Brake était assis à son bureau, un sandwich entamé à la main. Sous sa joue, la portion qu'il avait arrachée d'un coup de dents formait une grosse boule roulant au rythme de sa manducation. Sa langue la contourna pour dire :

— Ma femme avait préparé assez de sandwichs pour tout un bataillon avant que je sois forcé d'annuler le pique-nique. Je lui ai dit de passer m'en déposer quelques-uns, histoire d'économiser sur le déjeuner. Ça finit par coûter cher, les déjeuners, quand on fait l'addition.

— Ça devrait aller, pourtant, avec toutes vos heures sup', non ?

— Je mets mes heures sup' de côté pour m'acheter un yacht.

Brake savait que je savais que les flics ne touchaient jamais le moindre cent pour leurs heures sup'.

— Mlle Gutierrez ici présente vient d'identifier votre cadavre calciné. (Je me tournai vers elle.) Je vous présente le lieutenant Brake.

Florie était restée en retrait dans l'embrasure de la porte. Elle fit un timide pas vers nous.

— Enchantée. M. Archer m'a convaincue de venir accomplir mon devoir.

— Un bon point pour lui. (Brake fourra le reste de son sandwich dans sa bouche. Quoi qu'il risquât de se passer ou de se dire à partir de maintenant, il aurait terminé son sandwich.) Elle connaît Singleton ?

— Non. Ce n'est pas Singleton.

— Ce n'est pas Singleton, mon cul. Les papiers de la voiture sont au nom de Singleton et le numéro de moteur correspond, dit-il en tapotant de l'index sur un télex posé en haut de la pile de son trieur.

— C'est la voiture de Singleton, mais ce n'est pas le corps de Singleton. Ce corps appartient à Maxfield Heiss. Un détective de Los Angeles. Florie le connaissait bien.

— Pas si bien que ça tout de même. Il m'a fait des avances, pour essayer de me soutirer des informations sur mes patrons.

— Entrez, mademoiselle Gutierrez, et fermez la porte derrière vous. Maintenant dites-moi, c'est qui, vos patrons ?

— Le Dr et Mme Benning, dis-je.

— Laissez-la parler. Que cherchait-il à savoir à leur sujet, mademoiselle Gutierrez ?

— Quand Mme Benning est revenue, si elle se teignait les cheveux, que des questions comme ça.

— Rien à propos d'un meurtre ?

— Non, monsieur. Julian ne m'a rien dit à propos d'un meurtre.

— Julian ?

— C'était le faux nom de Heiss, dis-je. Nous ferions mieux de filer chez les Benning.

Je me tournai vers la porte. Juste à côté, il y avait un panneau d'affichage en liège avec plusieurs avis de recherche. Je me demandai quelle allure Mme Benning aurait sur ce genre de portrait en noir et blanc très frustre.

Brake dit :

— Seriez-vous prête à jurer, pour l'identification, mademoiselle Gutierrez ?

— Sans doute, oui, si vous insistez.

— Comment ça, sans doute ?

— Je n'aime pas jurer. Ce n'est pas féminin.

Brake lâcha un grognement, se leva et me laissa seul dans le bureau avec Florie. Il revint avec une policière en uniforme aux cheveux blancs et au regard de granite.

— Mme Simpson va rester avec vous, mademoiselle Gutierrez. Jusqu'à mon retour. Comprenez bien que vous n'êtes pas en état d'arrestation.

Brake et moi gravîmes la rampe qui menait au parking.

— On va prendre ma voiture, j'ai quelque chose à vous montrer.

Je lui donnai le télégramme de Detroit.

— J'espère que c'est moins cafouilleux que l'esprit de votre petite dame, là. Quelle abrutie.

— Elle a des yeux et elle a une mémoire.

Il ronchonna et monta dans la voiture.

— Elle a vu quoi, avec ses yeux ?

— Du sang. Des taches de sang séché sur le sol de la salle de consultation de Benning. Elle travaillait là-bas comme secrétaire et femme de ménage.

— Quand ça ? Hier ?

— Il y a deux semaines. Le lundi. Le lendemain du week-end où Singleton a été abattu.

— Vous pensez vraiment qu'il a été abattu ?

— Lisez le télégramme. Voyez ce que ça vous dit.

Je mis le contact, puis pris la première rue transversale vers l'autre bout de la ville, et la maison de Benning.

Brake leva les yeux du papier pelure jaune.

— Ça ne me dit pas grand-chose. Ça me dit que c'est le CV d'un truand dont je n'ai jamais entendu parler. C'est qui, ce Durano ?

— Un mafieux de la loterie clandestine. Il vit en Californie, maintenant. La cliente qui m'avait engagé au départ se trouve être sa sœur, Una.

— Elle vous avait engagé pour quoi faire ?

— Je crois que son frère a abattu Singleton. Que Lucy a vu la scène, et qu'Una Durano voulait la retrouver pour la faire taire.

— Elle est où, à l'heure qu'il est ?

— Je n'en sais rien.

Mais le boursouflé au pistolet d'enfant était très vivant dans mon souvenir.

— C'est étrange que vous ne m'ayez pas confié toutes ces informations.

— Je ne pouvais pas vous dire des choses que j'ignorais, répondis-je un peu hypocritement. Quant à ce télégramme, je viens juste de mettre la main dessus, à l'hôtel où Heiss est descendu.

— Vous échafaudez une histoire plutôt compliquée sur la base d'un petit bout de télégramme. Et ça ne vaut même pas comme preuve, sauf si vous arrivez à mettre la main sur le type qui l'a envoyé. C'est qui, ce Van ?

— Sans doute un privé qui bosse pour une agence de Detroit.

— Ça coûte cher d'utiliser les services d'une agence. Il était plein aux as, votre Heiss ?

— Pas vraiment, mais il ne perdait pas espoir. Il a cru tomber sur la poule aux œufs d'or avec cette affaire. Avec la récompense de Singleton, pour commencer.

— Qu'est-ce qu'il faisait dans la voiture de Singleton ?

— Il a dit à Florie qu'il l'avait trouvée. C'était une preuve pour l'aider à obtenir la récompense. Avant, il avait essayé de faire témoigner Lucy pour lui. Mais l'argent de Singleton n'était qu'un début. Il avait un truc beaucoup plus rentable en tête.

— Du chantage ? Pour extorquer du fric à Durano ?

— Possible.

— Et vous pensez qu'il s'est fait carboniser par les gangsters.

— Possible aussi.

Nous étions arrivés dans la rue de Benning. Je me garai devant l'échoppe du coiffeur à côté de sa maison. Brake n'esquissa pas le moindre mouvement pour sortir de voiture.

— Parmi toutes ces choses possibles, est-ce qu'il y en a que vous sachiez de manière certaine ?

— Non, aucune. C'est une des spécificités de cette affaire. On a sacrément peu de preuves matérielles et sacrément peu de témoins honnêtes. Pris individuellement, aucun des faits que nous avons n'est assez solide pour qu'on puisse y suspendre un chapeau. Mais j'ai une *Gestalt* du tableau général.

— Une quoi ?

— Disons une intuition sur la manière dont tout s'imbrique. Il y a beaucoup de monde dans cette affaire, alors ça ne peut pas être simple. Même entre seulement deux personnes, les actes ne sont jamais simples.

— Épargnez-moi votre cours de philo. Revenons-en à nos affaires. S'il s'agit de règlements de comptes entre gangs, qu'est-ce qu'on vient faire ici ? Mme Benning ne colle pas du tout dans le tableau.

— Mme Benning est la figure centrale, au contraire, dis-je. Elle avait trois hommes sur le feu : Durano, Singleton, Benning. Durano abat son rival Singleton. Elle ne peut pas se permettre de se voir impliquée dans une enquête, alors elle prend la fuite et vient chez Benning pour lui demander de l'aide.

— Et qu'est-ce qu'elle aurait fait de Singleton ?

— Le mieux, c'est de le lui demander.

Chapitre 26

Stores baissés, murs gris, la maison de Benning semblait irradier sa propre pénombre miteuse. Le docteur était pâle et clignait des yeux comme une créature des ténèbres lorsqu'il ouvrit la porte :

— Bonjour lieutenant.

Il me regarda sans dire un mot. Brake lui colla son insigne sous le nez pour signifier qu'il ne s'agissait pas d'une visite de courtoisie. Benning recula brusquement en tendant la main pour attraper son chapeau accroché en haut du porte-manteau de l'entrée et se le mettre sur le crâne.

— Vous partiez, docteur ?

— Euh, non, non. J'aime bien porter mon chapeau, même quand je suis chez moi, répondit-il en offrant à Brake un petit sourire penaud.

Le hall était sombre et frais. Une odeur de bois en voie de putréfaction, que je n'avais pas remarquée auparavant, flottait sous les autres odeurs. Les hommes doués pour les ratages comme Benning avaient le chic pour dénicher, ou se créer eux-mêmes, des environnements propices à l'échec. Il n'y avait aucun bruit hormis celui d'un robinet qui fuyait quelque part comme une interminable hémorragie interne.

— Je veux parler à la femme connue sous le nom de Mme Benning, dit Brake d'une voix professionnelle.

— À mon épouse, vous voulez dire ?

— C'est ça.

— Dans ce cas pourquoi ne pas le dire simplement ? répondit Benning d'un ton acerbe.

Il reprenait du poil de la bête sous son chapeau.

— Elle est là ?

— Pas en ce moment, non. (Il se mordillait l'intérieur de sa longue lèvre supérieure et ressemblait à un chameau inquiet en pleine rumination.) Avant que je réponde à la moindre question, aussi plaisamment formulée soit-elle, j'aimerais savoir si vous êtes là à titre officiel ou si vous tirez juste un plaisir puéril à montrer votre insigne à tout le monde.

Brake s'empourpra.

— Il n'y a aucun plaisir là-dedans, docteur. J'ai deux meurtres au tableau d'affichage et un troisième en voie de transformation.

Benning déglutit plusieurs fois ; sa pomme d'Adam monta et descendit dans sa gorge comme un yo-yo difforme.

— Vous ne pensez pas sérieusement qu'il puisse y avoir un lien…

Sa phrase s'interrompit d'elle-même, créant un silence qui parut le gêner. Il le combla en ajoutant :

— Entre ces meurtres et ma femme ?

— J'ai besoin de votre coopération, docteur. Vous me l'avez offerte ce matin. Je ne peux pas lutter contre la criminalité sans la coopération de mes concitoyens.

Les deux hommes se fixèrent sans dire un mot pendant une bonne minute. Le silence de Brake était lourd, entêté, dense comme celui d'un tronc d'arbre. Celui de Benning était nerveux et attentif, comme s'il eût tendu l'oreille pour capter un son trop aigu pour les nôtres.

Il se racla la gorge. Le yo-yo difforme monta, descendit.

— Mme Benning est partie à San Francisco pour quelques jours. Elle a du mal à se réadapter à Bella City… et à la vie de couple. Après les désagréments de ces deux derniers jours… disons que nous avons tous deux jugé qu'elle avait besoin de repos. Elle est partie il y a environ une heure.

— Où logera-t-elle, à San Francisco ? demandai-je.

— Je suis désolé, je ne connais pas l'adresse. Bess tient à jouir d'une liberté totale et je tiens à la lui accorder.

Il planta ses yeux pâles dans les miens pour me mettre au défi de mentionner notre dernière rencontre.

— Quand reviendra-t-elle ?

— D'ici une semaine, je pense. Cela dépendra en partic des amis chez qui elle va.

— Quels amis ?

— Là non plus je ne peux pas vous aider. Je ne connais pas vraiment les amis de ma femme. Cela faisait deux ans que nous étions séparés.

Il choisissait ses mots avec la plus grande prudence, comme si le moindre cafouillage pouvait libérer une explosion de sens susceptible de le déchiqueter et de réduire sa maison en un tas de gravats. Je compris que Bess l'avait quitté et ne reviendrait pas. Voilà la vérité qu'il nous cachait et qu'il se cachait peut-être à lui-même.

— Pourquoi est-elle revenue après ces deux années ?

— Je pense qu'elle a compris qu'elle avait fait une erreur en me quittant. Mais je ne vois pas ce qui vous autorise à me poser une telle question.

— Le docteur a raison, dit Brake. Il a parfaitement raison. Comment est-elle partie, au fait ?

— En voiture. Elle a pris ma voiture. (Il ajouta d'un ton raide :) Avec ma permission.

— Une berline Chevrolet, c'est bien ça, docteur ?

— Une berline Chevrolet 1946 bleue.

— Immatriculation ?

— 5 T 1381.

Brake la nota.

— Quel itinéraire comptait-elle prendre ?

— Je n'en ai aucune idée. Vous n'avez tout de même pas l'intention de faire arrêter Mme Benning sur la route, si ?

— J'aimerais d'abord m'assurer qu'elle n'est pas chez vous.

— Vous pensez que je vous mens ?

— Absolument pas. Je ne fais que mon travail. Avec votre permission, si vous voulez avoir l'obligeance de me l'accorder.

— Vous avez un mandat ?

— Non. J'étais parti sur l'hypothèse selon laquelle vous n'aviez rien à cacher.

— Évidemment, dit Benning en se forçant à sourire. Simple curiosité. (Son bras traça un arc de cercle vers l'intérieur, qui s'acheva sur le bruit de ses phalanges heurtant le mur.) Messieurs, mes pénates sont à vous.

Brake se dirigea tout droit vers l'escalier, au fond du hall. Je passai en revue les pièces du rez-de-chaussée avec le Dr Benning, et m'attardai un instant dans la salle de consultation. Il parla à voix basse depuis la porte :

— Je connais mes ennemis, monsieur Archer, et les ennemis de ma femme. Je connais aussi les gens comme vous. Les voraces comme vous. Vous cherchez à détruire ce que vous ne pourrez jamais avoir.

Sa voix montait comme un vilain vent, lourde d'échos de notre dernière rencontre.

— Pourquoi votre femme est-elle revenue vers vous ? dis-je.

— Elle m'aimait.

— Dans ce cas pourquoi vous a-t-elle de nouveau quitté aujourd'hui ?

— Elle avait peur.

— Peur des Durano ? Peur de la police ?

— Elle avait peur, répéta-t-il.

Je posai un regard circulaire sur les murs aux tapisseries miteuses et le sol en linoléum parfaitement récuré. Le robinet continuait à fuir au goutte à goutte.

— C'est dans cette pièce que Florie a vu le sang, docteur ?

— Le sang ? dit-il. Quel sang ?

— Le lendemain de l'arrivée de votre femme il y avait des taches de sang par terre. D'après Florie.

— Ah, oui. Un patient est venu me voir en urgence ce dimanche-là. Blessure au doigt.

— Moi je pense que votre patient urgent est arrivé le samedi soir. Que Mme Benning vous l'a amené pour que vous le soigniez. Il ne s'était pas coupé le doigt et il avait une balle dans le corps. Il s'appelait Singleton. Que lui est-il arrivé, docteur, est-ce qu'il est mort entre vos mains ?

— C'est faux.

— Je pense que vous avez effectué une opération clandestine sur un mourant et que vous n'avez pas réussi à le sauver.

— Avez-vous parlé de cette idée à Brake ?

— Non. Je ne suis pas votre ennemi. Je ne m'intéresse pas aux infractions à l'éthique médicale. Je cherche un meurtrier. Mais je n'ai même pas encore pu prouver que Singleton s'est fait assassiner. Est-ce qu'il s'est fait assassiner ?

Nos regards se croisèrent et s'accrochèrent l'un à l'autre jusqu'à ce que Benning baisse le sien.

— Ce n'est pas pour moi que je m'inquiète, dit-il d'une voix tremblante.

— Votre femme ? C'est elle qui a abattu Singleton ?

Il s'abstint de relever les yeux. Nous écoutions tous deux les bruits de pas solitaires de Brake qui redescendait l'escalier, puis traversait la maison dans notre direction.

En entrant dans la pièce, Brake décela immédiatement la tension qu'il y avait entre nous.

— Qu'est-ce qui se passe ici ?

— Presque rien, dis-je.

Benning me regarda avec gratitude, et se ressaisit ostensiblement.

— Vous avez bien regardé sous tous les lits, lieutenant ?

— Oui. Et dans toutes les armoires. Plus aucun vêtement de femme. Vous êtes sûr que votre femme a prévu de revenir ?

— Elle n'a pas beaucoup de vêtements.

Brake traversa la pièce pour se diriger vers le placard fermé que j'avais fracturé la nuit précédente. Il secoua le bouton de la porte avec énervement.

— Vous avez bien fouillé cette pièce, Archer ?

— C'est juste un placard, dit Benning. Vous n'y trouverez que mon squelette.

— Pardon ?

— Mon squelette anatomique.

— Ouvrez-moi ça.

Benning gagna la porte du placard en faisant tinter un porte-clés dans ses mains. Il la déverrouilla en nous lançant un grand sourire amer par-dessus son épaule.

— Vous ne pensez pas sérieusement que j'ai enfermé ma femme là-dedans ?

D'un geste vif, il ouvrit grand la porte. Le crâne lisse souriait avec ténacité, avec orgueil, depuis son refuge éternel loin de la flèche du temps.

Benning recula d'un pas pour guetter nos réactions de choc ou de surprise et sembla déçu de ne pouvoir en admirer aucune.

— M. Macabre, dis-je. D'où est-ce qu'il vient, lui ?

— Je l'ai acheté dans un magasin de matériel médical.

Il tapota de l'index une petite plaque de cuivre fixée sur une des côtes : Sunset Hospital Equipment Co., Ltd. Je l'avais loupée la nuit d'avant.

— Il y a encore beaucoup de médecins qui gardent des squelettes comme ça chez eux ?

— J'y tiens pour une raison particulière. J'étais obligé de travailler pour payer mes études de médecine, et ça m'a fait manquer beaucoup de cours d'anatomie. Alors je me suis formé tout seul avec l'aide de ce bon vieux macchabée. (Du bout des doigts, il appuya légèrement sur la cage thoracique vernie pour imprimer au squelette un mouvement de balancier.) Pauvre gars. Je me suis souvent demandé quel homme ça pouvait être. Un criminel endurci ? Un miséreux mort dans un dispensaire ? *Memento mori.*

Cela faisait un moment que Brake s'impatientait.

— Rentrons, dit-il soudain. J'ai du travail.

— Il y a encore deux ou trois points que j'aimerais soulever devant le Dr Benning.

— Alors faites vite.

Brake semblait s'être enfoncé dans une fourmilière et en être ressorti les jambes pleines de bestioles. Il trépigna quelques instants sur place puis commença à s'en aller en passant par la salle d'attente, comme pour désolidariser son autorité de ma personne.

Le docteur suivit Brake, scellant ainsi le renversement d'alliance qui venait de se produire. Nous étions deux contre lui ; ils étaient désormais deux contre moi.

— Ça ne me dérange pas vraiment, lieutenant. J'aime autant finir de satisfaire la curiosité de M. Archer maintenant, si tant est qu'elle puisse l'être, et qu'on n'en parle plus.

Benning se retourna pour me faire face au milieu de la salle d'attente, comme un acteur qui commencerait enfin à habiter son personnage après l'avoir longuement cherché.

— J'ai un problème d'incohérence de témoignages, dis-je. Florie Gutierrez affirme que votre femme et Lucy Champion étaient amies. Vous prétendez que non. Florie dit que votre femme n'était pas à la maison hier après-midi, à l'heure où Lucy a été tuée. Vous prétendez qu'elle y était, et que vous aussi.

— Je n'ai pas envie de faire semblant d'être objectif dans cette histoire. La réputation de ma femme est en jeu. Mais je connais Florida Gutierrez et je peux vous dire ce que j'en pense. C'est une menteuse invétérée. Et quand ma femme l'a renvoyée hier soir…

— Pour quel motif votre femme l'a-t-elle renvoyée ?

— Incompétence. Malhonnêteté et incompétence. Cette Gutierrez a menacé de se venger, comme elle l'a dit. Je savais qu'elle était prête à tout pour nous nuire. Mais elle m'a quand même surpris par ce qu'elle a fait. La vilenie humaine est sans limites, apparemment.

— Votre femme était-elle chez vous hier entre 5 heures et 6 heures de l'après-midi ?

— Oui.

— Qu'en savez-vous ? Vous faisiez la sieste.

Il resta muet presque une demi-minute. Brake nous observait depuis la porte avec des airs de spectateur las.

— Je ne me suis pas endormi, dit Benning. J'étais conscient de sa présence dans la maison.

— Mais vous ne la voyiez pas, si ? Ça aurait pu être Florie, non ? Pouvez-vous vraiment jurer que c'était votre femme ?

Benning ôta son chapeau et en inspecta le fond comme s'il eût pu y trouver une idée. Puis, lentement, douloureusement, il dit :

— Je n'ai pas à répondre à cette question, ni à aucune question. Même devant un jury… On ne peut pas forcer un mari à témoigner contre sa femme.

— C'est vous qui nous avez proposé un alibi pour elle. Et puis, au passage, rien ne nous prouve qu'elle est bien votre femme.

— S'il n'y a que ça…

Il passa dans sa salle de consultation et en revint avec un document plié qu'il donna à Brake.

Brake y jeta un coup d'œil et me le passa. C'était un certificat de mariage délivré par l'État de l'Indiana le 14 mai 1943. Il prenait officiellement acte de l'union, en ce jour, de M. Samuel Benning, 38 ans, et de Mlle Elizabeth Wionowski, 18 ans.

Benning me le reprit des mains.

— Et maintenant, messieurs, il est temps pour moi de vous rappeler que ma vie privée, comme celle de ma femme, ne vous regarde pas. Étant donné qu'elle n'est pas présente pour se défendre elle-même, je me permets de vous rappeler qu'il existe des lois contre la diffamation et que toute arrestation indue est passible de poursuite devant les tribunaux.

— Inutile de me le rappeler à moi, dit Brake en insistant sur la redondance du pronom personnel. Il n'y a eu aucune arrestation, aucune accusation. Merci de votre coopération, docteur.

Depuis la porte, Brake me lança un regard qui me serra le cou comme une corde de pendu. Nous laissâmes Benning dans le hall, adossé comme un arc-boutant tout frêle contre le mur pourri. Il serrait son certificat de mariage contre son torse comme si c'était un gage d'amour ou bien un cataplasme ou bien un billet de banque ou bien un peu de ces trois choses.

Ma voiture était une vraie fournaise. Brake ôta sa veste et la plia sur ses genoux. Sa chemise était tachée de sueur.

— Vous êtes allé trop loin, Archer.

— Je crois au contraire que je ne suis pas allé assez loin.

— Vous dites ça parce que vous n'avez pas les responsabilités que j'ai moi.

Je reconnus qu'il avait raison.

— Je ne peux pas prendre de risque, poursuivit-il. Je ne peux pas agir sans preuves. Je n'ai rien qui me permette de demander qu'on lance un mandat de recherche au nom de Mme Benning.

— Vous en avez exactement autant sur elle que sur Alex Norris. Sauf que lui, il est toujours en prison.

Brake répliqua d'un ton obstiné :

— Il est en garde à vue pour une durée de vingt-quatre heures. C'est parfaitement légal. Mais on ne peut pas procéder comme ça avec des gens comme Mme Benning. C'est une femme de médecin, ne l'oubliez pas. Je me suis déjà mouillé pour venir voir Benning. Il vit dans cette ville depuis qu'il est tout petit. Son père a été le principal du lycée pendant vingt ans.

Puis il ajouta, sur la défensive :

— On a quoi, au juste, sur elle ?

— Vous avez remarqué son nom de jeune fille, sur le certificat ? Elizabeth Wionowski. Le même que dans le télégramme. C'était l'amante de Durano.

— Même si c'était une preuve, et ça ne l'est pas, ce fait ne nous dit absolument rien concernant Singleton. Ce qui m'échappe dans votre histoire, c'est cette vision d'une femme qui passerait son temps à aller et venir entre ses partenaires, comme dans un foutu *square dance*. Ça n'arrive pas.

— Ça dépend de la femme. J'en ai connu qui avaient six amants sur le feu en même temps. Mmc Benning a fait des allers-retours entre trois hommes seulement. J'ai un témoin qui dit qu'elle a été la maîtresse de Singleton pendant sept ans, avec des pauses plus ou moins longues. Elle est revenue auprès de Benning parce qu'elle avait besoin de son aide…

Brake balaya mes mots comme des moustiques devant son visage.

— Ne m'en dites pas plus. Je dois m'occuper de ça doucement et avec la plus grande prudence, sinon je vais me retrouver au bord du gouffre sans parachute.

— Vous, ou Norris.

— Et ne me titillez pas. Je gère cette affaire comme je dois la gérer. Si vous arrivez à retrouver Mme Benning et à la convaincre de venir témoigner, je l'écouterai. Mais je ne peux pas aller la chercher moi-même. Je ne peux rien faire contre le docteur simplement parce que sa femme est partie se balader. Personne ne lui a interdit de le faire.

La sueur coulait sur son front bas et penché et perlait sur ses sourcils comme des gouttes de rosée sur les branches d'un buisson. Ses yeux étaient très sombres.

— C'est votre ville, lieutenant.

Je le déposai derrière l'Hôtel de Ville. Il ne me demanda pas ce que je comptais faire ensuite.

Chapitre 27

Lorsque je traversai Arroyo Beach pour rejoindre le boulevard du front de mer, c'était la fin d'après-midi. Derrière la bordure de palmiers, le sable était jonché de corps comme un champ de bataille saharien. À l'horizon, l'océan et le ciel se mêlaient en une brume bleue au milieu de laquelle pointaient les pics indigo des Channel Islands. Au-delà de ces îles, le feu du soleil embrasait les versants de l'espace.

Je tournai vers le sud en me glissant dans une file de voitures qui progressaient pare-chocs contre pare-chocs comme une armée en déroute. Les arbres arthritiques jetaient de longues ombres baroques sur la colline du cimetière. L'ombre de la demeure des Durano s'étirait sur la moitié de son vaste jardin envahi d'herbes folles. Je sortis de l'embouteillage pour me garer devant le portail.

Il était toujours fermé avec sa chaîne et son cadenas. Sur le pilier de droite, il y avait un bouton juste en dessous d'une petite plaque usée disant MERCI DE SONNER POUR APPELER LE JARDINIER. Je sonnai trois fois, sans effet audible, puis retournai attendre dans ma voiture. Au bout d'un moment, une petite silhouette sortit de la maison. C'était Una. Elle descendit l'allée d'un pas impatient, courtaude et trapue entre les sveltes cocotiers.

Sa veste en lamé or luisait comme une cotte de maille derrière les barreaux du portail.

— Qu'est-ce que vous voulez, vous ?

Je sortis de ma voiture et me rapprochai d'elle. Elle tourna la tête vers moi, puis vers sa maison, comme si des fils invisibles la tiraient alternativement dans l'une puis l'autre direction. Puis elle tourna brusquement les talons et repartit vers chez elle.

— Je veux vous parler de Leo, dis-je au-dessus des bruits de l'embouteillage.

Le nom de son frère la tira de nouveau vers le portail.

— Je ne comprends pas.

— Leo Durano est votre frère, n'est-ce pas ?

— Qu'est-ce que ça peut vous faire ? Je croyais vous avoir renvoyé, hier. Combien de fois faut-il vous renvoyer pour que vous restiez renvoyé ?

— C'était ça, le problème de Max Heiss ? Lui non plus n'a pas voulu rester renvoyé ?

— Qu'est-ce que Max Heiss vient faire là-dedans ?

— Il est mort ce matin. Assassiné. Vous avez beaucoup de turn-over côté main-d'œuvre, et tous vos anciens employés finissent de la même manière.

Son expression ne changea pas, mais sa main droite diamantée bougea pour s'agripper à un des barreaux.

— Heiss avait des tas d'idées d'ivrogne. Si quelqu'un l'a calmé, ce n'est pas mon problème. Ni celui de mon frère.

— C'est drôle, dis-je, quand j'ai vu Heiss à la morgue, j'ai repensé à vous et à Leo. Leo a plutôt un joli CV dans ce domaine.

Sa main lâcha le barreau et sauta à sa propre gorge comme un crabe scintillant.

— Vous avez vu Bess Wionowski.

— Nous avons eu une petite discussion.

— Où est-elle ?

Una parlait comme si sa gorge lui faisait vraiment mal.

— Disparue, encore une fois, dis-je. Vous feriez aussi bien d'ouvrir la porte. Ce n'est pas un endroit très plaisant pour parler.

— Je ferais aussi bien.

Elle plongea une main dans la grande poche carrée de sa veste dorée. J'avais l'index fermement posé sur le pontet de mon arme. Elle n'en sortit qu'une clé, avec laquelle elle ouvrit le cadenas. Je défis la chaîne et ouvris le portail.

Sa main se ferma sur mon avant-bras :

— Qu'est-il arrivé à Max Heiss ? Il s'est fait égorger, comme Lucy ?

— Il est mort au bûcher, comme Jeanne d'Arc.

— Quand ça ?

— Tôt ce matin. On l'a trouvé dans les montagnes, dans l'habitacle d'une voiture fracassée et calcinée. La voiture appartenait à Charles Singleton, et Heiss portait les habits de Singleton.

— Les habits de qui ?

Ses doigts me rentraient dans les chairs. Son contact était désagréable et étrange, comme quand un épineux à petites branches vous attrape par le bras. Je me libérai de son étreinte.

— Vous le connaissez, Una, c'est le jeune prodige avec qui Bess fricotait. Quelqu'un a carbonisé Heiss après l'avoir habillé avec les vêtements de Singleton pour faire croire que Singleton était mort ce matin. Mais nous savons que c'est faux, pas vrai ?

— Si vous pensez que c'est Leo qui a fait ça, c'est que vous êtes devenu fou.

— Ça m'étonne que vous employiez encore ce mot dans votre famille.

Jusque-là fermement posé sur mon visage, son regard vacilla et chut sur mes chaussures.

— Ce matin, Leo était au lit, chez nous. Son infirmière pourra le confirmer. Leo est quelqu'un de très malade.

— Paranoïa ? dis-je en articulant chaque syllabe. Paralysie générale de fin de syphilis ?

Son calme rigide se déchira comme une photo.

— Ces foutus menteurs de charlatans de la clinique ! Ils m'avaient promis qu'ils savaient garder le secret professionnel. Je vais leur montrer ce que c'est, moi, que le secret professionnel, quand ils m'enverront leur prochaine facture.

— Les gens de la clinique n'y sont pour rien. J'ai assisté à suffisamment d'audiences de demandes d'internement d'office pour savoir reconnaître les symptômes de la paranoïa.

— Vous n'avez jamais vu mon frère.

Ce n'était pas une question ; je n'y répondis pas.

— Je vais le voir maintenant, avec vous.

— Je me suis bien occupée de Leo, s'écria-t-elle brusquement. Je lui ai toujours engagé des infirmières diplômées ! Je lui ai offert les meilleurs soins possibles ! Le docteur passe le voir tous les jours. Je sue et trime pour cet homme, je lui cuisine les plats qu'il aime, du spumone, du minestrone. Quand il le faut, je le nourris moi-même à la petite cuiller.

Elle ravala son flot de mots et se détourna de moi, honteuse de la vieille dame attentionnée qui venait de prendre le dessus sur ses autres personnages.

Je posai une main sur son coude raide et la poussai vers la maison. Son toit de tuiles rouges coupait le soleil comme une lame. Je levai les yeux vers la fenêtre à barreaux derrière laquelle Leo Durano recevait les meilleurs soins possibles, et entendis un mot silencieux se réverbérer de mur en mur à d'innombrables reprises.

Dans le hall d'entrée, un escalier en fonte montait en spirale vers l'étage. Una s'y engagea puis m'ouvrit le chemin au fil d'un couloir extrêmement poussiéreux. Près du fond, l'imposant jeune homme à blouse blanche se tenait assis dans un fauteuil posé juste à côté d'une porte fermée.

Ma présence le surprit.

— C'est un médecin ? demanda-t-il à Una.

— Non, un simple visiteur.

— Je vous le déconseille, mademoiselle Durano, dit-il en secouant ses bajoues. Il m'a donné du fil à retordre cet après-midi. J'ai dû lui mettre sa camisole.

— Ouvrez la porte, Donald, dit Una.

Il sortit une clé de la poche de sa blouse. La pièce abritait un lit métallique sans matelas et un rocking-chair éviscéré fixé au sol par des boulons. Au-dessus de la fenêtre, quelques lambeaux de rideaux tenaient encore à la tringle. À côté de la fenêtre, le plâtre du mur était maculé de traces de mains et parsemé de petites dépressions qui avaient pu être causées par des phalanges. L'intérieur de la porte en chêne avait été défoncé puis réparé avec des planches de chêne brut.

Durano était assis par terre contre le mur du fond, dans le coin, près de la fenêtre. Croisés sur ses cuisses, ses bras étaient gainés dans des manches de camisole en cuir marquées d'empreintes de dents. Il leva les yeux vers nous derrière la frange de cheveux noirs crasseux qui lui tombait sous le front. Sa bouche sanguinolente s'ouvrait et se fermait, cherchant à capturer un mot.

Ce mot ressemblait à : "Pardonne."

Una se précipita vers lui et s'agenouilla maladroitement, un peu serrée dans son pantalon.

— Nous ne te traitons pas bien, Leo. Pardonne-moi.

Elle prit la tête de son frère dans ses bras et la pressa contre son torse métallique.

— Pardonne, dit-il d'une voix hachée. Je pardonne moi. Non-lieu relaxé. J'ai dit aux gobilleurs qu'on peut pas coffrer comme ça un honnête homme ou le fils d'un honnête homme. Je fais le travail de mon père que je leur ai dit.

Serrant la tête marmonnante dans ses deux bras, Una leva les yeux vers moi pour m'adresser un regard chargé de mépris.

— Alors c'est toi le pauvre petit gars qui a commis un meurtre ce matin, hein ? Dites-lui, Donald, dites-lui où Leo se trouvait ce matin.

Donald déglutit douloureusement.

— Il est de la police ?

— Vous brûlez, dis-je.

— Il était là, dans sa chambre. Toute la nuit, toute la matinée. Toutes les nuits et toutes les matinées. Durano ne sort plus trop, vous comprenez.

— Oh vous, la ferme. (Una laissa son frère et marcha vers Donald.) Ravalez vos sarcasmes, gros lard. En ce moment même, cet homme est meilleur que vous ne le serez jamais. Sans Leo Durano, vous seriez encore à torcher des culs de vieux pour 60 dollars par mois. Et c'est *Monsieur* Durano, pour vous.

Donald recula et se ratatina en rougissant comme une épouse teutonne martyrisée.

— Je répondais à votre question, mademoiselle Durano.

— La ferme.

Elle passa à côté de lui comme un petit vent glacial et sortit de la chambre d'un pas vif.

— Donald, dis-je. Et samedi soir il y a quinze jours ? Est-ce que Durano est resté dans sa chambre ?

— Je n'étais pas là. En général, on a droit à nos samedis soir.

— On ?

— Moi et Lucy, avant qu'elle ne s'en aille. Mlle Durano m'a proposé une prime pour que je reste hier soir. Ça n'allait pas trop bien, hier soir.

— Vous venez ? cria Una du bout du couloir.

Elle m'emmena dans la pièce avec la fenêtre panoramique sur l'arrière de la maison. Désormais hors de contrôle, les feux du soleil embrasaient la totalité de l'horizon occidental et commençaient à s'attaquer à l'océan. Sur la côte, dans la zone où la plage s'incurvait, quelques baigneurs attardés se faisaient secouer comme des allumettes dans l'écume rouge sang des rouleaux. Je m'assis près du mur dans un fauteuil m'offrant une vue dégagée sur la pièce, ses portes et ses fenêtres.

Vue de l'intérieur et en plein jour, c'était une pièce spacieuse à l'élégance désuète. Bien entretenue, elle aurait pu être somptueuse. Mais les tapis et les meubles étaient gris de poussière et jonchés des détritus laissés par des semaines d'abandon : magazines déchirés, journaux froissés, mégots, vaisselle sale. Dans une grande coupe, des fruits pourris avaient ressuscité sous forme d'insectes. Au pied des murs, les plantes vertes avaient baissé les bras, puis étaient mortes. Des lambeaux de toiles d'araignées miteux pendaient partout sous le plafond. C'était une villa romaine libérée par les Vandales.

Una s'assit à la table à cartes près de la grande fenêtre. Les cartes avec lesquelles elle et Donald avaient joué la veille au soir étaient éparpillées sur la table parmi des confettis de chips. Une paire de lunettes sombres était posée sur le bord. La main d'Una y monta en rampant et commença à reformer le paquet de cartes.

— Cela fait combien de temps que Leo est fou ? demandai-je.

— Qu'est-ce que ça change ? Vous savez qu'il n'a pas tué Heiss.

— Il n'y a pas que Heiss.

— Lucy Champion non plus. Il n'aurait jamais fait de mal à Lucy. Ils s'entendaient vraiment très bien. C'était une sacrée bonne infirmière, je dois lui reconnaître ça.

— Ce n'est pas pour cette raison que vous teniez tant à la récupérer.

— Ah non ? dit-elle avec un demi-sourire acéré plus amer que l'armoise.

— Cela fait combien de temps, Una ?

— Depuis le 1er janvier. Il a définitivement fondu les plombs au réveillon du Dial, une boîte de nuit de Detroit. Il s'acharnait à obliger l'orchestre à rejouer sans cesse le même morceau, un thème d'opéra quelconque. Ils l'ont joué trois fois et puis ils ont arrêté. Leo a dit qu'ils insultaient un grand compositeur italien. Il a failli abattre le chef d'orchestre. Je l'en ai empêché.

“C'était le réveillon du Nouvel An, et tout le monde a pensé qu'il était raide. Moi non. Je l'observais attentivement depuis l'été, et pendant l'automne je l'avais vu perdre les pédales au moins une fois par jour. C'est Bess qui a déclenché ça chez lui. Il n'aurait jamais dû la reprendre. Ils passaient leur temps à se bouffer le nez comme des chats sauvages. Et puis il a commencé à perdre la mémoire. À un moment, il a cessé de se souvenir du nom de ses collecteurs.

— Ses collecteurs ?

Sa main se figea au milieu des cartes à moitié ramassées. Elle décroisa puis recroisa ses jambes.

— Il dirige une agence de collecte de fonds.

— Avec un pistolet ?

— Leo transportait toujours de grosses sommes. Le pistolet, c'était pour se protéger. Je ne m'étais pas rendu compte du danger jusqu'à ce qu'il tente de s'en servir contre ce musicien. Le docteur qu'il a vu à Detroit a dit que c'était sans espoir et qu'il n'avait plus très longtemps à vivre. J'ai compris que je devais l'emmener loin du Michigan. Je ne voulais pas que mon frère se fasse interner.

— Une nouvelle fois.

— *Une nouvelle fois*, oui, puisque vous savez déjà tout, espèce de salaud.

— Alors vous avez engagé deux aides et vous êtes venus vous installer en Californie. Vous vous disiez sans doute que les Californiens, ce ne serait pas une grosse perte au cas où il lui viendrait le caprice d'abattre quelqu'un d'autre.

Elle leva les yeux de ses cartes pour étudier mon visage et soupeser les implications de ce que je venais de dire.

— La Californie, c'était son idée à elle. Mais je ne vois pas pourquoi vous continuez à parler de meurtre. Je le garde sous haute protection. L'idée que Leo aurait pu commettre ces meurtres est ridicule.

— Ça vous a bien remuée quand je l'ai évoquée. Depuis que je suis arrivé, vous vous démenez comme une diablesse pour lui construire son alibi. Et vous avez aussi soigneusement posé les bases de sa défense. Non coupable car non responsable de ses actes, avec tous les témoins qu'il faut en matière de médecine.

— Je vous ai juste montré que Leo ne peut pas être jugé pour meurtre. Encore moins condamné.

— Pourquoi vous donner tant de mal si c'est une hypothèse absurde ?

Elle se pencha en avant, raide sur sa chaise, pieds campés sur le sol.

— Vous voulez harceler un pauvre type malade, c'est ça ? Qu'est-ce qui se passera, si vous ramenez les flics ? Avec son casier, ils lui colleront n'importe quoi sur le dos, tout ce qu'ils voudront. Et si ça ne marche pas, ils le feront interner.

— Il y a des endroits pires qu'un hôpital public.

Je me trouvais dans l'un d'eux.

— Je ne le supporterais pas, dit-elle. Il a déjà été interné une fois et j'ai vu la manière dont on le traitait. Il a le droit de vivre ses derniers jours en compagnie de quelqu'un qui l'aime.

Malgré toute la force avec laquelle elle les avait prononcés, ses mots tombèrent à plat. J'étudiai sa tête, carrée, raide, penchée, qui semblait saillir comme une protubérance de sa veste en lamé. Côté fenêtre, le soleil baignait son visage de lueurs orangées. Côté salon, l'ombre formait un contraste si tranchant qu'elle paraissait n'être qu'une demi-femme. Ou une femme faite pour moitié de chair et pour moitié de nuit.

— Combien les médecins lui donnent-ils ?

— Pas plus d'un an. Vous pouvez aller leur demander à la clinique. Deux ans grand maximum.

— Entre cent et trois cent mille dollars, donc.

— Qu'est-ce que vous voulez dire par là, nom de Dieu ?

— D'après mes informations, la loterie clandestine que Leo tient dans le Michigan lui rapporte deux à trois mille par semaine. Ça fait potentiellement 300 000 au bout de deux ans. En brut, bien sûr. Il faut déduire l'impôt si vous le payez.

— Je ne vois pas de quoi vous parlez.

— Je parle d'argent, dis-je. Ne me dites pas que vous ne gérez pas l'argent de Leo. Je ne vous croirais pas.

Un irrépressible petit sourire apparut sur ses lèvres, comme si je venais de flatter sa finesse.

— J'ai des frais. De très gros frais.

— Je n'en doute pas. Vison, diamants, domaine sur lc front de mer. Ça coûte, tout ça.

— Des frais médicaux, dit-elle. Ahurissants.

— Je comprends. Vous devez le garder en vie. La rente ne durera qu'aussi longtemps qu'il durera lui. Tant que vous le bichonnez ici, c'est un caïd en congé sabbatique qui prélève son gain hebdomadaire. Mais s'il meurt ou si les flics le coffrent, ou si la nouvelle de son état mental venait à filtrer jusque dans le Michigan, c'en est fini pour vous. Vous êtes plutôt du genre coriace, mais je ne vous vois pas rentrer dans le Michigan pour y livrer une guerre de succession contre ses lieutenants. Si vous en étiez capable, vous ne seriez pas venue me trouver.

Elle ne dit rien. Frissonna un peu à l'intérieur de sa veste métallique. Puis elle empoigna la moitié bien rangée du tas de cartes et la jeta de colère sur la table, avant de tout balayer, verre en cristal compris, du revers de sa manche.

— Vous n'avez pas trouvé ça seul, dit-elle d'une voix glaciale. C'est Bess Wionowski qui vous a informé.

— Elle m'a peut-être un peu aidé.

— La voilà, la gratitude de Wionowski. (Un pouls sec trépignait comme une minuscule bestiole piégée dans les veines de sa tempe gauche.) Quand Leo l'a reprise l'an dernier, elle crevait la dalle. On a payé sa caution pour la sortir de sa prison de Detroit et on l'a traitée comme une reine. Quand on est venus s'installer ici, en Californie, on lui a même laissé choisir la ville. J'aurais dû me douter qu'elle avait une bonne raison pour choisir celle-ci.

— Singleton, dis-je.

Elle reçut ce nom comme un électrochoc. Elle se leva d'un bond et se mit à donner de violents coups de pied dans les bouts de verre cassés comme si elle eût haï tout ce qui était réel.

— Salope de pouliche fourbe. Où est-elle ? Où est-elle ? Si vous la gardez sous le coude dans un coin en attendant qu'elle touche sa part, vous pouvez aller lui dire que je ne paye pas les balances.

Elle vint se camper au-dessus de moi, débordant de rage et de dégoût, désormais moins qu'une demi-femme, petite poupée hommasse ventriloquant sa colère.

— Redescendez sur terre, dis-je. Vous allez vous déclencher une migraine. Ni elle ni moi ne veut de votre argent pourri.

— Si mon argent est si pourri que ça, qu'est-ce qui a pu attirer votre sale museau de fouineur chez moi ?

— La vérité, très chère, seulement la vérité. Si quelqu'un sait ce qui est arrivé à Singleton, c'est vous. Donc vous allez me le dire.

— Ou sinon ?

— Vous le direz aux flics. Je peux les faire venir avant la nuit tombée.

Elle s'assit sur le bord de sa chaise et porta son regard vers le soleil couchant. Coupé en deux par l'horizon, le demi-disque rouge était comme l'œil géant d'un oiseau que montait lentement recouvrir une paupière bleue aux reflets mordorés.

— Comment est-ce arrivé ? dis-je.

— Laissez-moi le temps de réfléchir…

— Vous avez eu deux semaines. Maintenant parlez.

— Tout est la faute de Bess Wionowski. Le grand domaine, le grand train de vie, c'était pas encore assez bien pour cette jeune sauvageonne de Chicago. Au début du printemps dernier, elle s'est mise à fréquenter ce type dans les montagnes, là. Le rejeton Singleton. Je me suis dit qu'elle le connaissait du temps où elle vivait ici, pendant la guerre. Très vite, elle a commencé à découcher. J'ai essayé de cacher ça à Leo, mais il a fini par l'apprendre. Il a des périodes de lucidité, vous savez. Enfin, il en avait jusqu'à il y a deux semaines. C'était un samedi soir, Bess était dans la montagne avec son gommeux d'amant pour un week-end de somptueuse musique de chambre. Leo a appris où elle était, par Lucy Champion, j'imagine. Lucy était censée s'occuper de lui ce soir-là, mais elle n'a rien pu faire quand il a explosé. Elle a appelé un taxi et a filé dans la montagne pour prévenir les… amants.

Ce dernier mot sonna comme une obscénité dans la bouche d'Una.

— Et vous, où étiez-vous ?

— En ville. À mon retour, Leo m'attendait avec un pistolet. Il avait arraché les ressorts de son lit, démoli la porte de sa chambre et trouvé l'arme que je gardais dans ma chambre. Il m'a forcée à le conduire à la cabane de Singleton. Pistolet sur la tempe. Quand on est arrivés, Singleton est sorti sur sa terrasse et Leo lui a tiré une balle dans les boyaux. J'ai ceinturé Leo par-derrière dès qu'il n'a plus eu le pistolet braqué sur moi. On a dû s'y mettre à quatre pour le maîtriser.

— Quatre ?

— Moi, Bess, Lucy. Lucy était là. Et Singleton.

— Vous m'avez dit que Singleton venait de se prendre une balle.

— Il tenait encore debout. Quand je suis partie, il tenait encore debout. Je suis partie immédiatement, dès qu'on a eu fini de ligoter Leo. Il fallait que je le ramène à la maison.

— Donc vous ignorez ce qui est arrivé ensuite à Singleton ?

— Oui. Ils ont tous les trois disparu des radars. J'ai engagé Max Heiss pour qu'il me dise si Singleton était vivant ou mort. Il a passé toute la semaine dernière à surveiller la maison de sa mère. Jeudi, Lucy s'y est montrée, pour mettre le grappin sur la récompense, j'imagine. Heiss l'a suivie dans le bus qui l'a ramenée à Bella City et en a appris beaucoup plus que ce qu'il m'a jamais dit. Vendredi soir, il m'a fait un rapport et a prétendu qu'il avait perdu la trace de Lucy à

Bella City. J'ai compris qu'il cherchait à me doubler à cause de certains mots qui lui ont échappé à propos du soir où Leo a tiré sur Singleton. Il voulait me pousser à acheter son silence puis aller toucher en plus la prime pour Singleton.

— Vous l'avez donc tué pour le guérir de sa cupidité.

— Réfléchissez mieux.

— Vous étiez la personne qui avait le plus à perdre. Lucy et Heiss étaient ceux qui pouvaient vous faire perdre tout cela.

— J'ai encore tout à perdre. Croyez-vous que je vous livrerais tout sur un plateau d'argent, comme ça, si je n'en étais pas consciente ?

— Qui d'autre avait un mobile pour les éliminer ?

— Bess, dit-elle sèchement. Lucy était en contact avec Bess à Bella City, je m'en rendais compte en parlant avec elle. Max Heiss était sur ses talons. Comment voulez-vous que je sache ce que Bess a pu faire à Singleton ? Il est peut-être mort de sa blessure pendant qu'elle s'occupait de lui, ce qui l'aurait rendue complice d'un meurtre. Avec le casier qu'elle a inauguré il y a plus de dix ans, elle ne pouvait pas sc permettre de se retrouver avec une enquête sur le dos.

Je me levai, allai me poster à côté d'elle, la regardai d'en haut et lui dis :

— Avez-vous aidé Bess à se rappeler son casier, là-haut, à la cabane de Singleton, après que votre frère lui a tiré dessus ? Est-ce pour cela qu'elle a disparu et qu'elle a cherché à planquer Singleton ?

— Vous trouverez bien les réponses par vous-même.

— Vous lui avez fait peur pour la forcer à camoufler l'affaire, c'est ça ? Par pur dévouement sororal, évidemment. Pour protéger votre frère, et sa rente.

Elle gigotait comme une puce sur sa chaise, jambes fermement croisées pour bander ses défenses.

— Quelle autre raison aurais-je pu avoir ?

— J'ai lancé des hameçons par-ci par-là pour en pêcher, dis-je. J'ai ferré une histoire vieille de quinze ans. Entre un homme, sa femme et leur fils. Le fils était mongolien. Débile. Le mari haïssait sa femme pour lui avoir donné ce fils. Quand le fils a eu dix ou douze ans, le père lui a offert un fusil et l'a emmené dans le désert pour lui apprendre à tirer. Le gosse avait suffisamment de méninges pour presser la détente d'un fusil. Un soir, le père lui a tendu le fusil et lui a dit de tuer sa mère. Elle dormait dans son lit. Le gosse a explosé la cervelle de maman pour faire plaisir à papa. Il n'a pas été poursuivi. Mais son père, si. Même s'il n'était pas physiquement l'auteur du meurtre. Il a été condamné à mort pour homicide volontaire avec préméditation et exécuté au cyanure d'hydrogène.

— C'est bien triste pour lui.

— C'est bien triste pour quiconque voudrait commettre un assassinat par procuration. En incitant un individu privé de jugement à commettre un crime, vous vous rendez coupable de ce même crime devant la loi. Le saviez-vous, quand vous avez conduit votre frère voir Singleton dans la montagne et que vous lui avez tendu une arme ?

Elle me fixa, les yeux haineux, le contour de la bouche vrillé de tics grotesques. Sur le côté gauche de sa tête où tressautaient ses veines noueuses, son visage avait enflé de biais, comme si l'épreuve morale l'avait totalement déformé. La lumière de la fenêtre tombait sur elle comme un flot de chaleur visible s'écoulant par la trappe d'un haut-fourneau.

— Vous n'arriverez jamais à me faire porter le chapeau, dit-elle. Vous n'avez même pas de cadavre. Vous ne savez pas plus que moi où le corps de l'enfant prodige peut bien se trouver.

Cette affirmation se transforma en une question un peu avant d'atteindre le point final. Je laissai cette question lui creuser le cerveau comme la lame d'un scalpel.

Chapitre 28

Derrière les fenêtres de la villa palladienne, les lumières brillaient comme l'esprit dans le cerveau d'une douairière. Autour d'elle, le spectre vert des pelouses et des arbres se solidifiait en une dense noirceur verte. Je me garai sous la porte cochère et tirai sur la chaînette de cloche à l'ancienne à côté de l'entrée de service.

Une femme ronde en tablier m'ouvrit la porte. Sa main laissa une couche de farine blanche sur le bouton.

— C'est pour quoi ?

— Est-ce que Mme Treen est chez elle ?

— Je crois qu'elle est occupée. Qui dois-je annoncer ?

— Monsieur Archer.

Elle m'autorisa à patienter dans le hall. J'étais en train de m'asseoir sur une élégante chaise aux pieds incurvés lorsqu'elle tourna la tête par-dessus son épaule et m'envoya un regard de désapprobation. Je restai debout. Le monsieur chinois aux lobes d'oreilles savants continuait son éternel voyage de tableau en tableau, par monts, vaux et rivières, jusqu'à la montagne au sommet enneigé où se dressait son temple. À lui tout seul il était sept, un par étape de son périple. Je n'étais que moi-même, et mes lobes me faisaient l'impression d'être plutôt en dessous de la moyenne.

Sylvia apparut au bout du hall, pâle et absente, vêtue d'un tailleur noir aux allures d'uniforme.

— Je suis tellement soulagée de vous voir ici.

— Comment va Mme Singleton ?

— Pas bien du tout, je le crains. L'après-midi a été très éprouvant pour elle. La police a téléphoné de Bella City pour dire que la voiture de Charles avait été retrouvée avec son corps à l'intérieur. Ils voulaient qu'elle vienne l'identifier. Mais elle avait à peine fini de se préparer à partir qu'ils appelaient de nouveau. Le corps avait été identifié, ce n'était pas celui de Charles mais celui de quelqu'un d'autre. Un détective. Je suis tellement contente que ce ne soit pas vous.

— Moi aussi. C'était Max Heiss.

— Oui. C'est ce que j'avais compris. Savez-vous pourquoi on l'a tué ? Et pourquoi il portait les vêtements de Charles ?

— Quelqu'un voulait faire croire que Charles était mort ce matin dans un accident. Le corps a été carbonisé pour compliquer l'identification.

Une expression d'horreur figea un instant son visage.

— Il y a des choses vraiment affreuses dans le monde. Pourquoi ?

— Il y a des choses vraiment affreuses dans la tête des gens. Ce meurtre-ci est plus facile à expliquer que bien d'autres. Si Charles était mort dans un accident de voiture ce matin, il ne pouvait pas avoir été abattu il y a deux semaines.

— Vous voulez dire qu'il est vraiment mort il y a deux semaines ? C'est impossible, vous ne pouvez pas… souffla-t-elle doucement à l'intention des faits irréversibles autant qu'à la mienne.

— Charles est probablement mort, Sylvia. Je sais qu'il s'est fait tirer dessus. Je crois qu'il en est mort.

— Qui pouvait vouloir abattre Charles ?

— Il avait une liaison avec une certaine Bess. Bess avait d'autres amants. L'un d'eux a surpris Charles avec elle et lui a tiré une balle dans le ventre. Bess a un casier judiciaire, ça l'a forcée à tout faire pour couvrir l'affaire. Elle a emmené Charles chez son mari, qui est médecin à Bella City. Apparemment, Charles n'a pas survécu. Personne ne l'a revu depuis.

— *Elle* si, murmura Sylvia.

— Qui ça ?

— Cette femme, cette Bess. Elle a appelé ici tout à l'heure. Je suis sûre que c'était elle.

— Vous lui avez parlé ?

— Oui. Elle a insisté pour parler à Mme Singleton, mais Mme Singleton n'était vraiment pas en état de parler. Elle ne s'est pas présentée. Elle n'avait pas besoin de le faire. À ce qu'elle me disait, j'ai assez vite compris qu'elle était la… maîtresse de Charles.

— Qu'est-ce qu'elle a dit ?

— Qu'elle avait des informations pour nous.

— Cinq mille dollars d'informations ?

— Oui. Elle a prétendu qu'elle savait où Charles se trouvait.

— Avez-vous prévu de vous voir ?

— Je l'ai invitée à venir ici, mais elle a refusé. Elle m'a dit qu'elle rappellerait à 7 heures pour convenir d'un lieu de rendez-vous. Entre-temps, nous devons réunir l'argent, en coupures non marquées. Heureusement, Mme Singleton a déjà ce qu'il faut. Elle tient cette somme prête depuis le jour où elle a fait passer l'annonce.

— Mme Singleton a donc l'intention d'aller jusqu'au bout.

— Oui, c'est ce que je lui ai conseillé de faire. J'ai peut-être tort. Je n'avais personne vers qui me tourner. Cette femme a particulièrement insisté pour que je n'appelle pas la police ou l'agence de détectives de Mme Singleton, ou ses avocats. Elle m'a dit que si je le faisais, il n'y avait plus de marché.

— Ceci dit, elle ne m'a pas mentionné moi.

— Si seulement vous pouviez m'aider, monsieur Archer. Je ne suis pas équipée pour gérer ce genre de… transaction. Je ne saurais même pas quoi demander en guise de preuve.

— Quel genre de preuve vous a-t-elle proposé ?

— Des preuves concernant l'endroit où Charles se trouve. Elle ne m'a rien dit de plus et je n'ai pas eu la présence d'esprit de le lui demander. Ça m'est tombé dessus par surprise. Je n'ai même pas eu le réflexe de lui demander si Charles était en vie.

Elle hésita, puis dit d'une voix pleine d'émotion :

— Enfin bien sûr que je voulais le lui demander. Mais je crois que ça me faisait peur. Je me suis dit que je le ferais plus tard. Puis la standardiste lui a demandé de remettre de l'argent et elle a raccroché.

— C'était un appel longue distance ?

— Il m'a semblé qu'elle appelait de Los Angeles.

— Combien la standardiste lui a-t-elle demandé de rajouter ?

— Quarante cents.

— C'était sans doute Los Angeles. Bess n'a pas dit son nom ?

— Non, mais elle appelait Charles "Charlie". Assez peu de gens l'appellent comme ça. Et elle connaissait mon nom. J'imagine que Charles a dû lui parler de moi. (Elle se mordit la lèvre.) Quand j'ai compris ça, ça m'a abattue. Elle ne s'est pas juste contentée de m'appeler par mon prénom, elle m'a parlé avec *condescendance*, comme si elle savait tout de moi… et de mes sentiments pour Charles.

— Vous vous sentiriez mieux si vous saviez tout d'elle.

— C'est votre cas ?

— Non, personne ne sait tout d'elle. Elle a tassé plusieurs vies dans ses vingt-cinq premières années.

— Elle n'a que vingt-cinq ans ? Je la croyais beaucoup plus âgée que ça. Plus âgée que Charles.

— Bess a grandi tôt et vite. Elle s'est mariée à dix-huit ans avec un homme deux fois plus âgé qu'elle. C'est lui qui l'a emmenée ici pendant la guerre. Et c'est ici qu'elle a rencontré Charles en 1943.

— Il y a si longtemps que ça, dit-elle d'une voix pleine de tristesse. (La perte de Charles était définitive et rétroactive.) Bien avant que je le rencontre moi.

— Wilding l'a vue en compagnie de Charles en 1943.

— Il ne me l'a jamais dit.

— Il se l'est interdit. Depuis, elle a fait beaucoup d'allées et venues d'un bout à l'autre du pays, d'un côté à l'autre des murs de la prison…

— Vous dites qu'elle s'est mariée. Vous pouvez m'en dire plus sur son mari ?

— Elle a brisé son âme il y a bien des années. Elle l'utilise quand elle en a besoin, quand elle n'a rien de mieux à faire pour s'occuper.

— Je ne vois… Je n'arrive pas à comprendre comment Charles a pu s'intéresser à une femme comme ça.

— C'est une jolie poupée. Et elle était mariée avec un homme qui n'accepterait jamais de divorcer ; c'était sans risque.

— Mais lui qui est tellement idéaliste. Qui a des exigences morales si élevées. Rien n'était jamais assez bien pour Charles.

— Il avait peut-être perdu le contact avec ses propres exigences. Je n'ai jamais rencontré Charles, mais j'ai l'impression qu'il y avait comme une fêlure en lui. Celle d'un homme qui passe sa vie à essayer de saisir quelque chose de réel sans jamais y arriver. (Je ne savais pas trop si ma franchise était due à l'attention que je portais à la jeune femme vivante ou à la jalousie que j'éprouvais pour l'homme mort.) Cette balle dans le ventre aura probablement été la chose la plus réelle qui lui soit jamais arrivée.

Ses yeux noisette étaient embués mais demeuraient aussi limpides que de l'eau dans un puits.

— Vous ne pouvez pas parler de lui comme ça.

— On ne dit pas de mal des morts ?

— Vous ne savez pas s'il est mort. (D'un geste grave, elle porta sa main droite en coupelle sur son sein gauche.) Je le sens, là. Je sens qu'il est vivant.

— J'ai interrogé un témoin aujourd'hui qui m'a dit qu'il s'était pris une balle dans le ventre.

— Comment pourrais-je le sentir vivant avec une telle puissance ?

— Il l'est peut-être, dis-je sans conviction. Les éléments dont je dispose ne permettent de tirer aucune conclusion sûre.

— Mais vous refusez de me laisser nourrir le moindre espoir. Je crois que vous souhaitez qu'il soit mort.

Je caressai le revers de sa main, toujours posée sur son sein.

— Je n'ai jamais rencontré de fille qui ait plus de bonté que vous. Je serais désolé de vous voir la gâcher pour la mémoire d'un type qui n'a jamais pensé à personne d'autre qu'à lui-même.

— Il n'était pas comme ça ! (Elle était rouge et radieuse de colère.) Il était magnifique.

— Pardonnez-moi, dis-je. Je suis fatigué. Je ne devrais pas essayer de jouer les fins stratèges avec la vie des autres. Ça ne marche jamais.

Je m'assis sur la chaise aux pieds incurvés et laissai mes pensées filer dans le tourbillon noir de mon cerveau.

Sa main sur mon épaule me fit me redresser. Elle me regarda avec un sourire plein d'innocence et de sagesse :

— Ne soyez pas désolé, et ne soyez pas en colère contre moi. Je n'ai pas été vraiment gentille.

Gentille devait être son deuxième prénom, mais je gardai ça pour moi. Je jetai un coup d'œil à ma montre :

— Il est bientôt 7 heures. Qu'allez-vous lui dire ?

— Je m'en remets à vous. Vous ne voulez pas prendre l'appel ?

— Elle connaît ma voix. Il vaut mieux que ce soit vous qui lui parliez. Dites-lui que vous avez l'argent. Que vous être prête à lui acheter son information, à condition qu'elle puisse en prouver la véracité. Si elle se trouve à Los Angeles ou bien à distance de voiture, fixez-lui un rendez-vous à 10 heures ce soir. Plus tard si elle insiste. Dites-lui d'aller à West Hollywood et de se garer devant le 8411 1/2, Sunset Boulevard. C'est là que vous la contacterez.

— Moi ?

— Vous et moi. (J'écrivis l'adresse dans mon carnet, arrachai la page et la lui donnai.) Et peu importe la comédie qu'elle peut vous faire, ne la laissez pas choisir le lieu.

— Pourquoi ?

— Vous serez avec moi. Bess elle-même est peut-être dangereuse, ou peut-être pas, mais ce qui est sûr c'est qu'elle a des amis dangereux.

Elle lut l'adresse que je lui avais notée.

— Il y a quoi, à ce numéro ?

— Mon bureau. C'est un endroit sûr pour la rencontrer et j'y ai fait installer des micros. Vous ne pratiquez pas la sténo, j'imagine.

— Pas vraiment, non. Mais je sais prendre des notes.

— Vous avez une bonne mémoire ? Répétez-moi les instructions que je vous ai données.

Elle les répéta sans la moindre erreur, puis, comme un enfant qui se rappelle soudain ses bonnes manières, elle dit :

— Passons dans la bibliothèque, monsieur Archer. Je vais vous préparer du thé pendant que nous patientons. À moins que vous ne préfériez un verre ?

Je lui dis que le thé me convenait très bien. Le téléphone sonna avant que je puisse y goûter. C'était Bess. Elle appelait de Los Angeles.

Chapitre 29

À 9 HEURES et demie nous étions dans mon bureau de West Hollywood. J'appelai mon service de messagerie téléphonique et l'on m'informa qu'un certain M. Elias McBratney de Beverly Hills avait appelé deux fois samedi et rappellerait lundi. James Spinoza Jr, des Maillots de Bain Spinoza, voulait que je le rappelle au plus vite au sujet de ces satanées ruptures de stock. Une dame qui n'avait pas souhaité se présenter avait tenté de me joindre à quatre reprises entre 8 heures et 9 h 20. Je remerciai la standardiste et lui dis que je prendrais moi-même les appels jusqu'à nouvel ordre.

J'éteignis la petite lampe à côté du téléphone. Mon antichambre était maintenant faiblement éclairée par le rectangle de lumière blanche qui filtrait par la vitre sans tain de la porte du bureau. Un changement de lumière sur le boulevard découpa la silhouette de la jeune femme en ombre chinoise sur la fenêtre.

— Regardez toutes ces lumières qui remontent haut dans les collines, dit-elle. Je n'ai jamais vu cette ville de nuit. C'est tellement moderne, tellement attirant.

— C'est moderne.

Debout derrière elle, je regardais les voitures rouler sur le boulevard. Dans la pénombre, je me sentais très proche de Sylvia, et très conscient du temps présent. Les phares claquaient puis disparaissaient comme une vive succession d'instants volés à la nuit.

— Un jour, il faudra tout de même penser à soulever ça sur des vérins le temps de construire des fondations dessous.

— Cette ville me plaît comme ça, dit-elle. En Nouvelle-Angleterre il n'y a que des fondations, et rien de vivant dessus. Qui peut se soucier des fondations ?

— Vous, pour commencer.

Elle se retourna, et son épaule me frôla comme un geste amical offert par la pénombre elle-même.

— Oui, vous avez raison. Vous en avez, vous, Archer, des fondations, n'est-ce pas ?

— Pas vraiment. Je me suis bricolé un gyroscope. J'ai peur de tomber si je le laisse s'arrêter de tourbillonner.

— C'est mieux que des fondations. Et je ne crois pas que quoi que ce soit puisse vous faire peur.

— Ah non ?

Je lâchai un petit ricanement d'oncle cynique qui se transforma en un rire authentique. Sylvia ne m'y rejoignit pas.

Le téléphone sonna. Je décrochai.

— Bonsoir.

Pas de réponse. Juste un vague murmure électrique, le bruit du câble dans l'éther. Clic. Fini.

Je reposai le combiné sur son support.

— Personne.

— C'était peut-être elle. Bess.

Dans la lumière en contre-plongée du boulevard, Sylvia avait le visage blanc et des yeux gigantesques.

— Ça m'étonnerait. Elle n'a aucun moyen de savoir que mon bureau se trouve ici.

— Vous croyez qu'elle va venir ?

— Oui. Elle a besoin de l'argent pour rebondir.

Je tâtai ma poche intérieure dodue de billets de banque.

— Rebondir, dit Sylvia comme une touriste apprenant un nouveau mot dans la langue du pays. Quelle vie affreuse elle a dû vivre, et vit encore. Oui, j'espère qu'elle va venir.

— C'est si important que ça ?

— Je veux savoir, pour Charles. (Elle ajouta, à mi-voix :) Et j'ai envie de la voir.

— Vous le pourrez. (Je lui montrai la vitre sans tain, et le casque relié au micro dans l'antichambre.) Vous resterez ici et vous prendrez des notes. Je la recevrai dans l'antichambre. Je ne pense pas qu'elle nous causera d'ennuis.

— Je n'ai pas peur. J'ai tellement eu peur de tout pendant tellement longtemps. J'ai l'impression que je viens d'en guérir.

À 9 h 52, une berline Chevrolet bleue passa lentement de l'autre côté de la rue, en direction du centre. Le visage de la conductrice claqua dans les phares d'une voiture venant dans l'autre sens.

— C'était Bess. On y est. Vous restez ici, vous ne faites aucun bruit et vous ne vous approchez pas de la fenêtre.

— D'accord.

Je descendis les escaliers quatre à quatre en prenant cependant soin de bien refermer toutes les portes derrière moi. À 9 h 58 la Chevrolet revint et se gara juste devant le porche sous lequel j'attendais. Je traversai le trottoir en trois enjambées, ouvris la portière et collai la bouche de mon pistolet entre les côtes de la jeune femme. Elle desserra le frein à main et fit hurler le moteur. Je retirai la clé de contact. Elle essaya de me griffer au visage. J'attrapai sa main.

— Calmez-vous, Bess. Vous êtes coincée.

— C'est l'histoire de ma vie. (Elle soupira puis prit une longue respiration.) Je supportais ça mieux avant de vous rencontrer. Alors, petit homme, qu'est-ce qu'on fait ?

— On fait comme prévu, sauf que c'est avec moi que vous allez traiter.

— Qu'est-ce qui vous dit que je vais accepter ?

— Cinq mille billets et mon petit doigt.

— Vous voulez dire que vous avez l'argent ?

— Je ne vous le donnerai qu'une fois que vous l'aurez gagné.

— Et vous me laisserez partir ?

— Si vous êtes raisonnablement innocente, et vous savez que je n'émarge pas à la brigade des mœurs.

Elle se pencha vers moi pour observer mes yeux comme si son avenir se cachait derrière eux. Je m'écartai.

— Montrez-moi l'argent.

— En haut, dans mon bureau.

— Qu'est-ce qu'on attend, alors ?

Elle sortit de la voiture, corps ample et stupéfiant dans une robe de jersey jaune boutonnée d'or sur le devant. Je la fouillai en bas de l'escalier. Elle ne portait pas d'arme mais me brûla un peu les mains. Une fois dans l'antichambre, à la lumière, je vis cependant qu'elle était en voie de perdre ce qu'elle avait eu. Son passé lui revenait au visage comme le vieux texte gratté d'un palimpseste. Sa poudre et son rouge à lèvres, alcalins et orange sous l'éclairage fluorescent, se craquelaient et s'écaillaient. Les points noirs se voyaient dans les pores de son nez et de son cou. L'effritement était à l'œuvre et il progressait vite, comme une maladie mortelle que son mari lui aurait transmise ce jour-là.

Elle sentit mon regard froid sur elle et leva les bras pour se recoiffer en un geste réflexe. Ses cheveux étaient un mélange de mèches jaunâtres et noires. Je me dis qu'elle avait dû passer son après-midi à tenter de les décolorer à l'eau oxygénée, à essayer de reconstruire son image dans le miroir piqué de quelque hôtel miteux. Et je me demandai ce que l'autre jeune femme pouvait penser derrière la vitre sans tain.

— Ne me regardez pas comme ça, dit Bess. J'ai eu une rude journée.

Elle s'assit dans un fauteuil près de la porte du couloir, aussi loin de la lumière que possible, et croisa ses jambes. Les jambes étaient à l'abri de l'effritement.

— Vous avez tout fait pour, dis-je. Maintenant parlez.

— Vous n'allez pas me laisser jeter un coup d'œil à vos billets ?

Je m'assis en face d'elle et posai les cinq enveloppes kraft sur la table entre nous. Le micro était caché dans la petite lampe de chevet qui ornait cette même table. Je l'allumai.

— Cinq mille, vous avez dit ?

— Vous traitez avec des gens honnêtes. Vous pouvez me croire sur parole.

— Que voulez-vous savoir, en échange ?

— Tout. Tout ce que vous savez.

— Ça prendrait des années.

— Vous croyez ? Dans ce cas commençons par du simple. Qui a tué Singleton ?

— Leo Durano. (Ses yeux bleus embués s'étaient de nouveau fixés sur les enveloppes.) Maintenant, j'imagine que vous voulez que je vous dise qui est Leo Durano.

— Nous nous sommes rencontrés. Je connais son CV.

Elle était désormais au-delà de toute surprise.

— Vous ne connaissez pas Leo comme je connais Leo. Je voudrais n'avoir jamais croisé sa route.

— Il s'est fait arrêter pour corruption de mineur il y a dix ans. C'était vous, la mineure ?

— Oui. C'est lui, la rencontre dont je parlais, celle des concessions de vestiaires dans les boîtes de nuit. On s'est tous les deux fait serrer le même soir, et ils ont vus qu'on habitait dans la même chambre d'hôtel. Il s'en est bien sorti. L'expert psychiatre a dit qu'il était siphonné. Ils n'avaient qu'à me demander, je leur aurais dit moi-même. Ils l'ont collé chez les fous pour un petit moment, jusqu'à ce que sa sœur Una le fasse sortir. Elle le sort de toutes ses merdes depuis qu'il est gamin.

— Sauf cette fois, dis-je. Bien. Et Singleton, alors ?

— Moi et Charlie ?

— Vous et Charlie.

— Il a été le seul grand amour de ma vie, dirent ses lèvres craquelées. (Ses mains décolorées passèrent sur son corps de jersey doux, des seins aux cuisses, pour faire partir un souvenir ou bien le raviver.) Je l'ai rencontré trop tard, après avoir épousé Sam. Sam et moi vivions ensemble à Arroyo Beach, et Sam passait tout son temps à bosser, sans jamais s'amuser. Ce n'était pas une vie pour moi. Charlie m'a draguée dans un bar. Il avait tout pour lui. Beauté, classe et uniforme d'officier de l'Air Force. Il avait la vraie classe. La classe, c'était ce qui m'avait toujours manqué. C'était ce que je recherchais. Je suis sortie avec lui le premier soir et ça a été magique. C'est Charlie qui m'a fait découvrir combien ça pouvait être bon. Leo, Sam et les autres n'avaient jamais gratté plus loin que ma surface.

“Charlie a dû retourner à Hamilton Field, mais il redescendait en avion tous les week-ends. Je les attendais, ces week-ends, si vous saviez. Puis Sam a pris la mer et je ne me suis bientôt plus souvenue de son visage. Même là, alors que je vous parle, je ne m'en souviens pas. Quand Charlie est parti, ça a été très différent. Il a dû prendre un poste sur la base de Guam. Finis les allers-retours. L'attente s'est prolongée ; il ne m'écrivait pas.

“Sam, lui, il m'écrivait. Et c'est lui qui est rentré le premier. Alors j'ai fait contre mauvais choix de vie bon cœur. Après tout, j'étais mariée à ce type. Nous nous sommes installés à Bella City et je lui ai cuisiné ses petites côtelettes et j'ai dit bonjour comment allez-vous aux nunuches de patients qui venaient le voir. Je ne lui avais jamais parlé de Charlie, mais je crois que mes silences avaient tout dit pour moi. Ce n'était pas du tout le bonheur avec Sam, à son retour. J'ai tenu le coup un an en continuant à suivre les missions de Charlie dans le journal et en barrant les jours dans le calendrier. Je les ai tous barrés, les uns après les autres, pendant toute une année. Je me levais tôt le matin, je barrais le jour, et puis je me recouchais.

“Un samedi matin, je ne me suis pas remise au lit. J'ai pris un bus et je suis allée à Arroyo Beach. J'ai appelé Charlie, et nous avons renoué. Nous nous voyions presque tous les week-ends. C'était l'été 46, je crois. Ça n'a pas duré. En septembre, il m'a dit au revoir et il est parti à Boston pour étudier à l'école de droit d'Harvard. Je suis restée avec Sam cet hiver-là. Ce fut un long hiver. Puis l'été est arrivé, et ce fut bon, mais ça n'a pas duré. Ça ne durait jamais. L'année suivante, quand il a commencé à pleuvoir dans la vallée et que j'ai vu tout ce vert l'envahir, j'ai arrêté de me battre. Je n'entendais même plus ce que Sam me disait. Ça me traversait la tête comme du vent.

“J'ai pris un train pour New York, puis de là un autre train pour Boston, Massachusetts. Charlie avait un appartement pour lui tout seul dans le quartier de Belmont, mais il n'a pas été heureux de me voir. Il m'a dit que j'étais un élément de ses vacances californiennes. Que je ne collais pas avec sa vie à Boston. Le salaud. Je lui ai dit ce qu'il était lui, et j'ai claqué la porte avec rien d'autre que la robe que je portais. C'était le mois de mars, il neigeait. J'ai marché vers le fleuve, pour y sauter, parce que ce fleuve s'appelle le Charles et que ça le rendrait fou. Espérais-je.

“Je suis restée longtemps debout les yeux rivés sur le courant, hypnotisée par la chute des flocons à la surface de l'eau. Puis j'ai marché jusqu'au terminus du métro et j'ai rejoint le centre. Je n'ai pas attrapé de rhume, même ça je ne le valais pas. J'ai habité assez longtemps sur Scollay Square, et j'ai tenté de renouer avec Charlie. La première fois que je l'ai appelé pour lui dire ce que je devenais, il m'a raccroché au nez. Ce soir-là, c'est sur les rails du quai numéro 3, à la station de métro, que je suis restée les yeux rivés. Pendant plus d'une heure, incapable de faire un pas, aussi bien en avant qu'en arrière.

"Un type en chemise de smoking m'a vue regarder les rails ; il est venu me parler, et il m'a emmenée. C'était un danseur de salon professionnel. Il venait de Montréal et était au chômage. Paul Theuriet. Je l'ai entretenu tout le reste de l'année et nous avons travaillé un numéro ensemble. La rue de La Gauchetière, à Montréal, ça vous dit quelque chose ?

— Absolument rien.

— C'est un quartier rude, et notre numéro l'était aussi, dans son genre. Paul pensait que j'avais tout ce qu'il fallait pour devenir danseuse professionnelle. Dieu sait que j'ai travaillé. Mais je devais être trop pataude ou je ne sais quoi. Lui, il était vieux et arthritique. On a tout de même réussi à se dégotter quelques dates dans des boîtes de troisième zone de Niagara Falls, Buffalo, Toledo. Puis on a fini par s'échouer à Detroit. J'ai travaillé comme serveuse dans un bar à bière, à essayer de nous faire assez d'argent pour que monsieur Jambes Souples puisse ouvrir son école de danse. Des clous. On a tenté deux ou trois fois la bonne vieille arnaque au chantage avec photos compromettantes, mais Paul a tout foiré et s'est barré au Canada en me laissant dans le merdier. C'est là que Leo réapparaît dans ma vie.

— J'allais m'impatienter.

— Vous m'avez demandé de tout raconter, dit-elle avec un sourire narquois et entêté. (C'était son histoire, c'était tout ce qu'il lui restait à montrer de sa vie, et elle avait bien l'intention de la raconter comme elle l'entendait.) Leo a appris que j'étais au gnouf de Detroit pour extorsion. Ça remarchait bien pour lui, à l'époque. C'était un assez gros calibre chez les caïds de la loterie clandestine pour tout le Michigan. Il avait de l'influence et des relais dans la police, et il ne m'avait pas oubliée. Il m'a sortie du trou. Et voilà comment, toutes ces années plus tard, je me suis retrouvée à vivre avec Leo et sa sœur. Aucune classe, mais du pognon. Je faisais partie du pognon.

— Et vous vécûtes heureuse et eûtes beaucoup d'enfants. Ce qui explique pourquoi vous n'êtes pas là devant moi en train de me parler.

— Ce n'est pas drôle, dit-elle. Leo a commencé à griller ses fusibles, pire que jamais. À tel point que j'ai envoyé de l'argent à Sam, comme une prime d'assurance. Je me disais que si ça tournait vraiment vinaigre je pourrais toujours revenir ici et me réfugier chez Sam. Ils ignoraient l'existence de Sam.

— Ils ?

— Leo et sa sœur. Elle avait pris en main toute sa gestion dès ses premiers symptômes. Leo a complètement perdu la boule à la fin de l'an dernier. Il a voulu abattre un chef d'orchestre sans aucune raison valable. On l'a emmené chez un docteur et le docteur a dit que ça faisait vingt ans qu'il avait la syphilis et qu'il en était maintenant au stade où ça bouffe le cerveau. Stade terminal. Dans ces conditions-là, il était hors de question qu'il reste traîner dans le Michigan. Il n'avait pas que des amis, dans le syndicat. Les collecteurs et les troisièmes couteaux commençaient à se retourner contre lui. Leo n'avait jamais fait le généreux. En matière d'écot, il ne mettait que sa réputation de gros dur dans la balance, et la menace de faire jouer ses nombreuses relations. Si ses lieutenants apprenaient qu'il avait perdu la boule, ils l'éjecteraient ou ils l'élimineraient immédiatement. Voilà comment nous sommes arrivés en Californie. J'ai réussi à vendre Arroyo Beach à Una.

"Depuis Boston, depuis le jour où Charlie Singleton m'a flanquée à la porte de sa vie, j'avais cette petite idée qui me trottait dans la tête. Il croyait m'avoir trouvée dans le caniveau, et je me disais que si je revenais à Arroyo Beach pleine aux as, je le mettrais à genoux, je le ferais pleurer pour qu'il me reprenne. Je le croiserais dans la rue en faisant mine de ne pas le voir. Ce genre de choses. Mais quand je l'ai revu en vrai, j'ai craqué et je me suis retrouvée à la case départ, le samedi soir à la cabane. Je me fichais du mal qu'il avait pu me faire. C'était le seul homme avec qui j'aimais être. Ça a fonctionné comme au bon vieux temps jusqu'à il y a quinze jours. Quand Leo a appris, pour Charles et moi.

Elle se tut, les yeux comme de l'acier bleui luisant dans la brume.

— C'est Lucy qui lui a dit ?

— Certainement pas. Lucy était ma seule vraie amie dans cette maison. Et puis, elle était infirmière. Elle avait suivi une formation en psy quelque chose. En psychiatrie. Elle n'aurait jamais fait subir un tel choc à un de ses patients. C'est elle qui est venue nous prévenir que Leo était sur le sentier de la guerre. Elle a pris un taxi et est arrivée à la cabane un rien avant Leo.

— Qui a lancé Leo sur le sentier de la guerre ?

— Una. Du moins, c'est ce qu'on a fini par déduire après coup. Lucy m'a conduite à l'hôtel pour que je garde mon rendez-vous avec Charlie. Quand Lucy est rentrée à la maison, Una lui a fait subir un interrogatoire en règle pour savoir où j'étais, avec qui j'étais. Lucy n'a rien voulu dire et Una l'a renvoyée. Je pense qu'Una savait déjà tout. Elle a libéré Leo et elle lui a monté la tête contre nous.

“Peut-être que la maladie de Leo était un truc de famille et qu'elle l'avait aussi. Quoi qu'il en soit, fallait qu'elle soit vraiment atteinte pour lâcher Leo avec un pistolet chargé et un permis de tout faire. Je ne m'en suis pas rendu compte sur le moment. J'étais dans la cabane avec Lucy quand ça s'est produit. J'ai regardé par la fenêtre et j'ai vu Leo dans le break avec Una, et Charlie qui marchait vers eux sans se méfier du danger. Leo a laissé Charlie s'approcher jusqu'à lui, et là il a tiré. Charlie est tombé et puis il s'est relevé. Una a arraché le pistolet des mains de Leo. On s'y est mis à tous, et on a réussi à le maîtriser. Puis Una nous a servi tout un bobard comme quoi Leo l'avait forcée à le conduire ici. Je l'ai crue, sur le moment. J'avais trop peur pour ne pas la croire. J'avais toujours eu peur d'Una.

"Elle a dit qu'il fallait étouffer l'affaire, sinon… Qu'il fallait faire comme s'il ne s'était rien passé. Pas d'hôpital pour Charlie, alors qu'il était plié en deux dans sa voiture. J'avais trop peur pour m'opposer à Una, alors j'ai pris les quelques vêtements que j'avais dans la cabane et j'ai conduit Charlie et Lucy à Bella City.

"J'étais passé voir Sam Benning deux ou trois fois au printemps et pendant l'été, au cas où j'aurais besoin de lui un jour. Il croyait que je travaillais à L.A. comme mannequin. Nous nous entendions bien, mais je ne pouvais pas lui dire la vérité. Je ne pouvais pas lui dire qu'un de mes amants avait tiré sur l'autre et que lui, il fallait qu'il répare ça. J'ai joué le coup aussi bien que j'ai pu avec Sam. Je lui ai dit que Charlie avait tenté d'abuser de moi et que c'était moi qui lui avais tiré dessus. Lucy m'a soutenue. Charlie n'était plus en état de parler.

"Sam m'a crue. Il m'a fait promettre que s'il soignait Charlie, je resterais avec lui à Bella City comme une bonne épouse. J'ai promis. Je n'avais pas le choix.

"Peut-être que la blessure était plus grave que ce qu'elle paraissait, ou peut-être que Sam n'est pas très bon chirurgien. Il a tout mis sur le dos de Lucy, il a dit qu'elle lui avait fait louper l'opération en essayant de l'aider. Sam a toujours eu tendance à mettre les choses sur le dos des autres. Quoi qu'il en soit, Charlie est mort dans la nuit, sur le divan d'auscultation, avant même de se réveiller de l'éther.

— Qui lui a fait l'anesthésie ?

— Je ne sais pas, je n'étais pas là. Je ne supportais pas de le voir saigner.

— Vous êtes une drôle de femme, Bess.

— Non, je ne crois pas. Comment aurais-je pu supporter de regarder Sam le charcuter ? Charlie était mon homme. Je l'aimais.

“Je vais vous dire ce qui est vraiment drôle, poursuivit-elle après un bref silence. C'est que les gens qu'on aime ne sont jamais ceux qui vous aiment. Les gens qui vous aiment, comme Sam, ce sont ceux que vous ne pouvez pas aimer. Sam était quelqu'un de bien quand je l'ai rencontré. Mais il était trop dingue de moi. Je ne pouvais pas l'aimer, je n'aurais jamais pu, et il était trop intelligent pour ne pas s'en rendre compte. Ça l'a détruit.

“Le dimanche matin, il a fait un truc fou. Il avait Charlie mort dans son cabinet, et il croyait que c'était moi qui l'avais tué. C'était trop tard pour que je change de version. Sam a eu peur de me perdre une nouvelle fois, et ça l'a fait basculer. Il a découpé Charlie en petits morceaux, comme un boucher. Il s'était enfermé à la cave et m'avait interdit d'y descendre. J'ai compris aux bruits ce qu'il était en train de faire. Dans la cave, il y avait un baquet à lessive et un vieux poêle à gaz qui lui venaient de sa mère. Quand il a eu fini, il ne restait plus que des os. Il a passé les trois nuits suivantes à travailler pour s'en débarrasser. Il les a reliés les uns aux autres avec du fil de fer. Sam a toujours été doué de ses mains. Quand ils ont tous été montés, vernis, séchés, il y a riveté la plaque d'un fabricant de matériel médical et il l'a suspendu dans un placard. Il m'a dit que c'était mon squelette et mon placard et que si jamais je le quittais…

Elle mima son égorgement du bout de l'ongle.

On entendit un cri étouffé dans le bureau.

— Et c'est ça, votre preuve ? dis-je d'une voix forte.

— Vous le trouverez dans le placard de sa salle d'auscultation. À moins que vous ne l'ayez déjà vu ?

— Qu'a-t-il fait de la voiture de Charlie ?

— Il l'a cachée dans la grange, sous des bâches et des vieilles planches. Je l'ai aidé.

— Est-ce que vous l'avez aussi aidé à calciner Max Heiss, quand Max a trouvé la voiture ?

Bess ne m'entendit pas. Dans la pièce d'à côté, des vagues de sanglots et de hoquets hachés enflaient puis retombaient, de plus en plus sonores. C'était elles que Bess écoutait, la chair de son visage aussi hâve et livide que de l'argile humide s'affaissant sur son support.

— Vous m'avez piégée, dit-elle.

Quelque chose chut doucement et pesamment contre la porte vitrée. Je me levai. J'eus beaucoup de mal à ouvrir la porte, parce que Sylvia s'était évanouie contre elle. Je réussis à glisser un bras par l'entrebâillement et à la faire rouler sur le dos. Les écouteurs noirs pinçaient son visage blanc fermé. Elle ouvrit les yeux.

— Je suis désolée, dit-elle. Quelle grande idiote je fais.

Je me précipitai vers la fontaine à eau. Bess était à la porte du couloir, à s'emmêler les doigts avec le verrou. Les enveloppes de billets n'étaient plus sur la table.

— Asseyez-vous, dis-je à l'adresse de son dos jaune fatigué. Je n'en ai pas fini avec vous.

Elle ne répondit pas. Toute l'énergie qui lui restait était mobilisée pour la fuite. Le verrou finit par tourner. La porte s'ouvrit vers l'intérieur sous la poussée d'Una.

Una avait la bouche humide. Les yeux obturés par la même noirceur que celle que j'avais vue dans le visage de son frère. L'arme qu'elle tenait était réelle.

— Je me disais bien que je vous trouverais ici, avec lui. Voilà la récompense qu'on donne pour les balances et les foutues traîtresses, Wionowski.

— Ne faites pas ça, dit Bess en se retenant au montant de la porte, cherchant encore à s'enfuir.

Je m'écartai vers le mur en attrapant mon arme d'un geste rapide. Mais pas assez rapide. Bess tituba en arrière sous le choc du premier coup de feu d'Una, puis elle s'effondra sous celui du second. La double détonation claqua dans ma tête comme des os qui se brisent.

Je fis feu pour tuer. Una mourut debout d'un petit trou baveux à la tempe, puis son corps tomba en faisant un bruit mat. Je tapotai la main de Sylvia jusqu'à l'arrivée de la police. Au début, elle était glacée. Petit à petit, elle se réchauffa et je sentis le sang recommencer à battre dans ses veines.

Chapitre 30

Le ciel étoilé était bombé comme une cloche de cristal sur la ville. Le fond de la vallée ressemblait au sol d'une grotte, avec les stalagmites émoussées des montagnes se détachant sur les parois luisantes. Je sortis de la grand-route et m'engageai dans les rues désertes de Bella City. Minuit. Façades délavées par le clair de lune alcalin, les bâtiments se dressaient comme des ombres grises sur leur propre ombre noire.

Je me garai devant chez Benning, actionnai la sonnette et entendis sa complainte résonner à l'intérieur de la maison. Une porte s'ouvrit en grinçant au fond du hall. Un trait de lumière se fit, puis s'élargit en un rectangle net ; Benning le traversa et referma la porte derrière lui. Son visage apparut au-dessus du carreau en carton au coin de la fenêtre. Il était fripé et raturé comme une esquisse d'autoportrait jetée à la poubelle.

Il m'ouvrit.

— Qu'est-ce qu'il y a ? Pourquoi venez-vous me voir ?

— Montrez-moi vos mains, docteur.

Je lui montrai le pistolet que je tenais dans la mienne.

Il sortit sur la terrasse, volumineux dans un ample bleu de travail, et me montra ses deux mains vides.

— Elles sont sales, dit-il. J'étais en train de faire du ménage.

— Votre femme est morte.

— Oui. Je sais. Ils m'ont appelé de Los Angeles. Je suis dans mes préparatifs de départ. (Il tourna son regard vers mon arme comme si c'était une chose obscène dont on ne devait pas parler.) Ils vous ont envoyé me chercher ?

— Je suis venu de mon propre chef.

— Pour vous délecter de mon chagrin, monsieur Archer ? demanda-t-il d'un ton ironique et brisé. Vous serez déçu. Je n'en éprouve aucun. Pas pour elle. J'ai déjà trop souffert pour elle. (Il tourna ses paumes vides vers le haut et y plongea les yeux.) Je n'ai plus rien. (Ses poings se refermèrent lentement sur un peu de clair de lune.) C'est qui, cette femme ? Celle qui l'a abattue ?

— Una Durano. Elle est morte elle aussi. Je l'ai tuée.

— Je vous en suis reconnaissant. (Ses mots étaient aussi abstraits que la lumière de lune qu'il serrait dans ses poings.) Pourquoi a-t-elle fait ça à Bess ?

— Pour diverses raisons. La première étant sans doute que votre femme avait été témoin du meurtre de Singleton.

— Bess ? Témoin ?

— Elle était là quand Singleton s'est fait tirer dessus.

— Mais bon sang, c'est qui ce Singleton ?

— Vous le savez aussi bien que moi, docteur. C'était l'amant de votre femme. Leur relation durait depuis presque aussi longtemps que votre mariage.

Benning jeta un coup d'œil des deux côtés de la rue.

— Entrez, dit-il d'un ton nerveux. Je n'ai que quelques minutes, mais parlons plutôt à l'intérieur.

Il s'écarta pour me laisser passer, se forçant à se plier au code du savoir-vivre comme un funambule terrorisé se force à ne pas regarder le vide. Je lui fis signe de passer devant en agitant mon pistolet puis le suivis jusqu'à sa salle de consultation. L'atmosphère étouffante de la maison contrastait avec la fraîcheur de la nuit.

Je fis rouler sa chaise pivotante jusqu'au milieu de la pièce.

— Asseyez-vous. Loin du bureau.

— Trop aimable à vous, dit-il avec son sourire de chien triste. Bess aussi était trop aimable, en un sens. Je ne nierai pas que j'étais au courant de sa liaison avec Singleton. Ou que je fus content qu'elle l'ait tué. Ça m'a paru parfait que ce soit elle qui mette fin à la vie de ce jeune homme arrogant.

— Ce n'est pas Bess qui l'a tué.

— Je crains que vous vous trompiez. Maintenant qu'elle est morte, je peux vous dire la vérité. Elle m'a avoué que c'était elle.

— Elle vous a menti.

Debout jambes écartées, têtu sous la lumière du lustre, il secoua sa longue tête de droite à gauche.

— C'est impossible. Personne ne mentirait pour s'accuser d'un meurtre.

— Bess si. C'était pour elle la seule façon de vous forcer à tenter de le sauver. La vraie coupable est Una Durano. Bess était là, c'est tout.

Il s'affaissa sur la chaise.

— Vous en êtes sûr ? Absolument sûr ?

— Je ne pourrais pas le prouver devant un juge. Mais ce ne sera pas utile. Una est morte, tous les témoins aussi : Singleton, Lucy et Bess.

— Est-ce que c'est cette femme qui les a tous assassinés ? Quel genre de femme était-ce ?

— Le genre le plus dur et mauvais qui soit. Mais elle ne les a pas tous tués. Elle n'a tué que Bess. Elle croyait que Bess allait la dénoncer.

— Vous venez de dire qu'elle avait abattu Singleton.

— Pas tout à fait.

— C'est pourtant bien ce que vous avez dit.

— Ce crime était une tentative de meurtre exécutée par procuration, mais c'est vous qui avez achevé Singleton. Je crois qu'il serait toujours en vie si vous n'aviez pas joué du scalpel contre lui.

Le corps de Benning sursauta en arrière. Ses grandes mains sales passèrent sur son abdomen vêtu de grosse toile. Le pouce et l'index d'une d'elles trifouillèrent la fermeture éclair de son bleu comme s'il s'agissait d'une suture dans sa chair.

Il retrouva sa voix :

— C'est parfaitement absurde. Vous ne pouvez prouver ni la chose ni l'intention. La mort de Singleton était purement accidentelle. Je n'ai pas réussi à contenir l'hémorragie interne.

— Vous avez détruit le corps. Ça veut dire beaucoup de choses.

— Encore faudrait-il le prouver. Mais vous ne le pouvez pas puisque vous n'avez pas de corps. Vous n'avez rien.

C'était un écho de ce qu'il avait dit à propos de lui-même.

— Les ossements de Singleton feront l'affaire.

— Des ossements ?

— Le squelette que vous avez monté pour forcer Bess à filer droit. Vous allez vous faire prendre à votre propre piège.

— Je ne comprends rien à ce que vous me racontez.

J'agitai un peu la main dans laquelle je tenais mon arme en direction de la porte.

— Allez ouvrir le placard de votre salle de consultation.

Il se leva en se tenant toujours le ventre à l'endroit où mon accusation l'avait touché. Il m'eut l'air trop docile. Le placard était vide. Il referma la porte et s'adossa contre elle. Son sourire triste à grandes dents mimait celui du crâne absent.

— Où est-il, docteur ?

— J'imagine que Bess a dû le prendre avec elle. Ça ferait un assez beau symbole, ça aussi.

Il y avait une grille en fer encastrée dans la plinthe au pied de la porte du placard. Le regard de Benning s'y fixa involontairement juste une seconde de trop. Cette grille était une des bouches d'un vieux système de chauffage à air. Tenant Benning en respect avec mon arme, je me baissai pour la toucher. Elle était chaude, et je sentis les légères vibrations du feu qui créait cette chaleur.

— Montrez-moi la chaudière.

Benning s'aplatit contre la porte. Ses yeux luisaient d'un petit éclat pâle, comme s'ils avaient appartenu à une bête traquée tapie au fond de lui. Et puis, soudain, ses épaules s'affaissèrent et il obtempéra. Je me méfiai de sa docilité. Je la sentais tout en tension, et dangereuse. Je le fis avancer en gardant bien mon pistolet braqué sur son dos.

Nous traversâmes le rez-de-chaussée puis descendîmes à la cave. La lumière y était restée allumée. Une ampoule nue suspendue par son fil projetait une lumière jaune miteuse sur des étagères remplies de pots vides, de morceaux de meubles cassés, de piles de vieux journaux et magazines et d'innombrables générations de toiles d'araignées. Une gazinière à trois brûleurs rouillés était posée sur un banc en bas de l'escalier ; au-dessus d'elle, un chauffe-eau en cuivre cabossé et verdi par le temps était fixé au mur. Benning évita ce coin de la cave.

Dans le coin opposé, derrière une cloison en bois brut, un antique poêle en fonte soufflait comme un taureau. J'ouvris sa trappe du bout de ma chaussure, et vis ce qu'il y avait en plein milieu de la fournaise : un crâne léché par les flammes au creux d'un nid de phénix d'os.

À côté de moi, Benning était perdu dans sa contemplation. Le reflet orange des flammes animait faiblement le bas de son visage. L'espace d'un instant, il eut l'air jeune et souriant.

— Éteignez ça.

Il reprit ses esprits en sursaut.

— Je ne peux pas. Je ne sais pas comment faire.

— Débrouillez-vous, et vite. Ces os valent de l'argent pour moi.

Il brancha un tuyau d'arrosage au robinet d'eau chaude du ballon et dirigea le jet sur le foyer. La fournaise crépita, de grosses bouffées de vapeur s'échappèrent par la trappe. Benning en émergea en toussant, puis s'assit sur un tas de fagots, le dos contre la cloison de bois. Je regardai l'intérieur du poêle noirci, et posai les yeux sur 5 000 dollars d'os calcinés, tout ce qu'il restait de l'enfant prodige. C'était une sale façon de gagner sa vie que de vendre les ossements d'un homme mort. Je refermai la trappe d'un coup de pied.

Paupières closes, tête basculée en arrière contre les planches, Benning semblait mort lui aussi.

— Êtes-vous prêt à me faire des aveux complets ?

— Jamais, dit-il. Ils ne peuvent pas me condamner.

— Ils ont droit à trois chances, n'oubliez pas.

— Trois chances ?

— S'il n'y avait que Singleton, le doute pourrait peut-être l'emporter. La compassion aussi, qui sait. Il vous avait pris Bess. On peut comprendre que votre scalpel ait pu riper dans ses boyaux.

Il dit d'une voix grave :

— On m'a livré mon ennemi. On me l'a offert.

Puis il ouvrit les yeux d'un air ahuri, comme s'il avait parlé dans son sommeil et qu'il se réveillait de son cauchemar.

— Mais cela ne marchera pas pour Lucy. Elle a essayé de vous aider. (Benning éclata de rire, et dut produire un gros effort pour l'étouffer et se forcer au silence.) Avant que Bess ne se fasse tuer, elle m'a dit que Lucy vous avait assisté pour cette opération. Lucy était donc en position de savoir qui avait tué Singleton, et comment. Quand elle s'est retrouvée prise à la gorge – entre ses problèmes avec sa propriétaire, son absence de travail et les détectives qui la suivaient – elle a eu l'idée de vendre ce qu'elle savait à la famille de Singleton. Mais elle a commis l'erreur de venir vous voir hier, pour vous laisser une chance avant de faire quoi que ce soit de définitif.

"Si elle arrivait à vous soutirer de l'argent à vous, elle n'aurait pas à vous vendre ni à s'impliquer elle-même dans une affaire de meurtre. Vous lui avez donné l'argent que vous aviez sous la main. De quoi s'offrir un billet de train et quitter la ville. Vous vous êtes aussi couvert contre le risque qu'elle ne prenne pas ce train en lui volant sa clé de motel. Quand elle est repassée au motel, vous l'attendiez dans sa chambre. Elle a tenté de se défendre avec un coutelas. Vous étiez plus fort qu'elle.

— Vous ne pouvez pas le prouver, dit Benning.

Le torse penché loin en avant, et bas, il fixait sans bouger le sol en ciment trempé.

— Un témoin finira par surgir. Il y a sûrement quelqu'un qui vous a vu sortir, même si ce n'est pas Florie. Vous avez sûrement croisé quelqu'un qui vous connaît entre ici et le Mountain View, à l'aller, au retour. Je suis prêt à interroger moi-même chacun des habitants de cette ville s'il le faut.

Sa tête se redressa comme si j'avais serré un nœud sous sa mâchoire. Il savait qu'on l'avait vu.

— Pourquoi faites-vous ça ? Pourquoi me haïssez-vous ?

Ces questions, il ne me les adressait pas seulement à moi. Il les adressait à tous les gens qui l'avaient connu et ne l'avaient pas aimé.

— Lucy était jeune, dis-je. Elle avait un petit ami qui voulait l'épouser. Ils ont passé leur lune de miel à la morgue, et Alex est toujours en cellule, à purger votre crime. Vous croyez vraiment que vous valez les ennuis que vous avez causés ?

Il ne répondit pas.

— Vous n'avez pas seulement tué des gens. Vous avez charcuté, fait bouillir et tenté de réduire en cendres la notion même d'humanité. Cette notion vous est insupportable. Vous et Una Durano, vous n'en êtes pas à la hauteur, et vous le savez. Vous savez que cette notion vous fait paraître minables. Même un chasseur de primes comme Max Heiss vous fait paraître minable. Alors vous prenez un chalumeau et un bidon d'essence et vous le carbonisez. N'est-ce pas ce que vous avez fait ?

— C'est faux. Il a voulu me soutirer de l'argent. Je n'avais pas d'argent à lui donner.

— Vous auriez pu prendre vos calmants, dis-je. Ça ne vous est jamais venu à l'esprit. Et ça ne vous vient toujours pas à l'esprit. Quand Max a trouvé la Buick dans votre grange, il est devenu votre ennemi. Il devait donc mourir. Et quand il est revenu pour prendre son argent, vous l'attendiez avec les vêtements de Singleton, un chalumeau et un jerrycan d'essence. Vous avez dû vous prendre pour un génie : en un seul coup vous vous débarrassiez de Heiss et vous faisiez passer la mort de Singleton dans la catégorie des accidents de voiture. Mais tout ce que vous avez réussi à faire, c'est ouvrir les yeux de Bess sur chacun de vos agissements. Dès que je lui ai dit dans quelle voiture on l'avait retrouvé, elle a compris que c'était vous qui aviez tué Max. Et elle vous a quitté.

— Oui. Elle m'a quitté. Après tout ce que j'ai fait pour elle.

— Pas pour elle. Pour vous. Vous avez tué deux hommes et une femme parce qu'ils menaçaient votre sécurité. Vous auriez tué Bess si elle ne s'était pas enfuie si vite. Elle ne me l'a pas dit, mais je crois qu'elle le savait. C'était elle que vous vouliez tuer depuis le début, si vous en aviez seulement eu le cran.

Il frissonna, couvrit ses yeux de ses doigts écartés.

— Pourquoi me torturez-vous ?

— Je veux des aveux.

Il lui fallut plusieurs minutes pour retrouver la maîtrise de soi. Lorsqu'il baissa les mains, son visage s'était lissé et aminci. Ses yeux semblaient plus petits et plus noirs. Nul animal ne les utilisait.

Il se leva gauchement de son tas de fagots et fit un petit pas timide dans ma direction.

— Je vous ferai des aveux, monsieur Archer, si vous me laissez accéder à mon armoire à pharmacie, juste un instant.

— Non.

— Ça nous fera gagner du temps et de la peine, à tous.

— C'est trop facile. Je me suis promis une seule satisfaction à l'issue de cette affaire. Celle de vous voir entrer en prison et de voir Alex en sortir.

— Vous êtes dur.

— Je l'espère bien. Ce sont les mous, les petits geignards comme vous qui me donnent des cauchemars.

J'en avais assez de cette cave encombrée de choses cassées, humide, chaude, rendue sordide par trop de désirs brisés.

— Allons-y, Benning.

Dehors, la lune blanche imparfaite s'était élevée un peu plus haut dans le ciel étoilé. Benning leva les yeux et le considéra comme si la nuit était déjà pour lui une caverne pleine d'ombres, la lune un port brumeux et les étoiles des trous de serrure donnant sur une clarté affreuse.

— J'ai du chagrin pour elle. Je l'aimais. J'aurais tout fait.

Il descendit les marches de la terrasse en traînant derrière lui sa petite ombre secouée.

collection totem

Rick Bass
Les Derniers Grizzlys
Le Livre de Yaak

Ron Carlson
Le Signal

Pete Fromm
Indian Creek

Craig Johnson
Little Bird
Le Camp des Morts
L'Indien blanc

Dorothy M. Johnson
Contrée indienne

Ross Macdonald
Cible mouvante
Noyade en eau douce
À chacun sa mort
Le Sourire d'ivoire

Bruce Marchart
Le Sillage de l'oubli

Howard McCord
L'Homme qui marchait sur la Lune

Larry McMurtry
Lonesome Dove I
Lonesome Dove II
La Dernière Séance
Texasville

David Morrell
Premier sang

Tim O'Brien
À propos de courage

Doug Peacock
Mes années grizzly

Tom Robbins
Même les cow-girls ont du vague à l'âme
Féroces infirmes retour des pays chauds
B comme Bière

Mark Spragg
Une vie inachevée

Glendon Swarthout
Le Tireur

William G. Tapply
Dérive sanglante

Jim Tenuto
La Rivière de sang

Trevanian
La Sanction
L'Expert

David Vann
Sukkwan Island
Désolations

Larry Watson
Montana 1948

CET OUVRAGE A ÉTÉ COMPOSÉ PAR
ATLANT'COMMUNICATION
AU BERNARD (VENDÉE).

ACHEVÉ D'IMPRIMER EN JUILLET 2013 SUR LES PRESSES
DE NORMANDIE ROTO IMPRESSION S.A.S., 61250 LONRAI
POUR LE COMPTE DES ÉDITIONS GALLMEISTER
14, RUE DU REGARD, PARIS 6e

IMPRIMÉ EN FRANCE

FSC
www.fsc.org
MIXTE
Papier issu
de sources
responsables
FSC® C005607

IMPRIM'VERT

Cet ouvrage est imprimé sur papier fabriqué à partir de bois
provenant de forêts bien gérées (www.fsc.org).

DÉPÔT LÉGAL : AOÛT 2013
N° D'IMPRESSION : 132649